Hanjo Ulbrecht

Brandungsrauschen

Ein Bretagne-Krimi

PIPER

Mehr über unsere Autoren und Bücher:
www.piper.de

Wenn Ihnen dieser Krimi gefallen hat, schreiben Sie uns unter Nennung des Titels »Brandungsrauschen« an empfehlungen@piper.de, und wir empfehlen Ihnen gerne vergleichbare Bücher.

ISBN 978-3-492-50537-6

Redaktoin: Franz Leipold
Satz auf Grundlage eines CSS-Layouts von digital publishing competence (München) mit abavo vlow (Buchloe)
Covergestaltung: Alexa Kim »A&K Buchcover«
Covermotiv: zacariasdamata / depositphotos.com; art_of_sun / shutterstock.com; pngtree
Printed in Germany

Für Schmutzfuß

Bretagne Locquirec

D64 A, Route de la Corniche

Richard Rossier stand in der Eingangstür seines typisch bretonischen Steinhauses, an dem ein großes, nicht zu übersehendes Schild »À vendre« mit dem Verweis auf eine Maklerfirma angebracht war. Er drehte sich um und rief in das Haus hinein: »Adèle, wo bleibst du denn? Wir müssen los! Du weißt doch, dass Marianne es hasst, wenn ihre Gäste zu spät kommen und sie das Essen warmhalten muss.«

«Ich komme ja schon. Und Marianne ist in dieser Hinsicht überpingelig. Da schlägt ihre deutsche Herkunft durch, obwohl sie nun schon seit mehr als 20 Jahren in Frankreich lebt.«

»Naja, mag sein, aber Pünktlichkeit ist die Höflichkeit der Könige. Nun steig ein, damit wir endlich loskommen.« Vorsichtshalber fragte er seine Frau noch: »Hast du an das Buch und die Flasche Crémant gedacht, die wir Marianne zum Geburtstag schenken wollen?«

»Natürlich. Ich bin noch nicht senil«, reagierte Adèle etwas unwirsch.

Als das Ehepaar die nahe gelegene Route départementale erreicht hatte, gab Richard Gas, um auch wirklich pünktlich anzukommen. Hinter der Bucht, in der die Surfer ihr Revier hatten, bog er auf die D64A ab. Auf der wenig befahrenen Straße konnte er noch ein wenig schneller fahren, zumal er wusste, dass hier noch nie eine Geschwindigkeitskontrolle stattgefunden hatte.

Er steuerte auf eine leichte Rechtskurve zu und brüllte plötzlich total überrascht: »«Merde, die Lenkung funktioniert nicht.«

Sofort trat er auf die Bremse, aber auch das blieb ohne Wirkung. Der nicht mehr zu steuernde Wagen geriet in ein Schlagloch, wurde nach rechts gedrückt und schoss auf den Randstreifen zu.

Adèle schrie auf: »Hilfe, Hilfe, Richard, mach doch was.«

Richard kurbelte am Lenkrad herum und trat immer wieder auf die Bremse. Vergeblich. Er hatte keine Gewalt mehr über das Auto. Mit unverminderter Geschwindigkeit knallte das Fahrzeug gegen den flachen Randstein und kippte zur Seite. Der Abhang auf dieser Straßenseite war steil und nur mit wenig Gestrüpp bewachsen, das den Wagen nicht aufhalten konnte. Er überschlug sich mehrfach auf dem felsigen Untergrund und blieb erst kurz vor dem Sandstrand auf dem Dach liegen.

In der Bucht saßen einige Surfer am Strand, die den herrlichen Tag ausgiebig mit ihren Brettern genutzt hatten und nun die idyllische Stimmung genossen. Die Wellen brachen sich an den Felsen, die die Bucht säumten, und das Rauschen des Meeres, vermischt mit dem ein oder anderen Möwenschrei, sorgte für die einzigen Geräusche um sie herum. Plötzlich wurden sie jedoch durch Lärm aufgeschreckt, der so gar nicht hierher passte. Sie sahen an der Böschung hinter dem Strand ein Auto liegen, das offensichtlich von der Straße abgekommen war. Schnell hatten sie die Situation erfasst und rannten zu dem Unfallfahrzeug. Noch im Laufen benachrichtigte einer der jungen Leute die Polizei. Als die Surfergruppe das Auto erreichte, sahen sie, dass sich darin zwei Personen befanden. Gemeinsam stellten sie den Wagen wieder auf die Räder, obwohl eine junge Frau warnte: »«Passt bloß auf. Es stinkt hier mächtig nach Benzin. Nicht, dass uns die Kiste um die Ohren fliegt.«

Nachdem sie den Wagen aufgerichtet hatten, versuchten sie, die Türen zu öffnen. Vergeblich. Durch das mehrfache Überschlagen auf den Felsen waren alle Türen so verklemmt, dass sie sich ohne Werkzeug nicht öffnen ließen. Der junge Mann, der die Polizei alarmiert hatte, rief dort noch einmal an und schilderte die Situation. Der Beamte in der Einsatzzentrale teilte ihm mit, dass ein Streifenwagen und der Rettungsdienst schon unterwegs seien. Er würde jedoch nun auch noch die Feuerwehr alarmieren.

Die jungen Leute standen hilflos und verunsichert neben dem Fahrzeug und schauten immer wieder hinein, ob sie ein Lebenszeichen bei den beiden blutüberströmten Insassen erkennen könnten. Einer von ihnen, Patrice, glaubte, dass der Mann noch lebte, aber die Frau schien wohl tot zu sein.

Das Sirenengeheul der Einsatzfahrzeuge näherte sich nach kurzer Zeit. Als Erstes traf die Polizei ein. Der Fahrer, ein drahtiger junger Polizist, sprang behände aus dem Fahrzeug und lief sofort zu dem Unfallwagen. Der zweite Polizist war deutlich weniger fit und ziemlich füllig. Er schob sich behäbig von seinem Sitz, um aussteigen zu können, und ging auf die Surfer zu.

»Haben Sie den Unfall beobachtet?«

»Nein«, meldete sich Patrice zu Wort, der wohl so etwas wie der informelle Anführer der Gruppe war. »Wir haben nur den Lärm gehört, als der Wagen die Böschung hinunterrollte, und sind dann gleich hierher gerannt.«

»Haben Sie vielleicht gesehen, ob ein anderes Fahrzeug in der Nähe des Peugeot war?«

Die Surfer schüttelten alle ihren Kopf. »Wir saßen unten am Strand und haben auf das Meer geschaut«, antwortete wieder der junge Mann.

»Na gut. Gehen Sie bitte nach oben auf die Straße. Wir werden dort Ihre Personalien aufnehmen, sobald wir hier fertig sind.«

In der Zwischenzeit waren auch der Rettungsdienst und kurz darauf die Feuerwehr eingetroffen. Die Feuerwehrleute holten sofort hydraulische Rettungsgeräte aus ihrem Fahrzeug und durchtrennten die Mittelsäule des Peugeot. Nachdem sich die Türen entfernen ließen, bargen der Notarzt und die Sanitäter die beiden Unfallopfer. Leider mussten sie feststellen, dass für die Frau jede Hilfe zu spät kam. Der Mann war bewusstlos, schien jedoch noch zu leben, obwohl er sehr viel Blut verloren hatte. Er wurde vorsichtig geborgen und dann sofort in das nächstgelegene Krankenhaus gebracht. Er war jedoch so schwer verletzt, dass er dort kurz nach seiner Einlieferung ebenfalls starb.

Oben von der Straße aus beobachteten die Surfer das Geschehen am Unfallort und diskutierten darüber, wie es zu dem Unfall hatte kommen können. Sie fanden jedoch keine Erklärung. Während sie sich noch darüber unterhielten, kamen die beiden Polizisten auf sie zu.

»Wir nehmen jetzt Ihre Personalien auf und werden noch ein paar Fragen stellen. Morgen kommen Sie dann bitte auf die Wache, um das Protokoll zu unterschreiben«, erläuterte der jüngere der beiden Polizisten das weitere Vorgehen.

»Sie haben eben gesagt, dass Sie durch laute Geräusche aufgeschreckt wurden und dann erst sahen, wie der Wagen die Böschung hinunterrollte. Richtig?«, übernahm der ältere Polizist, der offensichtlich der Leiter der Streife war.

Als die Surfer nickten und leise »ja« murmelten, fuhr er fort: »Haben Sie vielleicht noch andere Geräusche gehört, zum Beispiel ein Hupen oder quietschende Reifen, wenn Sie schon nichts gesehen haben?« Seiner Frage war deutlich anzumerken, dass ihm diese Truppe mit ihren langen Mähnen und auffälligen Tattoos nicht besonders sympathisch war.

Die jungen Leute schüttelten wieder ihre Köpfe und antworteten unisono: »Nein.«

»Dann war das wohl ein tragischer Unfall. Herzversagen am Steuer. Kommt ja bei älteren Leuten öfter vor«, mutmaßte der Polizist. Er wollte sich umdrehen und zu seinem Streifenwagen gehen, als eine junge Frau aus der Gruppe ihn ansprach: »Monsieur, ist Ihnen nicht aufgefallen, dass auf der Straße überhaupt keine Bremsspuren zu sehen sind? Das müsste Sie doch stutzig machen?«

Der Polizist schaute sie missbilligend an und antworte ziemlich barsch: »Bei einem plötzlichen Kreislaufkollaps hatte der Mann wohl kaum noch Gelegenheit zu bremsen, oder? Im Übrigen lassen Sie es mal meine Sorge sein, den Unfall zu untersuchen, oder wollen Sie meinen Job übernehmen?« Damit drehte er sich grußlos um und stapfte zu seinem Dienstwagen.

Hamburg – Wedel

Matilda

»Moin!«, begrüßte Robert Müller seine Frau Nanni. Er kam gut gelaunt von seinem morgendlichen Spaziergang mit ihrem Hund Aika zurück, einem mittelgroßen Mischling aus Retriever und Border Collie mit bunt geschecktem, vor allem »nudelfarbenem« Fell, wie es ihr Sohn einmal treffend bezeichnet hatte. Wie üblich hatte Robert ein paar frische Brötchen und die Tageszeitung mitgebracht, denn er genoss dieses gemeinsame morgendliche Frühstück mit seiner Frau. Während er unterwegs war, hatte Nanni den Frühstückstisch gedeckt, zwei Eier gekocht und den Kaffee zubereitet. Sie nahm Robert Brötchentüte und Zeitung ab, wobei sie ihm auch noch ein kleines Küsschen auf die Wange gab. »Ist doch schön, jetzt jeden Morgen ohne Hetze in aller Ruhe frühstücken zu können und nicht mehr zum Dienst zu müssen«, sagte sie nicht ohne Hintergedanken.

Der ehemalige Kriminalkommissar Robert Müller war wegen einer Schussverletzung vorzeitig in den Ruhestand versetzt worden. Anfangs war er damit gar nicht einverstanden gewesen, denn er hatte seinen Beruf geliebt. So war es auch nicht verwunderlich, dass er in einem Mordfall auf Norderney eine ehemalige Kollegin mit seiner Erfahrung und seinem Jagdeifer tatkräftig unterstützt hatte. Dadurch konnte nicht nur der *Mord am Hundestrand* rasch aufgeklärt werden, sondern es gelang auch, einen Mädchenhändlerring in Hamburg auffliegen zu lassen.

»Naja, heute haben wir aber nicht ganz so viel Zeit. Wir wollen doch unser Wohnmobil übernehmen«, brummte Robert, der sich immer noch nicht so ganz an die neuen Lebensumstände gewöhnt hatte.

»Ja, ich kann es einfach nicht fassen, dass wir dank der Erbschaft von deinem Onkel nun finanziell ziemlich unabhängig sind. So ein Wohnmobil, wie wir es jetzt bekommen, hätten wir uns vorher nicht leisten können.«

»Da hast du recht, obwohl es uns ja nun weiß Gott nicht schlecht ging. Du verdienst in deinem Beruf als freiberufliche Diplomdolmetscherin und -übersetzerin sehr gut, und mein Gehalt war auch nicht zu verachten. Jetzt können wir uns ruhigen Gewissens unseren Traum vom unabhängigen Reisen erfüllen.«

»Ich freu mich auch schon auf unsere erste Reise nach Frankreich. Nach unserer Schnuppertour mit dem gemieteten Fahrzeug, die wir entlang der Küsten Schleswig-Holsteins gemacht haben, bin ich überzeugt, dass uns diese Art des Reisens sehr gut gefallen wird. Hotelurlaube, drei Wochen an einem einzigen Ort, oder Kreuzfahrten auf so Riesenpötten, das wäre nichts für mich«, meinte Robert.

»Das schon, allerdings werden wir in Frankreich auch erst mal eine ganze Weile an einem Ort bleiben müssen«, gab Nanni zu bedenken. Sie hatte von einem Verlag, mit dem sie schon lange zusammenarbeitete, den Auftrag erhalten, einen Roman des französischen Schriftstellers Nicolas Gaillard zu übersetzen. Ein lukrativer, wenn auch ein wenig mysteriöser Auftrag, denn der Autor hatte darauf bestanden, dass die Übersetzung bei ihm zu Hause in der Bretagne erarbeitet werden müsse.

»Sicher, aber allein für die Anreise haben wir ja einige Zeit eingeplant. Dabei können wir bestimmt die Fahrt entlang der französischen Kanalküste und der Felsenbuchten genießen. Ich freue mich schon darauf, wenn wir abends in unseren Kojen liegen und das Rauschen des Meeres hören können. In Locquirec, wo dein eigenwilliger Schriftsteller wohnt, habe ich beim Surfen im Internet einen Campingplatz entdeckt, der direkt an einer Meeresbucht liegt. Dort kann ich mit Aika herrlich spazieren gehen, und unser Hund kann sich richtig austoben.«

»Ja, und ich muss arbeiten!«, knatschte Nanni. Mit ihrem Lächeln gab sie Robert jedoch zu erkennen, dass diese Bemerkung nicht ganz ernst gemeint war.

»Ach komm. Du freust dich doch über diesen Auftrag. Und so schlimm wird es schon nicht. Ich weiß zwar nicht, wie lange du unter der Woche arbeiten musst, aber die Wochenenden werden wir hoffentlich ganz für uns haben. So, und nun sieh zu, dass du in die Gänge kommst, wir müssen bald los, um unser Wohnmobil zu übernehmen.« Dabei streichelte er Aika und meinte: »Du musst jetzt allein zu Hause bleiben. Du wirst unsere rollende Zweitwohnung dann heute Nachmittag kennenlernen. Hoffentlich gefällt dir unser WoMo.«

»Ach, Aika hat doch kein Problem damit. Unsere Schnuppertour hat ihr ja auch gefallen. War zwar ein wenig eng unter dem Tisch, wo ihr Körbchen stand, aber Hauptsache, sie kann bei Herrchen und Frauchen sein.«

Als sie bei dem Händler ankamen, bei dem sie ihr Wohnmobil gekauft hatten, konnten sie es jedoch nirgendwo entdecken. Bei ihrem letzten Besuch hatte es noch hier auf dem großen Parkplatz der für die Neufahrzeuge gestanden. Während sie vor dem Gebäude standen und rätselten, wo das Fahrzeug geblieben sein könnte, kam der Chef des Unternehmens heraus und begrüßte sie freundlich: »Moin! Schön, Sie zu sehen, Familie Müller. Kommen Sie bitte mit in die große Halle. Dort steht Ihr *Carthago Liner for two*. Sie haben wirklich die absolut richtige Wahl getroffen. Das genau passende Wohnmobil für ein Ehepaar, das nicht auf die Bequemlichkeit und den Komfort wie zu Hause verzichten will.«

»Sie müssen uns nicht mehr überzeugen, Herr Henscheid. Wir haben das Fahrzeug ja schon gekauft«, antwortete Robert Müller lächelnd. »Ist mit der Sonderausstattung, die wir geordert hatten, alles glattgegangen?«

»Ja, natürlich! Sie bekommen jetzt ein Wohnmobil, so wie Sie es sich gewünscht haben. Ich hoffe, Sie haben genug Zeit mitgebracht, denn mein Mitarbeiter Herr Schöller wird Sie gründlich einweisen und auch eine kurze Einführungsfahrt mit Ihnen machen. – Da vorne steht er schon.«

Herr Schöller öffnete die breite Aufbautür des Wohnmobils und bat sie, an Bord zu kommen. Herr Henscheid kam auch mit in das Fahrzeug, und bevor er sich verabschiedete, wies er auf zwei Bücher hin, die auf dem Tisch der Hecksitzgruppe lagen.

»Normalerweise erhalten unsere Kunden bei der Übergabe ihres Wohnmobils einen schönen Blumenstrauß für die Ehefrau und eine gute Flasche Wein für den Ehemann. Aber Sie haben mir erzählt, dass Sie schon übermorgen nach Frankreich aufbrechen wollen, und da wären Blumen und Wein nicht so passend gewesen. Ich habe mich daher entschlossen, Ihnen stattdessen zwei Bücher zu überreichen; einen Stellplatzführer und ein Kochbuch aus dem Wohnmobil-Verlag. Sie finden darin nicht nur interessante Gerichte, sondern auch Tipps für die Lebensmittelgrundausstattung und sogar ein kleines Wörterbuch. Aber das werden Sie ja auf ihrer ersten Reise wohl kaum benötigen. Wie ich von Ihnen erfahren habe, sprechen Sie ja perfekt Französisch, Frau Müller. Ich wünsche Ihnen allzeit ›Gute Fahrt‹ und schöne Touren mit Ihrem *Liner for two.* Ich muss mich jetzt leider verabschieden, bei Herrn Schöller sind Sie aber in den besten Händen.«

Nanni und Robert bedankten sich für die Präsente und lauschten dann aufmerksam den Erklärungen zur Ausstattung und zur Funktion der Technik. Schließlich bat Herr Schöller Robert, auf dem Fahrersitz Platz zu nehmen und das

Fahrzeug aus der Halle zu fahren. Voller Stolz folgte Robert dieser Aufforderung. Motor anlassen, Gang einlegen, ein wenig Gas und ... Das Wohnmobil machte ein paar kleine Hopser, der Motor ging aus, und sie blieben noch in der Halleneinfahrt stehen. Herr Schöller beruhigte Robert. »Keine Sorge. Das passiert unseren Kunden öfter. Man muss sich erst daran gewöhnen, dass man bei diesen Fahrzeugen etwas mehr Gas geben muss als bei einem normalen Pkw.«

Nanni konnte sich ein Schmunzeln nicht verkneifen und kommentierte das Abwürgen: »Jetzt weiß ich, wie wir unser Wohnmobil nennen. *Matilda*! So wie das boxende Känguru, das so lustig durch diesen Film hoppelte, den wir uns mal angesehen haben.«

Robert fand das zunächst gar nicht witzig, aber schließlich musste auch er schmunzeln, denn irgendwie originell war es ja schon.

Nachdem die letzten Formalitäten erledigt waren, machten sich Robert und Nanni auf den Heimweg. Nanni konnte zu ihrem Bedauern die Jungfernfahrt nur mit Blick auf das Heck von *Matilda* genießen, da sie ihren Pkw nach Hause fahren musste. Aber sie sagte sich, dass ja noch Tausende Kilometer mit *Matilda* vor ihnen liegen würden.

Nicolas Gaillard

Nicolas wurde als erster Sohn von Frédéric und Isabelle Gaillard geboren und entstammte einer einflussreichen und vermögenden Industriellenfamilie. Seine Kindheit und Jugend verbrachte er im vornehmen und exklusiven 16. Arrondissement in Paris, umsorgt von Kinderfrau und Hausdame. Zu seinen viel beschäftigten Eltern hatte er nur wenig Kontakt.

Als sein Vater sich doch einmal die Zeit nahm, um mit seinem Sohn zu sprechen und ihn fragte: »Na, Nicolas, weißt schon, was du einmal werden möchtest?«, antwortete der 8-Jährige vorwurfsvoll: »Nein, Vater. Ich wünschte mir nur, dass du und Maman mehr Zeit für mich und meinen Bruder Alain hättet. Ihr seid doch unsere Eltern!«

»Also Nicolas, das ist nicht so einfach, weißt du. Ich muss sehr viel arbeiten, und Maman kümmert sich um die zahlreichen Gäste, die uns oft besuchen. Das weißt du doch!«

»Ja, aber warum musst du denn so viel arbeiten, und warum müssen hier immer so viele fremde Leute mit uns essen?«

Dem Vater wurde dies Gespräch lästig, deshalb brach er es mit der barschen Bemerkung ab: »Ach, das verstehst du nicht.«.

Nach der Grundschule und der Sekundarstufe wechselte Nicolas auf das renommierte Lycée Henri IV. Dort bestand er sein *baccalauréat* mit hervorragenden Noten, die es ihm erleichterten, an der École nationale d'administration (ENA), einer der französischen Elite-Hochschulen, aufgenommen zu werden. Das Studium dort schloss er mit besonderer Auszeichnung ab. Seine Eltern nahmen sich sogar die Zeit, an der Abschlussfeier teilzunehmen. Nach dem üblichen Jahrgangsfoto nahm ihn sein Vater zur Seite.

»Nicolas, du hast deinen ersten Lebensabschnitt mit Bravour gemeistert, und dir stehen jetzt alle Türen offen. Ich erwarte von dir, dass du deine Fähigkeiten nutzt und alles für den Erfolg unserer Firma tun wirst. Entsprechend den Regeln des ENA-Studiums hast du dich ja verpflichten müssen, zunächst zehn Jahre im Staatsdienst zu arbeiten. Ich hatte erwartet, dass du ein sehr gutes Examen machen würdest, und habe dir deshalb schon mal eine Stelle im Wirtschaftsministerium verschafft. Da kannst du noch einiges über die Spielregeln der Wirtschaft in der Praxis lernen und wertvolle Kontakte knüpfen.«

Sein Vater legte dabei jovial den Arm um seinen Sohn und demonstrierte Stolz und Einmütigkeit. Die Anwesenden, auch alles einflussreiche Menschen, sollten sehen, dass hier der Nachfolger des alten Gaillard stand. Nicolas war diese zur Schau gestellte Einigkeit einfach zu viel; er wandte sich von seinem Vater ab und suchte das Gespräch mit einem Mitabsolventen.

Im Wirtschaftsministerium erkannte man schnell die Befähigung und Leistungsbereitschaft von Nicolas. Dank der Beziehungen seines Vaters und natürlich auch der »Enarchen«, der Absolventen der ENA aus früheren Jahrgängen, machte Nicolas schnell Karriere und stieg schon bald zum persönlichen Referenten des Staatssekretärs auf. Einerseits reizten ihn die Macht und die Gestaltungsmöglichkeiten, die sich ihm eröffneten, andererseits sah er jedoch – und gestand es sich insgeheim ein –, dass er Teil eines gut funktionierenden Netzwerks war. Je länger er für den Staatssekretär tätig war und je mehr Einblick er in die Abläufe und Verflechtungen von Politik und Wirtschaft erhielt, desto stärker wurden seine Zweifel.

Zu seinem Vater hatte er in dieser Zeit mehr Kontakt als je zuvor; es bildete sich sogar so etwas wie ein Vertrauensverhältnis, und so fasste er den Mut, seinen Vater auf seinen Gewissenskonflikt anzusprechen: »Vater, ich bin jetzt schon fünf Jahre im Wirtschaftsministerium und habe da so einige Dinge mitbekommen, die mich sehr nachdenklich gemacht haben.«

»Was meinst du konkret?«

»Nun, beim Staatssekretär gehen Leute ein und aus, die von ihm fordern, sich für ihre Geschäfte einzusetzen, oder die direkt Aufträge erhalten wollen. Oder sie möchten, dass er seine ausländischen Beziehungen nutzt, um Vorteile für diese Leute herauszuholen.«

»Woher weißt du das?«, fragte sein Vater misstrauisch.

»Ich bin schließlich sein persönlicher Referent und oft genug bei diesen Gesprächen dabei«, entrüstete sich Nicolas über die Zweifel seines Vaters.

»Ich hoffe, deine Loyalität lässt es nicht zu, mit diesem Wissen Unfug zu treiben«, ermahnte er ihn.

»Was meinst du mit Unfug?«

»Na, zum Beispiel, damit an die Öffentlichkeit zu gehen.«

»Das werde ich natürlich nicht, aber legal kommen mir manche Absprachen nicht vor. Auch der Auftrag, den du vergangene Woche erhalten hast, wurde in zwei Pakete aufgeteilt, um eine Ausschreibung zu umgehen. Ich halte dies Vorgehen zumindest für fragwürdig.«

»Nun reg dich nicht so auf. Vom Erfolg unserer Firmen hängen viele Arbeitsplätze ab, und du weißt sehr gut, wie hoch die Arbeitslosenquote eh schon ist.«

»Rechtfertigt das wirklich solche Methoden? Du hast doch eine starke Position am Markt. Du könntest doch ganz legal vorgehen.«

»Nicolas, bist du wirklich so blauäugig? Wenn wir so vorgehen würden, wie es dir vorschwebt, das heißt ohne unsere Beziehungen zu nutzen, wären wir sehr schnell weg vom

Fenster. Darauf warten unsere Konkurrenten nur. Mit anderen Worten, wenn wir nicht so handeln, dann werden es andere. Wenn du Verantwortung für die Belegschaft und auch für die Familie trägst, musst du die Spielregeln des ›Big Business‹ akzeptieren. Wenn du in fünf Jahren deine Pflichtzeit absolviert hast, wirst du in die Firma eintreten und die Kehrseite der Medaille kennenlernen. Ich denke, dass du dann eines sehr schnell erkennen wirst: Man muss so handeln, um erfolgreich zu sein. Ich zähle weiterhin auf deine Loyalität!«

Überzeugt war Nicolas nicht. In den folgenden Jahren beobachtete er weiter kritisch die Vorgänge um sich herum und distanzierte sich innerlich immer mehr davon. Auch eine Wahl und der dadurch hervorgerufene Wechsel des Staatssekretärs brachte keine grundsätzliche Änderung. Nicolas fing an, sich heimlich Notizen zu machen, ohne eigentlich zu wissen, was er damit anfangen wollte.

In dieser Phase hatte er Michelle Lefebvre kennengelernt, die wie er aus einer sehr wohlhabenden und einflussreichen Familie stammte. Eine Liaison, die seine Eltern mit Wohlwollen zur Kenntnis nahmen. Während eines Kurzurlaubs in Deauville erzählte er ihr von seinen Erkenntnissen und Skrupeln. Michelle schaute ihn mit ihren großen Augen verwundert an: »Ach Nicolas, das ist doch alles nicht ungewöhnlich. Mein Vater hat auch seine Netzwerke, die er für seine geschäftlichen Aktivitäten nutzt. Wie das alles genau läuft, weiß ich nicht. Interessiert mich auch nicht. Das ist Männersache.«

Von dieser Reaktion war Nicolas überrascht und ziemlich enttäuscht, und bald darauf beendete er die Beziehung.

Kurz bevor seine Zeit im Wirtschaftsministerium endete, rief ihn sein Vorgesetzter in sein Büro, das allerdings mehr einer Suite in einem Luxushotel glich. Er deutete auf die opulente Sitzecke vor den bodentiefen Fenstern, forderte ihn auf, Platz zu nehmen, und fragte, während er sich selbst einen edlen Cognac aus einer prächtigen Karaffe einschenkte: »Auch einen?«

»Nein, danke. Das ist mir noch zu früh.«

»Mein lieber Nicolas, ich habe leider eine sehr schlechte Nachricht für Sie. Ich wurde soeben von unserer Botschaft in Saudi-Arabien darüber informiert, dass der Firmenjet, mit dem ihre Eltern dort unterwegs waren, abgestürzt ist. Ihre Eltern und die Crew haben den Absturz nicht überlebt. Ich spreche Ihnen zu dem tragischen Verlust mein aufrichtiges Beileid aus.« Die Interessen des Staates im Blick fuhr er nach kurzem Zögern fort: »Bisher ist es uns gelungen, dass noch nichts an die Öffentlichkeit gedrungen ist. Ihr Vater war dorthin geflogen, um ein etwas delikates Geschäft mit einem Angehörigen des Königshauses abzuschließen. Es wäre für Frankreich nicht gut, wenn dies bekannt würde. Unsere offizielle Version, die wir auch mit den Saudis abgestimmt haben, wird lauten, dass sich Ihre Eltern auf einem Flug in den Urlaub am Roten Meer befanden.«

Nicolas war der Schock deutlich anzumerken. Er stammelte: »Ist es wirklich sicher, dass sie beide umgekommen sind? Und wieso ist das Flugzeug abgestürzt?«

»Ja, es gibt leider keine Zweifel. Ihr älterer Bruder, der schon seit ein paar Tagen in Riad war, hat sie auch eindeutig identifiziert. Die Absturzursache ist uns noch nicht bekannt. Die Saudis untersuchen den Unfall und wollen uns auf dem Laufenden halten.« Er legte eine kurze Pause ein und fuhr fort: »Ich weiß, dass es jetzt für Sie viele Dinge zu regeln gibt. Ich habe schon mit unserer Personalabteilung gesprochen und kann Ihnen anbieten, dass Sie ihre Pflichtzeit vorzeitig beenden können. Sie werden sicher in der Firma gebraucht, die Sie jetzt mit Ihrem Bruder weiterführen sollen, wie mir Ihr Vater mal erzählt hat.«

»Danke. Das ist sehr großzügig, aber im Augenblick bin ich noch viel zu schockiert, um eine Entscheidung treffen zu können.«

»Lassen Sie sich Zeit. Nehmen Sie sich frei und reden Sie mit Ihrem Bruder. Sobald Sie etwas Abstand gewonnen haben und sich zutrauen, eine Entscheidung zu treffen, informieren Sie mich. Ach ja, und noch eine Bitte: keine Pressestatements.«

Obwohl er zu seinen Eltern kein besonders herzliches Verhältnis gehabt hatte, empfand er doch eine große Leere und Trauer. Natürlich stellte er sich auch die Frage, wie es jetzt weitergehen sollte. Zurück in seinem Büro, rief er als Erstes seinen Bruder an: »Hallo Alain, ich habe eben erfahren, dass unsere Eltern bei einem Flugzeugabsturz ums Leben gekommen sind. Weißt du ...«

Noch bevor er weitersprechen konnte, unterbrach ihn sein Bruder barsch. »Woher weißt du das?«

»Der Staatssekretär hat mir das gerade mitgeteilt.«

»Ich hoffe, er hat dich vergattert, dass über das Unglück vorläufig nichts an die Öffentlichkeit dringen soll!«, reagierte der Bruder sehr cool. Von Trauer oder Betroffenheit keine Spur.

»Ja, er hat mir auch erläutert, dass Vater nach Saudi-Arabien geflogen ist, um dort ein etwas delikates Geschäft abzuschließen. Bist du auch wegen dieser Angelegenheit dort?«

»Natürlich. Ich habe schließlich den Deal mit dem Königshaus eingefädelt. Der Vertag ist unterschriftsreif, und deswegen wollte Vater hierherkommen. Ich werde unseren Partnern mitteilen, dass wir beide die Erben sind und der Vertrag unterschrieben wird, sobald die erforderlichen Formalitäten erledigt sind.«

»Weißt du Näheres über die Absturzursache?«, fragte Nicolas, den die geschäftlichen Dinge in diesem Moment nicht interessierten.

»Nein!«, antwortete sein Bruder schroff. »Ich muss Schluss machen. Ich habe gleich einen wichtigen Termin. Ich denke, ich kann übermorgen zurück nach Paris fliegen, und dann werden wir uns sofort zusammensetzen. Ich melde mich, sobald ich in ›Charles de Gaulle‹ angekommen bin. Au revoir!«

Der alte Gaillard hatte in seinem Testament verfügt, dass nach seinem Tod die beiden Brüder gleichberechtigt die Holding führen sollten. Nicolas sollte die Managementaufgaben übernehmen, und sein Bruder Alain sollte die Produktion leiten und die Firma nach außen vertreten. Er hatte sogar festgelegt, wie dies im Detail erfolgen sollte.

Die Trauerfeier für die Eltern war ein gesellschaftliches Großereignis. Was in der Politik und in der Wirtschaft Frankreichs Rang und Namen hatte, war erschienen. Dazu kamen noch etliche Potentaten aus dem arabischen Raum. Man nutzte die Gelegenheit, um die jungen Gaillards kennenzulernen und Kontakte aufzufrischen oder neu zu knüpfen.

In den nächsten Wochen begann Nicolas damit, sich in die Firmenunterlagen einzuarbeiten. Dabei stieß er immer wieder auf Vorgänge, die nicht so ohne Weiteres zu verstehen waren. Offenbar sollten die Geschäfte, um die es dabei ging, verschleiert werden.

Er suchte das Gespräch mit Alain, um Klarheit zu bekommen.

»Mein lieber Bruder, was glaubst du, worauf sich die derzeitige gute finanzielle Situation unserer Firma gründet?«, fragte ihn Alain mit süffisantem Unterton. »Wir sind seit dem Ende des Zweiten Weltkriegs hauptsächlich im Waffengeschäft tätig – und zwar sehr erfolgreich. Dabei ist Diskretion oberstes Gebot! Unsere anderen Geschäftsfelder sind bei Weitem nicht so lukrativ und dienen mehr als Fassade.«

»Waffenhandel? Mit kriegführenden Staaten und Aufständischen? Das gefällt mir nicht!«

»Ach, hab dich nicht so. Die haben eben andere Vorstellungen von Moral und Menschenrechten.«

Nicolas wurde nach diesem Gespräch immer nachdenklicher. In der Presse wurde nun auch über Gerüchte im Zusammenhang mit dem Absturz seiner Eltern berichtet. Es hieß, dass das Unglück durch Sabotage oder eine Bombe an Bord verursacht worden sein könnte. Nicolas wollte von Alain wissen, ob daran etwas Wahres sei.

»Darüber weiß ich nichts. Lass mich damit in Ruhe«, wehrte Alain ihn kurz angebunden ab.

Nicolas zog sich in der Folge immer mehr zurück und verbrachte seine Freizeit außerhalb der Gesellschaftskaste, in der sich seine Eltern bewegt hatten und in der sich auch sein Bruder zu Hause fühlte.

Bei einem Theaterbesuch eines avantgardistischen Stückes lernte er eine charmante junge Frau kennen, die an der Sorbonne Deutsch studierte. Obwohl Véronique der politischen und wirtschaftlichen Elite kritisch gegenüberstand und sich für mehr soziale Gerechtigkeit sowie Chancengleichheit einsetzte, verliebte sie sich in Nicolas. Das beruhte auf Gegenseitigkeit. Schon nach kurzer Zeit hatte Nicolas vollstes Vertrauen zu ihr und erzählte ihr von den dubiosen Geschäften seiner Familie.

»Das ist doch nicht wahr?«, reagierte Véronique entsetzt.

»Doch, leider. Und ich will damit nichts zu tun haben. Ich überlege, ob ich aus der Firma aussteige. Ich will mich nicht länger manipulieren lassen.«

Sie diskutierten noch die halbe Nacht lang über die Perspektiven, die Nicolas hätte. Am Ende stand sein Entschluss fest. Er würde das operative Geschäft der Firma verlassen und nur noch stiller Teilhaber bleiben. So konnte sein Bruder die alleinige Verantwortung übernehmen. Seine Erkenntnisse und Erfahrungen, aber auch Vermutungen wollte er in einem Buch veröffentlichen.

Über seine bereits ermittelten Tatsachen hinaus war es erforderlich, noch verschiedene Fakten konkret zu recherchieren. Das blieb natürlich nicht geheim und weckte die Neugier der Befragten. Schnell sprach es sich in den betroffenen Kreisen herum, dass Nicolas mit seinem Wissen an die Öffentlichkeit gehen wollte. Er wurde so zu einer Gefahr für etliche Geschäftsleute. In der Folge bekam er anonyme Drohbriefe, und eines Tages wurde er von zwei Typen abgepasst und zusammengeschlagen. Das hielt ihn jedoch nicht davon ab, sein Buch zu schreiben. Im Gegenteil; er fühlte sich bestätigt, dass es richtig sei, die dubiosen Geschäftspraktiken anzuprangern und die Politiker, die darin verwickelt waren, bloßzustellen.

Das Buch erhielt den in zweierlei Hinsicht beziehungsreichen Titel *Du sollst gewinnen* und wurde in kürzester Zeit ein Bestseller in Frankreich.

Der Wirbel, den es unter den Angehörigen der darin skizzierten Eliten hervorrief, war gewaltig. Nicolas Gaillard wurde nun nicht nur von vielen Seiten angefeindet, es wurde sogar zweimal auf ihn geschossen. Er überstand diese Anschläge zwar unversehrt, aber er entschloss sich, Paris zu verlassen und sich in die Bretagne zurückzuziehen.

Véronique, die kurz vor dem Abschluss ihres Studiums stand, meinte dazu: »Findest du das nicht feige? Solltest du diesen Arschlöchern nicht die Stirn bieten und sie weiter zittern lassen?«

»Ich glaube, dazu bin ich als Einzelkämpfer nicht in der Lage. Sicherlich ist es eine Flucht, wenn ich mich jetzt in die Bretagne zurückziehe, aber ich möchte dort mit dir zusammenleben.«

Aufbruch nach Frankreich

Nachdem Nanni und Robert ihr Wohnmobil übernommen hatten, waren sie fast einen ganzen Tag lang damit beschäftigt gewesen, die Grundausstattung zu verstauen. Campingtisch und -stühle, Wasserschlauch, Elektrokabel und einigen Kleinkram im Heckstauraum; Pött und Pann, Geschirr und Gläser verschwanden in den zahlreichen Schränken. Und alles musste so gesichert werden, dass auch auf holprigen Straßen nichts zu Bruch gehen konnte. Anschließend gönnten sie sich eine erste kleine Kaffeepause im Heck von *Matilda*, und Nanni meinte skeptisch: »Na, ob wir das alles so richtig gemacht haben?«

»Aber ja. Wir haben doch bei dem Wohnmobil, das wir gemietet hatten, gesehen, wie die Vermieterfirma das gemacht hat. Das waren Profis, und wir haben uns jetzt daran orientiert. Ich denke, du musst da keine Bedenken haben. Wenn wir erst unsere eigenen Erfahrungen gemacht haben, werden wir vermutlich noch das ein oder andere ändern, und sicher wird auch noch hier und da etwas an Ausrüstung fehlen, aber fürs Erste wird das schon hinhauen«, versuchte Robert, ihre Bedenken zu zerstreuen.

Am nächsten Vormittag, nachdem die morgendliche Hamburger Rushhour vorbei war, ging es los. Erstes Ziel war Münster; knapp 300 Kilometer bis zu ihren Freunden Gabriele und Tim, die sie dort besuchen wollten.

Auf ihrer Schnuppertour hatten sie mit dem gemieteten Wohnmobil nur auf Stellplätzen oder Campingplätzen übernachtet. Hier in der Stadt machten sie nun die Erfahrung, dass es gar nicht so leicht ist, mit einem acht Meter langen Fahrzeug einen Parkplatz zu finden. Nachdem Robert schon dreimal durch ziemlich enge Straßen um den Block gefahren war, rief Nanni von ihrem Smartphone aus ihre Freunde an.

»Hallo Gabriele. Ich bin's, Nanni. Wir sind schon fast bei euch, finden aber keinen Platz für unser Schlachtschiff. Weißt du vielleicht, wo wir mit unserem WoMo über Nacht stehen können?«

»Hallo Nanni. Toll, dass ihr schon da seid. Da haben wir nachher schön viel Zeit zum Klönen. Ihr könntet eventuell vor unserer Garage parken. Wie lang ist denn euer Wohnmobil?«

»Knapp 8 Meter.«

»Mhm, das ist wohl zu lang für unsere Garageneinfahrt. Aber warte mal, mir fällt gerade etwas ein. Neulich habe ich bei einem Spaziergang gesehen, dass es in der Nähe am Ostbad einen Stellplatz für Wohnmobile gibt. Zu Fuß sind das nur ca. zehn Minuten bis zu unserem Haus in der Propsteistraße.«

»Das klingt gut«, schaltete sich Robert ein. Er hatte das Gespräch mitgehört, weil Nanni ihr Smartphone über die Bluetooth-Verbindung mit der Freisprecheinrichtung des Navis gekoppelt hatte. »Wir sind gerade an einem Wegweiser zum Ostbad vorbeigefahren. Wenn wir da einen freien Platz finden, können wir ja sogar auf *Matilda* die erste Nacht verbringen!«, frohlockte er.

»Wer bitte ist *Matilda*?«, fragte Gabriele irritiert.

»So haben wir unser Wohnmobil getauft. Das Kind musste doch einen Namen haben. So wie die Schiffe«, erläuterte Nanni.

»Aber warum *Matilda*?«

»Das erklären wir euch nachher. Ist eine nette Geschichte.«

»Naja, so nett nun auch wieder nicht«, brummte Robert.

Die Ausschilderung führte die drei Hamburger zuverlässig zu dem großen Parkplatz am Ostbad.

Der Platz war für sie nahezu ideal. Ganz in der Nähe verlief der Dortmund-Ems-Kanal, an dem sie mit Aika einen schönen Spaziergang machen konnten. Als Robert die Hündin von der Leine losmachen wollte, warnte Nanni energisch: »Du bist wohl verrückt. Fremde Umgebung und dann auch noch der Kanal. Da würde unser Hund sofort reinspringen und sich ein Bad gönnen. Kommt gar nicht infrage!«

»Tja, da hat Frauchen leider recht«, tröstete Robert ihren Hund. Ob Aika das verstanden hatte?

Von ihren Freunden wurden sie überschwänglich begrüßt. Tim war schon zu Hause. Er hatte so viele Überstunden auf seinem Zeitkonto, dass er es sich leisten konnte, heute sehr früh Feierabend zu machen.

Gabriele hatte aus einer guten Konditorei einige Stücke Torte besorgt und entschuldigte sich, dass sie nicht selbst gebacken hatte. »Ihr wisst ja, Küche ist nicht so mein Ding. Ich hoffe, dass die Tortenstücke so lecker sind, wie sie aussehen, und euch schmecken.«

Tim grinste über die Bemerkung seiner Frau, dass die Küche nicht so ihr Ding sei, und meinte: »Ich habe für heute Abend auch schon einen Tisch bei *Pinkus Müller* [1] vorbestellt. Wir werden also nicht verhungern. Nun erzählt aber erst einmal, wie es euch so geht. Du hast uns ja am Telefon erzählt, dass Robert jetzt im vorzeitigen Ruhestand ist, aber warum, das hast du nicht erläutert«, wandte sich Gabriele an Nanni. »Oder ist die Frage zu persönlich?«

»Ach, Robert redet nicht so gerne darüber, aber er kann euch besser selber erzählen, warum er jetzt im Ruhestand ist.«

---

1 Eine bekannte Altbierbrauerei in Münster mit einer bodenständigen, traditionellen Küche.

Robert räusperte sich, berichte kurz über seinen Dienstunfall und die Folgen, wechselte dann jedoch schnell das Thema und fragte die Gastgeber, was denn ihre Kinder machten. Bald kam man auf gemeinsame Erlebnisse während der Studienzeit und die teilweise turbulenten Jahre danach zu sprechen. Über das Schwelgen in der Vergangenheit verging die Zeit wie im Flug, und schließlich mahnte Tim zum Aufbruch. Aika wurde noch eben im Wohnmobil untergebracht und erhielt den Auftrag, gut auf *Matilda* aufzupassen.

Bei *Pinkus Müller* bestellten sie die Spezialitäten, die ihnen schon bei ihren letzten Besuchen sehr gut geschmeckt hatten. Die Männer entschieden sich für Töttchen, und die Frauen wählten Pannekoken mit Pillewörmer. Dazu wurde natürlich leckeres Altbier getrunken, und auch der ein oder andere Pinkus Bio-Bierbrand floss durch die Kehlen. Bevor es aber ein Gelage wurde, drängte Robert zum Aufbruch, denn er wollte am nächsten Morgen fit sein und Tim und Gabriele mussten ja arbeiten.

Locquirec – Haussuche

Nicolas Gaillard hatte Paris zwar nicht fluchtartig verlassen, aber eine Idee, wo er in der Bretagne wohnen wollte, hatte er trotzdem noch nicht. Er kannte die Region von einigen kurzen Urlauben, die er dort verbracht hatte; allerdings hatte er dabei immer in vornehmen Hotels gewohnt. Die durch die schroffe Felsenküste geprägte Landschaft und die Menschen hatten ihn fasziniert, und er hoffte, in einem der vielen kleinen Orte direkt am Meer eine schöne Immobilie zu finden.

Nachdem er zwei große Koffer mit Bekleidung gepackt und noch andere Dinge erledigt hatte, kam er endlich gegen Mittag los. Er genoss die Fahrt in seinem komfortablen, mit allen technischen Finessen ausgestatteten 8er BMW Cabrio. Auf der A 11 kam er gut voran, obwohl einige Baustellen auf der Strecke für leichte Verzögerungen sorgten und er wegen der generellen Geschwindigkeitsbegrenzung von 130 km/h die geballte Power seines Boliden nicht nutzen konnte. Angeregt durch ein Gespräch mit seiner Freundin Véronique, dachte er darüber nach, ob diese Edellimousine wirklich sinnvoll sei. Vielleicht sollte er mehr an die Umwelt denken und auf einen Tesla umsteigen.

Er entschloss sich, zunächst bis Saint-Brieuc zu fahren und sich dort eine Unterkunft für die Nacht zu suchen. Im Zentrum gab es mehrere Hotels; spontan entschied er sich für das Edgar Hotel. Das Zimmer war nicht gerade luxuriös, aber im Gegensatz zu seinen Eltern und seinem Bruder war er nicht besonders anspruchsvoll. Wichtiger war ihm gutes

Essen. Das Angebot des Hotelrestaurants gefiel ihm, er wollte sich nach der Autofahrt aber zuerst ein bisschen bewegen und suchte auf seinem Laptop nach Alternativen. In Saint-Brieuc fand er zwei Ein-Sterne-Restaurants und beschloss, sich zum Start in sein neues Leben etwas Besonderes zu gönnen.

Das Sternerestaurant, für das er sich entschieden hatte, befand sich in einem ehemaligen Gasthof. Er hatte Glück, denn obwohl er nicht reserviert hatte, bekam er einen Tisch mit einem herrlichen Blick über die grünen Ufer des Gouët.

Passend zu seinem künftigen Leben am Meer, entschied er sich für ein Menu, das im Wesentlichen aus Fisch und Meeresfrüchten komponiert war. Dazu wählte er einen passenden Weißwein aus der umfangreichen und sehr gut sortierten Weinkarte. Der Abend wäre perfekt gewesen, wenn er seine Freundin hier bei sich gehabt hätte.

Den Rückweg zum Hotel nutzte er für ein langes Gespräch mit Véronique. Er schwärmte ihr von diesem ersten Abend in der Bretagne vor und natürlich wollte er sie auch ein wenig neugierig machen, damit sie so bald wie möglich zu ihm kommen würde.

Am nächsten Morgen fuhr er entlang der Küste nach Locquirec. Seine Entscheidung, in der Gegend um diesen Ort nach einem Haus zu suchen, war eher zufällig gewesen. Er hatte in einem Journal einen Bericht über die Bucht und die reizvolle Landschaft gelesen. Insbesondere die Feststellung des Autors, dass es hier keinen Massentourismus gäbe, hatte ihn angelockt.

Schon von Saint-Brieuc aus hatte er im »Grand Hotel des Bains« reserviert. Nachdem er das großzügige Zimmer mit Meerblick bezogen hatte, erkundigte er sich an der Rezeption nach Maklerbüros. Man nannte ihm drei Adressen. Sofort nach dem Frühstück machte er sich, bewaffnet mit einem Stadtplan, auf den Weg.

Im Schaufenster des ersten Maklerbüros, das er aufsuchte, hingen etliche Angebote, die Nicolas sorgfältig studierte. Einige der Objekte schloss er von vorneherein aus, weil sie ihm weder von der Größe noch von der Ausstattung her gefielen. Drei Häuser schienen ihm recht interessant zu sein, und so ging er hinein.

Eine attraktive junge Dame empfing ihn mit einem charmanten Lächeln. »Wie kann ich Ihnen helfen, Monsieur?« Dabei betrachtete sie Nicolas mit einer gewissen Neugier. Ein so gut aussehender und modisch, aber dezent gekleideter Kunde kam hier nicht alle Tage vorbei.

»Ich bin auf der Suche nach einem Haus hier in der Gegend. Im Schaufenster habe ich die Exposés einiger Objekte gesehen, die mich interessieren könnten. Ich möchte mich gern näher informieren.«

»Ja, das ist schön. Wir haben sogar noch einige weitere Häuser anzubieten, die wir noch nicht ausgehängt haben. Leider ist mein Chef, der die Objekte betreut, im Augenblick nicht da. Ich könnte aber einen Termin mit ihm vereinbaren. Wäre Ihnen das recht?«

»Sicher. Wann wäre das möglich?«

»Ich erwarte Monsieur Dumoulin nach der Mittagspause zurück. Er muss dann noch ein paar Kunden zurückrufen, aber ich denke, um 15:00 Uhr könnte er Ihnen zur Verfügung stehen.«

»Gut. Und was mache ich bis dahin? Können Sie mir ein nettes Restaurant empfehlen, in das ich Sie in der Mittagspause einladen darf? In netter Gesellschaft schmeckt ein gutes Mittagsmenü einfach besser«, fragte Nicolas mit einem freundlichen Lächeln, wohl wissend, dass er damit bei Frauen gut ankam.

»Oh, tut mir leid Monsieur ...?«

»Nicolas Gaillard«, stellte sich Nicolas vor.

»Ich würde Ihre Einladung gerne annehmen, aber ich bin heute Mittag mit einer Freundin bei ihr zu Hause verabredet und möchte sie nicht versetzen. Vielleicht ein andermal.«

»Schade«, bedauerte Nicolas. »Wir sehen uns dann um 15:00 Uhr. Bonne journée.«

Nicolas ging zu dem kleinen Hafen und fand dort ein ansprechendes Restaurant, in dem er die Wartezeit verbrachte und sich das Menü du Jour bestellte. Er saß auf der etwas erhöhten Terrasse; von dort aus konnte er das Leben und Treiben davor gut beobachten. Die Atmosphäre gefiel ihm, und er hoffte, dass er hier eine passende Immobilie finden würde.

Pünktlich um 15:00 Uhr betrat er wieder das Maklerbüro.

»Hallo, da bin ich wieder. Mademoiselle ...?«

»Oh, entschuldigen Sie. Ich habe mich vorhin gar nicht vorgestellt. Ich bin Jacqueline. Mein Chef ist jetzt da. Ich sage ihm gleich Bescheid, dass Sie hier sind.«

Sie klopfte an eine Tür im hinteren Teil des Raumes, und sofort ertönte eine sonore Stimme: »Ich komme.«

Makler Dumoulin ging mit ausgestreckten Händen auf Nicolas zu und begrüßte ihn überschwänglich. »Monsieur Gaillard, ich freue mich, Sie begrüßen zu können. Jacqueline hat mir erzählt, dass Sie sich in Locquirec niederlassen wollen. Ich bin sicher, dass ich Ihnen ein passendes Objekt vermitteln kann. Kommen Sie doch mit in mein Büro. Darf ich Ihnen einen Kaffee oder eine Erfrischung anbieten?«

»Nein, danke. Ich komme gerade aus einem Restaurant, in dem ich zu Mittag gegessen habe.«

»Ich hoffe, Sie haben gut gespeist. Wir haben hier zwar keine Spitzengastronomie, aber eine gute bodenständige Küche. Vor allem Fisch ist hier zu empfehlen. Immer superfrisch und lecker zubereitet. Aber auch Lamm wird vielfach angeboten. Bitte nehmen Sie doch Platz.«, forderte der Makler Nicolas auf, nachdem sie sein Büro betreten hatten. »Darf ich fragen, was genau Sie suchen? Wir haben ein großes Angebot und für jeden Geschmack und für jeden Geldbeutel etwas.«

Eigentlich war ihm die betont forsche Art des Maklers nicht sonderlich sympathisch, aber das brachte dessen Beruf wohl so mit sich.

»Nun, ich möchte von Paris in die Bretagne umziehen und suche ein passendes Haus in schöner Umgebung, ohne allzu viel Tourismus.«

»Da sind Sie bei uns in Locquirec genau richtig. Haben Sie konkrete Vorstellungen zu Größe und Ausstattung?«

»Nein. Ich bin da völlig offen. Ich möchte mir erst einmal einige Häuser ansehen. Sie sollten nur nicht zu klein sein.«

»Da hätte ich schon etwas, das für Sie infrage käme. Jacqueline wird Ihnen die Exposés raussuchen. Wenn Sie die gelesen haben, informieren Sie mich bitte, und wir machen dann einen Besichtigungstermin aus. Wo kann meine Mitarbeiterin Ihnen die Unterlagen vorbeibringen?«

»Ich wohne im ›Grand Hotel des Bains‹.«

»Oh, unser bestes Hotel«, meinte der Makler anerkennend, und man konnte ihm anmerken, dass er damit bereits die Solvenz seines Kunden abschätzte. Er setzte gerade zu einer Verabschiedung an, als sich sein Smartphone mit der Melodie »La mer« von Charles Trenet meldete. Nachdem er auf das Display geblickt hatte, meldete er sich mit einem kurzen »Ja, bitte«, ohne seinen Namen zu nennen. Der Anrufer schien sich daran nicht zu stören, sondern redete drauf los. »Danke für die Information Mathéo. Ich bin zurzeit in einem Kundengespräch. Ich rufe später zurück«, beendete der Makler das Gespräch ziemlich abrupt.

Nachdem Nicolas gegangen war, schloss der Makler die Tür seines Büros und rief wie angekündigt zurück. »So, nun bin ich allein und kann zuhören. Habt ihr den Job erledigt?« Er hörte sich die Antwort an und fragte skeptisch: »Bist du sicher, dass die Frau den Unfall nicht überlebt hat? Und was ist mit dem Mann?« Die Antwort befriedigte ihn nicht: »Was heißt das, ich könnte das doch bei meinem Freund Brigadier-Chef Moreau erfahren? Und im Übrigen solltet ihr die alten Leute nicht umbringen. Ich hatte euch nur beauftragt, sie gehörig zu erschrecken, damit sie sich schneller zum Verkauf ihres Hauses entscheiden würden. Wenn der Mann auch nicht überlebt hat, wird das jetzt alles komplizierter. Dann muss ich mich mit den Erben herumschlagen. Putain! Und du bist sicher, dass euch niemand gesehen hat?«, wollte Dumoulin noch wissen. Die Antwort schien ihn zu beruhigen. »Gut, dass ihr so lange gewartet habt, bis die Unfallstelle geräumt war und auch die Surfer sich wieder verzogen hatten.«

Der Anrufer stellte noch eine Frage, die Dumoulin barsch beantwortete: »Hab man keine Angst. Pas de soucis! Euer Geld bekommt ihr schon. Mein Partner wird das regeln.« Damit beendete er das Gespräch und rief den Leiter der Polizeiwache an. »Bonjour, Moreau. Ich habe gehört, dass es auf der D64 einen schweren Unfall gegeben hat. – Woher ich das weiß? Naja, in unserem kleinen Ort spricht sich so was schnell herum. Es heißt, dass es das Ehepaar Rossier erwischt hat. Stimmt das? Ich soll nämlich deren Haus verkaufen, weil sie in ein Seniorenheim ziehen wollten. – Tot? Beide tot? Das ist ja schrecklich. Ihr werdet natürlich jetzt noch nicht wissen, ob es Angehörige gibt. Es wäre mir eine große Hilfe, wenn du mich informierst, sobald du weißt, wer die Rossiers beerben wird. – Ja, ist mir klar, dass das eigentlich nicht geht, aber wir haben doch schon immer gut zusammengearbeitet«. Mit dieser eindeutigen Feststellung beendete Dumoulin das Gespräch.

Von den angebotenen Objekten kamen für Nicolas im Prinzip nur zwei infrage, aber auch die überzeugten ihn nicht so recht. Das eine lag ziemlich abseits, und das andere war zwar gut ausgestattet, allerdings für ihn zu klein. Es hätte ihm allenfalls als Ferienhaus gefallen können, aber nicht als Dauerwohnsitz. Er rief den Makler am nächsten Tag an, um ihm das Ergebnis mitzuteilen.

»Monsieur Gaillard, das betrübt mich, dass Ihnen keines der Häuser zugesagt hat. Aber ich habe eine gute Nachricht für Sie. Ich habe heute Morgen noch ein sehr schönes Haus angeboten bekommen. Gute Lage oberhalb der Bucht und mit gehobener, ach, was sage ich, mit luxuriöser Ausstattung. Das müssen Sie sich ansehen. Wenn Sie wollen, können wir das schon heute Nachmittag machen. Der Vorbesitzer ist zwar selbst nicht anwesend, aber das Verwalterehepaar ist vor Ort.«

»Hoffentlich ist das Haus tatsächlich so optimal, wie Sie es beschreiben.«

»Doch, doch. Es wird Ihnen bestimmt gefallen. Wenn es Ihnen recht ist, können wir uns direkt vor Ort um 14:30 Uhr treffen.«

Der Makler nannte Nicolas noch die Adresse und verabschiedete sich mit einem freundlichen: »À tout à l'heure!«

Bei der Besichtigung gefiel das Haus Nicolas auf Anhieb. Die Räume waren gut geschnitten und machten ebenso wie der Garten einen sehr gepflegten Eindruck. Auch die Lage mit einem unverbaubaren Blick auf die Bucht begeisterte Nicolas. Er ließ sich dies jedoch nicht anmerken, denn er befürchtete, dass der Makler dann den Preis höher ansetzen würde. Vorsichtig antwortete er: »Ja, das Haus könnte vielleicht infrage kommen. Wie hoch ist denn der Preis?«

»Bevor ich Ihnen den nenne, muss ich noch zwei Besonderheiten ansprechen. Das Verwalterehepaar wohnt in dem Nebengebäude am Ende des Grundstücks, und der ursprüngliche Vorbesitzer hat ihnen ein lebenslanges Wohnrecht garantiert. Das Ehepaar Latour wird Ihnen aber bestimmt gefallen. Madame Latour ist eine hervorragende Köchin, und ihr Mann pflegt den Garten mit Hingabe.«

»Das hört sich gut an. Ich denke, es sollte kein Problem sein, die Latours weiter zu beschäftigen. Und was ist die zweite Besonderheit?«

»Nun, das Haus wird nicht direkt von dem Ehepaar verkauft, das bisher hier gewohnt hat. Sie haben es vor ihrem Umzug zu ihrer Tochter nach Südfrankreich möglichst rasch veräußern wollen und es deswegen an eine Investmentgesellschaft aus Paris verkauft.«

»Ist das nicht ein wenig ungewöhnlich, Monsieur Dumoulin?«, unterbrach Nicolas den Makler.

»Ja, aber die Gesellschaft machte ein gutes Angebot. Sie beabsichtigte das Grundstück für den Neubau eines kleinen exklusiven Hotels zu nutzen. Gestern hat der Gemeinderat allerdings endgültig entschieden, dafür keine Baugenehmigung zu erteilen. Ärgerlich, aber nicht zu ändern. Einer Nutzung als Wohnhaus steht aber nichts im Wege. Auch Umbauten wären möglich, solange der Charakter und das Äußere des Hauses erhalten bleiben. Möchten Sie jetzt das Ehepaar Latour kennenlernen?«, versuchte der Makler abzulenken.

»Gern«, ging Nicolas auf den Vorschlag ein. Was der Makler über den Besitzerwechsel erzählt hatte, hatte ihn jedoch misstrauisch gemacht. Aufgrund seiner Erfahrungen in Paris hatte er das Gefühl, dass da vielleicht etwas faul sein könnte.

Das Objekt gefiel ihm jedoch so gut, dass er seine Bedenken verdrängte. »Also Monsieur Dumoulin, wenn der Preis stimmt, könnte das Haus wohl für mich infrage kommen. Vorher möchte ich jedoch auf jeden Fall das Ehepaar Latour persönlich kennenlernen.«

»Nun, bei dem Preis werden wir uns bestimmt einig. Die Immobiliengesellschaft verlangt 900.000 Euro, ich bin jedoch sicher, dass da noch was zu machen ist. Wie viel wären Sie denn bereit, für dieses Traumobjekt zu zahlen?«

»Ich denke 750.000 Euro sind angemessen. Bitte geben Sie diesen Vorschlag weiter. Und jetzt würde ich gern das Verwalterehepaar kennenlernen.«

Monsieur Dumoulin bat das Ehepaar Latour in den Wintergarten und stellte die beiden Nicolas vor.

»Das sind Odile und Daniel. Odile ist eine hervorragende Köchin und zuverlässige Hauswirtschafterin. Ihr Mann Daniel kümmert sich um den Garten und ist zugleich Mädchen für alles, obwohl er gar nicht mädchenhaft ist«, versuchte der Makler zu scherzen. Odile mochte etwa 45 Jahre alt sein und strahlte mit ihren kleinen Fältchen im Gesicht eine freundliche Ruhe aus. Pechschwarze Haare und ein bräunlicher Teint ließen darauf schließen, dass sie südländische Wurzeln hatte. Ihre vollschlanke Figur verriet, dass sie ihre eigenen Kochkünste auch zu schätzen wusste. Nicolas schoss bei ihrem Anblick spontan der Satz »Never trust a skinny cook« durch den Kopf. Die Frau war ihm sofort sympathisch.

Ihr großgewachsener Mann überragte sie um etliche Zentimeter. Das von der Arbeit im Freien sonnengebräunte Gesicht machte es schwer, sein Alter zu schätzen. In seinen dunklen Haaren waren jedoch auch ein paar graue zu sehen. Seine kräftige, muskulöse Statur zeugte davon, dass er durch die Arbeit im Garten gut in Form war.

Das Ehepaar blickte ein wenig nervös auf Nicolas, weil es um ihren Job bangte.

Nicolas stellte sich seinerseits kurz vor und befragte die beiden über ihre Zeit hier im Haus und ihre berufliche Qualifikation. Schnell war Nicolas klar, dass es ein besonderer Glücksfall war, dieses sympathische Ehepaar übernehmen zu können.

»Also, ich bin fest überzeugt, dass wir gut miteinander auskommen werden. Ich freue mich auf eine schöne Zeit mit Ihnen.«

»Oh danke, Monsieur Gaillard. Wir waren ein wenig besorgt, denn wir wussten ja nicht, wer dieses schöne Anwesen kauft und was dann aus uns würde«, antwortete Odile mit einem strahlenden Lächeln.

Zurück im Hotel rief Nicolas sofort seine Freundin Véronique in Paris an. »Ma chère, stell dir vor, ich habe heute auf Anhieb ein Traumhaus für uns gefunden. Du musst es dir so bald wie möglich ansehen.«

»Du weißt aber, dass ich nicht sofort nach Locquirec kommen kann? Ich habe noch die letzten Prüfungen zu absolvieren.«

»Ja, natürlich. Hatte ich in meiner Euphorie vergessen. Ich muss mich aber schnell entscheiden, damit mir das Haus kein anderer Interessent wegschnappt.«

»Bist du so sicher, dass es das richtige Objekt für uns ist?«

»Ganz sicher; und das Tollste ist, dass wir ein Verwalterehepaar übernehmen können, dem der ursprüngliche Besitzer ein lebenslanges Wohnrecht in einem Nebengebäude eingeräumt hat.«

Véronique wurde hellhörig. »Was heißt das? Ursprünglicher Vorbesitzer?«

»Das Haus gehört derzeit einer Investmentgesellschaft, die es von einem älteren Ehepaar gekauft hat, das zu seiner Tochter nach Südfrankreich gezogen ist. Die älteren Leute wollten das Haus rasch zu Geld machen, und da kam das Angebot dieser Firma gerade recht.«

»Und warum will die das jetzt wieder verkaufen?«

»Ach, die Pläne, die sie damit hatten, ließen sich nicht realisieren, weil die Gemeinde nicht mitgespielt hat.«

»Bist du sicher, dass da kein Haken an der Sache ist?«

»Ich gebe zu, das klingt alles etwas dubios, aber das Haus hat Charme und ist genau das, was ich für uns gesucht habe. Hinzu kommt noch dieses sympathische Verwalterehepaar, das gerne für uns arbeiten möchte.«

»Wenn du wirklich sicher bist, dann folge deinem Bauchgefühl. Bei mir bist du ja auch diesem Gefühl gefolgt«, scherzte Véronique. »Ich bin gespannt, was mich in der Bretagne erwartet.«

An Frankreichs Küste

Widersprüchliche Normandie

Ihre Hamburger Freunde, die Robert und Nanni schon bei der Suche nach dem passenden Wohnmobil hilfreiche Tipps gegeben hatten, hatten ihnen auch empfohlen, nicht den kürzeren Weg über Paris nach Locquirec zu nehmen, sondern lieber an der malerischen Küste entlang durch die Normandie zu fahren, um ihren Zielort zu erreichen. Als ersten Übernachtungsort würde sich Gravelines anbieten, denn mitten im Ort befände sich ein großer Parkplatz, der auch ausdrücklich als Stellplatz für Wohnmobile ausgeschildert war. Nach gut sechs Stunden Fahrt kamen sie dort an und freuten sich auf einen schönen Spaziergang mit Aika. Vorbei an dem hübschen kleinen Leuchtturm wanderten sie bis ans Ende des langen Damms, der die Hafeneinfahrt schützte. Nanni entdeckte zwischen seinen Steinen von Sonne und Salzwasser ausgebleichte Äste und Wurzelstöcke, die dort angespült worden waren. Sie hatte sofort einige Ideen, wie man diese maritimen Funde dekorativ in der heimischen Wohnung nutzen könnte. Robert fand dies auch nicht schlecht, meinte aber: »Du weißt, dass wir zwar noch viel Platz in *Matilda* haben, aber wenn du so weitersammelst, kommen wir bald an die Grenzen, was die Zuladung unseres Wohnmobils betrifft. Außerdem brauchen wir Reserven, denn wir wollen doch aus Frankreich Wein mit nach Hause nehmen.«

»Ach, stell dich nicht so an! Die Äste sind schon total ausgetrocknet und wiegen fast gar nichts. Aber mal was ganz anderes. Ich habe eigentlich keine Lust, heute noch zu kochen. Vorhin habe ich ein nettes Lokal gesehen. Die Küche ist durchgehend geöffnet, und die bieten ›Moules Frites‹ an. Das wäre doch was, oder?«

»Gute Idee. Die esse ich mindestens genauso gerne wie du, und so frisch und sicherlich auch so gut wie hier bekommen wir sie wohl kaum«, war sich Robert sicher.

»Und dazu einen leckeren frischen Rosé«, schwärmte Nanni.

Die Muscheln waren so köstlich wie erhofft. Nach einem abschließenden Espresso stellten sie beide einmütig fest, dass dies ein toller Auftakt ihrer Frankreichreise war. Aika, die die ganze Zeit artig unter dem Tisch gelegen hatte, ließ in diesem Moment ein leises Brummen vernehmen. Zustimmung oder Zufall?

Am nächsten Morgen konnte Nanni zum Frühstück keinen Kaffee in ihrer Kaffeemaschine kochen, weil es auf dem Parkplatz keinen Stromanschluss gab. Robert kaufte deshalb auf seinem morgendlichen Spaziergang nicht nur ein frisches Baguette und zwei Croissants au beurre in der Boulangerie, sondern brachte aus einem winzigen Supermarkt auch eine Packung Tee mit.

So gestärkt ging es auf die nächste Etappe: entlang der Küste nach Yport mit einem Zwischenstopp am Cap Gris-Nez, wo ihnen ein frischer, starker Wind um die Nase wehte. Bei klarer Sicht konnte man von dort die Kreidefelsen von Dover ausmachen. »Hier ist ja fast so viel los wie auf einer deutschen Autobahn«, kommentierte Nanni den regen Schiffsverkehr auf dem Ärmelkanal.

Obwohl sie den Campingplatz in Yport erst am späten Nachmittag erreichten, hatten sie unwahrscheinliches Glück. Auf dem obersten Plateau der terrassenförmig angelegten Anlage war noch ein Stellplatz frei. Von hier hatten sie einen traumhaften Blick auf den Ärmelkanal mit dem regen Schiffsverkehr und die Bucht vor dem kleinen Ort tief unter ihnen. Nun kam auch Aika zu ihrem Recht, und sie machten einen Spaziergang auf dem schmalen ehemaligen Patrouillenweg der Zöllner, der am Rand der Klippen entlangführte. Lediglich eine Bunkerruine aus dem Zweiten Weltkrieg störte die Idylle.

Da sich kein Restaurant in der Nähe befand, hatte Nanni die Küche auf *Matilda* in Betrieb genommen und ein kleines, französisch inspiriertes Menü zubereitet. Als sie gut gesättigt vor ihrem Wohnmobil saßen und sich einen leckeren Rotwein gönnten, fragte Robert: »Hast du eigentlich noch zusätzliche Informationen über Nicolas Gaillard bekommen?«

»Nein, nur dass er halt sehr zurückgezogen in der Bretagne lebt. Auch im Internet war sehr wenig über ihn zu finden. Es wurde zwar viel über seinen ersten Roman berichtet, aber über ihn selbst als Person war nur wenig zu lesen. Allerdings wurde berichtet, dass man auf ihn geschossen hatte, aber zum Glück blieb er unverletzt. Die Polizei zweifelte jedoch daran, ob wirklich er das Ziel war, und so wurden die Ermittlungen ziemlich rasch eingestellt.«

»Das hört sich ja interessant an, aber auch gefährlich. Hat denn die Staatsanwaltschaft eine Begründung für ihre Entscheidung genannt?«

»Ja. Es hieß, dass die Schüsse nicht Nicolas Gaillard gegolten hätten, sondern wahrscheinlich einem Waffenhändler, der die Gaillards besuchen wollte.«

»Mmh. Sehr dubios. Ich bin gespannt, ob Herr Gaillard darüber reden wird und welche Erklärung er selbst für den Vorfall hat. Er ist ja wohl nicht ohne Grund in die Bretagne gezogen. Das sieht mir eher nach Flucht aus.«

Am nächsten Morgen wurden sie von einem leichten Rauschen geweckt.

»Oh, wie romantisch. Meeresrauschen zum Wachwerden. Find ich toll«, kommentierte Nanni das Geräusch.

Robert schob das Fensterrollo an seinem Bett etwas hoch, um hinausschauen zu können. »Ich will dir ja nicht deine Illusionen rauben, aber das ist nicht das Meer. Das sind die Fichten am Hang vor uns, durch die der Wind pustet. Aber damit der Tag trotzdem gut beginnt, wasche ich mich schnell, gehe mit Aika hinunter in den Ort und hole uns ein Baguette und Croissants zum Frühstück.«

Als Robert den Campingplatz durch ein Nebentor verließ, sah er vor sich die Straße, die in den Ort führte. Sie ging steil bergab. Er war schon fast entschlossen, wieder umzukehren, denn er dachte an den Rückweg, aber Aika hatte einen interessanten Geruch in die Nase bekommen und zog ihn bergab. Außerdem hatte er ja Nanni versprochen, für ein schönes französisches Frühstück zu sorgen.

Robert fand problemlos die örtliche Boulangerie, ohne nach dem Weg fragen zu müssen, weil ihm etliche Männer mit Baguettes in der Hand entgegenkamen, sodass er einfach in die Richtung ging, aus der sie kamen. Unterwegs beobachtete er, wie der ein oder andere seine Geschlechtsgenossen die Spitze seines frischen, knusprigen Brotes abbrach und sich in den Mund schob. Nachdem er seinen Einkauf erledigt hatte, machte er sich auf den Rückweg. Der steile Anstieg hinauf zum Campingplatz brachte ihn leicht ins Schwitzen, und er musste schon bald eine kleine Verschnaufpause einlegen. Um wieder zu Kräften zu kommen, machte er es wie die Franzosen. Er brach die Spitze des Baguettes ab und genoss das krachende Geräusch, als er es kaute. Sein Hund guckte zu und hoffte wohl auch auf ein Stück dieser Köstlichkeit, das Robert ihm aber verweigerte, weil er gerade versuchte, Aika das Betteln abzugewöhnen. Bei einem Retrievermischling ein fast aussichtsloses Vorhaben. Die noch lauwarmen Croissants verströmten einen herrlichen Duft, und die Versuchung war groß, auch da mal hineinzubeißen. Doch er blieb standhaft und ging mit forschen Schritten weiter. Nanni sollte ja auch noch in den Genuss der frischen Croissants kommen.

Als er ihr freudestrahlend seine Einkäufe präsentierte, stutzte sie und zeigte mit gerunzelter Stirn auf das Baguette: »Was ist denn das? Ohne Spitze? Hast du das billiger gekriegt? Oder war das etwa Aika?«

»Nein! Das ist hier so üblich. Die Männer, die morgens beim Bäcker für das Frühstück einkaufen, dürfen sich für den Rückweg stärken«, antwortete er schmunzelnd.

»Da habe ich ja Glück gehabt, dass dein Weg nicht zu lang war, sonst wäre hier wohl nichts mehr angekommen.«

Da sie für die Fahrt zu Nicolas Gaillard in Locquirec eine ganze Woche vorgesehen hatten, sollte ihr Tagesziel heute nur Villiers-sur-Mer sein, weil sie sich unterwegs noch die »Jardins du Pays d'Auge« ansehen wollten. Wie sie in einem Reiseführer bei der Planung ihrer Route gelesen hatten, sollte der an englische Anlagen erinnernde Garten einen Besuch wert sein. Sie wurden nicht enttäuscht. Eine Reihe Themengärten vom Wassergarten bis zum Gewürzgarten strukturierten das Gelände, und sie bekamen viele einheimische Sträucher und Stauden zu sehen. Alles war sehr gut gepflegt und mit vielen netten Gartenaccessoires dekoriert. Nach dem zweistündigen Spaziergang fragte Nanni: »Was hältst du jetzt von einer kleinen Stärkung? Da vor dem Eingang ist eine Crêperie.«

»Gute Idee, ein Eis oder eine Crêpe wäre jetzt genau das Richtige.«

Der Stellplatz in Villiers-sur-Mer war schnell gefunden. Eine schlichte Einrichtung, allerdings mit Stromversorgung und für eine Übernachtung völlig ausreichend. Direkt an das Gelände grenzte ein Park, durch den man an den Strand gelangte und der wie für einen schönen Hundespaziergang gemacht war.

Nach dem Abendessen gingen Robert und Nanni früh zu Bett. Sie wollten eigentlich noch ein wenig lesen, aber nach der vielen frischen Luft, die ihnen an diesem Tag um die Nase geweht war, fielen ihnen schon bald die Augen zu. Mitten in der Nacht wurde Roberts Nachtruhe jäh unterbrochen.

»Robert, komm mal schnell! Neben unserer Toilette leuchtet eine rote Anzeige. Weißt du, was das bedeutet? Ist da was kaputtgegangen?« Nanni stand ratlos vor dem Toilettenbecken.

»Ach du meine Güte«, murmelte Robert noch halb im Schlaf. »Wir hätten wohl schon mal unseren Toilettentank leeren müssen. Daran habe ich überhaupt nicht gedacht, obwohl uns Herr Schröder bei der Einweisung extra drauf hingewiesen hat, dass man den etwa alle zwei Tage auskippen muss.«

»Und nun? Ich muss mal dringend.«

»Mmh?«, grübelte Robert. »Es gibt zwei Möglichkeiten. Wenn es ganz dringend ist, müssen wir es riskieren, und du benutzt die Toilette noch ein weiteres Mal. Oder, falls du noch ein wenig warten kannst, muss ich mich eben anziehen und den Tank vorne am Eingang des Stellplatzes an der Entsorgungsstation entleeren.«

»Ja, so lange kann ich schon noch warten. Aber beeil dich.«

So schnell es ging, erledigte Robert die Entsorgung und kam mit dem leeren Tank wieder zurück. »So, nun kannst du dich erleichtern. Und in Zukunft denken wir daran, das Ding rechtzeitig auszuschütten. Spätestens alle zwei Tage. Das müssen wir auch bei der Planung unserer Tagesetappen berücksichtigen. Stell dir vor, wir hätten jetzt auf einem Stellplatz ohne Entsorgungsstation gestanden.«

»Lieber nicht. Nachts in die Büsche? Brrr, nichts für mich«, erwiderte Nanni und schüttelte sich bei diesem Gedanken.

Nach Roberts ungewöhnlicher Nachtwanderung und Nannis Erleichterung ging es am nächsten Morgen auf teilweise abenteuerlich engen Straßen weiter. Die Route hatten sie ausgesucht, weil sie hofften, hier möglichst oft freien Blick auf das Meer zu haben. Robert betete innerlich, dass ihnen auf dieser Nebenstrecke kein größeres Fahrzeug entgegenkommen möge, denn dann würde es eng. Auf dieser Etappe hatten sie außerdem geplant, den weltberühmten Teppich von Bayeux[2] zu besichtigen. Ebenso standen das Museum und die Kriegsgräber um Omaha Beach auf ihrem Programm. Da die Fahrt über die schmalen Nebenstraßen jedoch viel Zeit gekostet hatte, war beides nicht möglich. Nach einer kurzen Diskussion entschieden sie sich für Omaha Beach.

Hier landeten am 6. Juni 1944 die Alliierten und führten damit letzten Endes den Zusammenbruch des Naziregimes herbei. An diesem Strandabschnitt fanden heftige Kämpfe statt, binnen weniger Stunden starben am Omaha Beach über 3000 Soldaten.

Nanni und Robert ging die Frage nach dem Warum durch den Kopf, und schweigend wanderten sie ein Stück an diesem blutgetränkten Strand entlang.

In dem Museum, das an einen der vielen Soldatenfriedhöfe angrenzt, sahen sie sich einen Film über die Landung der Al-

---

2 Der Wandteppich von Bayeux ist eine Wollstickerei auf Leinen aus der zweiten Hälfte des 11. Jahrhunderts, einzigartig in der Welt. Er misst fast 70 Meter in der Länge und 50 Zentimeter in der Höhe und zeigt in 58 Einzelszenen die Eroberung Englands im Jahr 1066 durch Wilhelm den Eroberer (Guillaume le Conquérant), Herzog der Normandie.

liierten in der Normandie an, der alle Besucher sehr nachdenklich stimmte.

Während sie weiterfuhren, unterhielten sie sich über das Gesehene und waren sich einig, dass man sich diese Eindrücke immer wieder vor Augen halten und sich für den Erhalt des Friedens (der schon im Kleinen bei uns selbst im Umgang mit dem Gegenüber beginnt) einsetzen müsse.

Dieser deprimierende Eindruck stand im krassen Gegensatz zu der ländlich-nostalgischen Idylle der »Jardins du Pays d'Auge«.

Am späten Nachmittag erreichten sie ihr Tagesziel, einen einfachen Stellplatz in unmittelbarer Nähe des Cap de la Hague mit dem Leuchtturm, der davor auf einem Felsplateau im Meer steht. Bei strahlendem Sonnenschein und einer mäßigen Brise machten sie einen Spaziergang an die Landspitze und gewannen dabei ein wenig Distanz zu den Eindrücken von Omaha Beach. Sie hatten sich auf einen der Felsen gesetzt und schauten auf die Insel Alderney, die schon zu Großbritannien gehört, als sich Nannis Smartphone meldete. Sie blickte überrascht auf das Display und musste schmunzeln. Robert fragte: »Wer ruft dich denn da an?«

»Hier schau mal«, lachte Nanni und gab ihm das Gerät. Robert las verwundert: »Lieber Vodafone-Kunde, willkommen in Jersey, Great Britain.«

»Sehr freundlich. Doch noch sind wir eindeutig in Frankreich, auf dem europäischen Festland. Aber vielleicht gehört Vodafone zu den Brexit-Gegnern und will Verbundenheit mit der EU demonstrieren.«

Das Abenteuer Granville

Abends fragte Nanni: »Wann, meinst du, werden wir in Locquirec ankommen? Ich hatte Nicolas Gaillard gesagt, dass ich ihn anrufen würde, sobald wir abschätzen können, wann wir da sein werden.«

»Das kommt darauf an, ob wir noch mal einen Tag Pause machen wollen oder direkt durchfahren wollen.«

»Wie weit wäre es denn direkt?«

»Über Autobahn und Schnellstraße knapp 400 Kilometer, also etwa 5 Stunden. Das ist mir etwas zu viel. Ich schlage vor, dass wir vor Locquirec noch einmal übernachten.«

»Finde ich auch besser, dann kommen wir dort am frühen Nachmittag an, und ich kann Nicolas dann noch kennenlernen. Außerdem ist es herrlich, bei diesem wunderschönen Wetter an der Küste entlangzufahren. Schau doch mal im Stellplatzführer nach, wo wir übernachten können.«

Robert studierte den Wohnmobilreiseführer für die Bretagne und meinte: »Ich glaube, wir fahren bis Granville. Dort gibt es einen Stellplatz in der Oberstadt. Sogar mit Entsorgungsstation!«, fügte er grinsend hinzu.

Als sie dort ankamen, mussten sie leider feststellen, dass keine Lücke mehr frei war. In ihren Unterlagen waren jedoch etwas außerhalb der Stadt zwei Campingplätze aufgeführt. Sie beschlossen, es mit dem nördlich gelegenen zu versuchen. Was folgte, war ein Albtraum!

Zunächst musste Robert wenden, da die Straße an einem Aussichtspunkt oben auf dem Berg über der Stadt endete. Ein schwieriges Unternehmen, da dort einige Pkws widerrechtlich parkten und dadurch die Wendemöglichkeit fast blockiert war. Nach mehrfachem Vor- und Zurücksetzen schaffte er es schließlich, wieder hinunter in die Stadt zu fahren. Dort lockte ihn das Navi in die Altstadt mit engen Straßen, in denen zwischen den parkenden Autos nur eine schmale Gasse für Robert und seine *Matilda* blieb. Wo Autos nur auf einer Seite standen, befanden sich gegenüber etliche Restaurants mit Stühlen und Tischen davor, über denen schattenspendende Markisen ausgefahren waren, die teilwiese sogar ein wenig über die Fahrbahn ragten. Robert musste seine Augen überall haben. Als er endlich einen größeren Platz vor sich sah, forderte das Navi ihn auf, rechts abzubiegen. Toller Vorschlag – das war eine Einbahnstraße, aber nicht in seiner Richtung. Also geradeaus weiter. An der nächsten Kreuzung gab das Navi vor, erneut rechts abzubiegen und dann wieder rechts. Dieser Weg führte in abenteuerlichen engen Kurven durch die Altstadt. Nach wenigen Minuten konnte Robert wiederum nur rechts abbiegen – und schon befand sich wieder in der schmalen Gasse mit den Restaurants. Auch die zweite Passage schaffte er, ohne an einer Markise hängen zu bleiben. Mittlerweile war sein Hemd durchgeschwitzt und er ziemlich genervt. Als Nanni den Vorschlag machte, es doch mal linksherum zu versuchen, blaffte er sie an: »Du kannst gerne das Steuer übernehmen und selber fahren!« Dennoch folgte er ihrem Vorschlag und bog zur Abwechslung mal links ab. Die Einbahnstraßenregelung einer kurzen Gasse, an deren Ende eine größere Querstraße zu sehen war, ignorierte er. Allerdings hatte nun nicht nur die menschliche Besatzung die Orientierung verloren, sondern auch das Navi. Es beharrte stur auf einer Umkehr und erneuten Fahrt durch die Altstadt.

Mit altmodischer Navigation anhand einer Karte fanden sie schließlich doch noch den ausgewählten Campingplatz.

Am nächsten Morgen war frühes Aufstehen angesagt, denn entlang der Küste waren es bis Locquirec zwar nur 265

Kilometer, aber dafür rechneten sie für die Strecke, die sie sich ausgesucht hatten, mit gut vier Stunden Fahrzeit. Ausnahmsweise stellten sie ihren Reisewecker auf 07:00 Uhr. Sie kamen dann besser voran, als gedacht, und als Nanni in einem kleinen Ort um die Mittagszeit ein Lokal entdeckte, vor dem etliche Handwerkerautos und Baufahrzeuge standen, beschlossen sie spontan, es den Franzosen gleichzutun und sich ein Mittagsmenü zu gönnen.

Bevor sie weiterfuhren, rief Nanni, wie verabredet, Nicolas Gaillard an und teilte ihm mit, dass sie um circa 14:30 Uhr in Locquirec eintreffen würden.

»Ah, très bien. J'ai réservé une place de stationnement sur le camping à la plage. Ce n'est pas très loin de ma maison. Là, à l'office, on vous attend.« (»Wunderbar. Ich habe Ihnen einen Stellplatz auf der Campinganlage am Strand reserviert. Das ist nicht weit von meinem Haus entfernt. Man erwartet sie dort an der Rezeption.«)

»Darf ich auch Deutsch sprechen? Mein Mann spricht zwar auch ein wenig Französisch, aber es wäre dann leichter für ihn.«

»Mais oui, das geht. Ich habe Deutsch auf dem Lycée gelernt.«

»Vielen Dank für die Reservierung auf dem Campingplatz. Mein Mann und ich freuen uns schon darauf, Sie kennenzulernen.«

»Ich auch. Wenn Sie Ihren Platz bezogen haben, kommen Sie doch auf einen Begrüßungsdrink zu mir. Ach, auf dem Campingplatz arbeitet übrigens ein junger Deutscher, Markus, der sich um die vielen deutschen Gäste kümmert, die hier Urlaub machen.«

»Danke für die Einladung. Wir kommen sehr gerne. Eine Frage: Können wir unseren Hund mitbringen?«

»Ah, non; désolé! Das geht leider nicht. Ich habe auf meinem Grundstück zwei große Wachhunde. Das würde nicht gut gehen«, meinte Nicolas mit spürbarem Bedauern.

»Das macht nichts. Wir machen dann mit Aika, so heißt unser Hund, vorher einen kleinen Spaziergang, und sie bleibt in unserem Wohnmobil. *À tout à l'heure!*«

Bienvenue en Bretagne

Nanni und Robert erreichten den Campingplatz von Locquirec, kurz bevor man dort nach der Mittagspause die Rezeption wieder öffnete. Der kleine Parkplatz vor der Schranke war schon voll belegt. Robert parkte mangels einer anderen Möglichkeit direkt vor der Schranke, die die Zufahrt auf den Platz versperrte.

Kurz nach 14:00 Uhr fuhr eine junge Frau mit ihrem Mini recht flott auf den markierten Parkplatz neben dem Gebäude mit der Rezeption. Nachdem sie die Tür aufgeschlossen hatte, ging Robert zusammen mit anderen schon wartenden Wohnmobilisten in das Büro. Der junge Deutsche, den Nicolas Gaillard erwähnt hatte, war allerdings nicht da. Die junge Frau hinter dem Tresen sprach jedoch auch Deutsch, wie auf ihrem Namensschild vermerkt war. Sie wandte sich an Robert, der an der Tür gewartet hatte, bis sie sich um ihn kümmern konnte. Das sorgte für ärgerliches Gebrumme der anderen Ankömmlinge, die schon länger warteten und sich durch rechtzeitiges Kommen einen optimalen Stellplatz erhofften. Insbesondere eine rothaarige Deutsche beschwerte sich lautstark. »Unverschämtheit! Als Letzter kommen und sich dann vordrängeln. Sie haben wohl überhaupt keine Hemmungen und Benehmen schon gar nicht.«

»Entschuldigung, ich nehme Ihnen keinen Platz weg. Für uns wurde vorab ein Platz reserviert, und da ich mit meinem Wagen nur noch unmittelbar vor der Schranke parken konnte, weil der kleine Parkplatz belegt war, dachte ich, es wäre sinnvoll, wenn ich als Erster bedient würde.«

Die Landsmännin schnaubte noch einmal verächtlich und meinte: »Dann beeilen Sie sich mal.«

Die Formalitäten waren schnell erledigt. Robert erhielt einen Plan des Geländes und ein Infoschreiben über die Einrichtungen des Platzes und die Regeln, die es hier einzuhalten galt.

Nicolas hatte einen Platz direkt am Strand hinter einem kleinen Wall, auf dem der GR 34[3] verlief, für sie reserviert. Von hier aus hatte man einen traumhaften Blick über die Bucht mit der Pointe de Locquirec zur Linken und den Wohnhäusern auf der rechten Seite.

Nachdem Robert *Matilda* so auf dem Stellplatz geparkt hatte, dass sie einen freien Blick auf die ausgedehnte Bucht genießen konnten, holte er aus dem Heckstauraum das lange Elektrokabel, um das Fahrzeug an die Stromsäule anzuschließen. »Verflucht! Das Kabel ist zu kurz«, ärgerte sich Robert laut und vernehmlich. Während er noch überlegte, wie er das Problem lösen könnte, kam von dem neben ihnen stehenden Wohnmobil, das auch ein deutsches Kennzeichen hatte, ein Mann auf ihn zu.

»Hallo, ich habe zufällig mitbekommen, dass Sie ein Problem mit Ihrem Stromkabel haben. Ich kann Ihnen helfen. Ich habe noch ein Verlängerungskabel dabei, das wir hier nicht benötigen. Ich hole es mal eben.«

»Das ist wahnsinnig nett. Schon mal herzlichen Dank. Wenn wir morgen zum Einkaufen fahren, werde ich mir ein eigenes kaufen.«

---

3 Sentier de Grande Randonnée – kurz GR 34. Der Weg entlang der bretonischen Küste wurde bereits 1791 angelegt: Zollbeamte überwachten von hier die zerklüftete Küste, um dem lebhaften Schmuggel in den vielen kleinen versteckten Buchten Einhalt zu gebieten. Seit 1907 ist der Zöllnerpfad nun der Fernwanderweg GR 34 und einer der beliebtesten und schönsten Wanderwege Frankreichs.

»Lassen Sie sich ruhig Zeit damit. Wir werden wohl leider noch einige Zeit hierbleiben. Und passen Sie auf, die französischen Kupplungen passen nicht alle an deutsche Stecker.«

»Vielen Dank für den Tipp. Sie sagten eben, dass Sie leider noch einige Zeit hierbleiben müssten. Wieso leider? Das hier ist doch ein herrlicher Platz.«

»Ach«, seufzte der Nachbar: »Wir suchen unseren Sohn, der hier spurlos verschwunden ist.«

»Spurlos verschwunden?«, fragte Robert neugierig nach. »Wie das?«

»Das ist eine längere Geschichte. Ich möchte Sie jetzt nicht aufhalten. Vielleicht kommen Sie mit Ihrer Frau mal auf ein Glas Wein zu uns herüber. Ich bin übrigens Klaus Seifert aus Buxtehude.«

Robert streckte ihm seine Hand zu. »Robert Müller aus Hamburg. Die Einladung nehme ich gerne an. Wenn es Ihnen recht ist, kommen wir morgen am späten Nachmittag zu Ihnen. Meine Frau hat bis dahin noch eine Verpflichtung. Sie muss an einer Übersetzung arbeiten.

»Ja, das passt.«

Über dieses Gespräch hatte Robert vergessen, die Eingangstür hinter sich zu schließen, und Aika nutzte die Gelegenheit, mal schnell die Umgebung zu erforschen. Zu ihrem größten Glück war gerade Flut, und das Meer reichte fast bis an den kleinen Wall. Im Schweinsgalopp rannte sie ins Wasser. Nanni rief sie zurück, aber Aika genoss erst einmal ein ausgiebiges Bad in dem kühlen Nass, bevor sie zu *Matilda* zurück trottete.

»So kommst du mir nicht in das Wohnmobil!«, schimpfte Nanni und band die Hündin mit ihrer Leine an einen Pflock auf der Wiese an.

»Sie sieht aus wie ein kleines Schaf auf der Weide«, lästerte Robert, als ihn Aika lammfromm und sich keiner Schuld bewusst anguckte. Während des anschließenden Spaziergangs auf dem GR 34 trocknete sie schnell, zumal vom Meer her eine lauwarme Brise wehte.

Aika wurde im Wohnmobil untergebracht, anschließend machten sich Nanni und Robert auf den Weg zu Nicolas Gaillard. Sie waren gespannt, ihn nun persönlich kennenzulernen.

Das Haus war von einem hohen Zaun umgeben. Robert wies Nanni auf die Überwachungskameras hin, die an allen Ecken des Hauses angebracht waren. »Sieht ja fast aus wie eine gut bewachte Festung.« Als auf ihr Klingeln an der Eingangspforte zwei große Hunde bellend auf sie zu rannten, wurde dieser Eindruck noch verstärkt. Die beiden Dobermänner blieben gefährlich knurrend vor dem Tor stehen, und man konnte sich vorstellen, was passieren würde, wenn man das Grundstück betrat. Nanni und Robert standen ratlos auf der anderen Seite des Tores und wussten nicht, wie sie sich verhalten sollten.

»Also, ich gehe da nicht rein. Die beiden sehen richtig gefährlich aus und würden uns sicher zerfleischen.«

»Ja, ich bin auch nicht lebensmüde. Ich klingele noch einmal. Vielleicht kommt dann jemand und kümmert sich um die Hunde«, schlug Robert vor.

Der zweite Versuch war erfolgreich. Aus einem Nebengebäude kam ein Mann von hünenhafter Gestalt und befahl den Hunden zu kuschen. Sie legten sich flach auf den Boden und schauten mit steil aufgerichteten Ohren Robert und Nanni misstrauisch an, jederzeit bereit, wieder aufzuspringen.

»Entschuldigung, dass ich nicht sofort herausgekommen bin, um Ihnen zu öffnen, aber ich hatte noch ein wichtiges Telefongespräch«, sprach der Mann sie auf Französisch an. Robert, der vor ihrer Reise noch einen Crashkurs in dieser schönen Sprache gemacht hatte, war stolz darauf, ihn zu verstehen. Die Antwort überließ er jedoch lieber Nanni.

»*Ah, pas de problème.* Wir hätten sonst Herrn Gaillard per Handy informiert, dass wir da sind.«

»Ja, Nicolas hat mir gesagt, dass er heute Besuch erwartet. Kommen Sie herein. Ich bringe Sie zum Haus. Ach, ich habe mich noch gar nicht vorgestellt. Daniel Latour. Sie können mich aber gerne mit Daniel ansprechen.« Dabei reichte er ihnen seine Hand. Nanni schaute etwas skeptisch, als er die ihre ergriff. Insgeheim befürchtete sie, er könne ihr mit einem kräftigen Händedruck die Hand zerquetschen. Sein Griff war jedoch überraschend feinfühlig.

Er befahl den Hunden noch einmal, ruhig liegen zu bleiben, und bat dann Robert und Nanni, ihm zu folgen. Der Kiesweg, auf dem sie zum Haus gingen, führte durch einen mit viel Geschick interessant angelegten Garten. Zwischen der hohen Mauer, die das Grundstück komplett umschloss, und dem Haus erstreckte sich eine große Wiese, die durch einige Staudenbeete aufgelockert wurde. Ein großer Laubbaum in der Nähe der Terrasse spendete natürlichen Schatten. Alles machte einen sehr gepflegten Eindruck. Daniel, der die aufmerksamen Blicke der Besucher bemerkte, kommentierte die Situation: »Die Gartenpflege gehört auch zu meinen Aufgaben. Monsieur Gaillard hat diese Regelung von den Vorbesitzern gerne übernommen. Ich hatte früher einen ganz anderen Beruf und konnte mir überhaupt nicht vorstellen, dass mir Gartenarbeit Spaß machen könnte. Das hat sich jedoch gewaltig geändert.«

»Ja, das sieht man. Ein wunderschöner Garten«, stellte Nanni fest.« Auf unserer Fahrt hierher haben wir die ›Jardins du Pays d'Auge‹ besucht und waren überrascht, dass nicht nur die Engländer schöne Gärten gestalten können.«

Währenddessen hatten sie sich weiter dem Haus genähert. Das zweigeschossige weiße Gebäude wurde von einer Mittelfront dominiert, die zwei Seitenflügel flankierten. Über eine kleine Treppe erreichte man die große zweiflügelige Eingangstür, die ebenso wie die Fensterrahmen in typisch bretonischem Blau gestrichen war. Um im Hochsommer die Hitze aus dem Haus zu halten, waren alle Fenster mit hölzernen Schlagläden in der gleichen Farbe versehen.

Sie hatten das Haus fast erreicht, als sich die Eingangstür öffnete und ein leger gekleideter Mann von etwa 35 Jahren heraustrat. Er trug eine hellbeige Leinenhose, unter der hellbraune Sneakers hervorschauten. Sein weißes Baumwollhemd hing über die Hose, und um den Hals hatte er lässig einen dünnen Schal gewickelt. Sein gebräuntes Gesicht zierte ein gepflegter Drei-Tage-Bart, der ebenso wie sein Haar tiefschwarz war. Kleine Fältchen um die Augen ließen ihn freundlich und sympathisch erscheinen.

»Hallo, ich bin Nicolas Gaillard. Und Sie sind Erna und Robert Müller aus Deutschland, nicht wahr? Entschuldigen Sie mein etwas holpriges Deutsch, aber ich habe Ihre Sprache lange nicht mehr gesprochen. Bienvenue, herzlich willkommen in der Bretagne.« Mit diesen Worten kam er auf seine Gäste zu.

»Ja, wir freuen uns auch, Sie kennenzulernen, aber tun Sie mir bitte einen Gefallen. Nennen Sie mich doch Nanni. Meinen richtigen Namen mag ich nämlich gar nicht.«

Nicolas lächelte und erwiderte: »Der Name gefällt mir auch sehr viel besser, und ich schlage vor, dass wir unsere Vornamen zur Anrede benutzen, wie es in Frankreich allgemein üblich ist. D'accord? Darf ich Sie nun hereinbitten? Odile, meine Haushälterin, ach, was sage ich, der gute Geist des Hauses und übrigens die Frau von Daniel, den Sie ja schon kennengelernt haben, wartet mit einer kleinen lukullischen Begrüßung auf uns.«

Nicolas führte sie in einen großen Raum, von dem aus man einen herrlichen Blick in den Garten und auf die Bucht von Locquirec hatte. Durch die mittlere der drei zweiflügeligen Türen gingen sie hinaus auf die Natursteinterrasse, auf der unter einem weit ausladenden Sonnenschirm eine massive Teakholzsitzgruppe mit blau-weißen Polstern stand. Hier erwartete sie Odile.

»Hallo Madame et Monsieur Müller, ich hoffe, Sie hatten eine gute Anreise. Haben Sie unterwegs schon einiges von unserem schönen Land und von der grandiosen Küste gesehen?«, fragte Odile auf Französisch. Nanni übersetzte die Begrüßung für ihren Mann und bestätigte Odile: »Ja, wir haben uns für die Fahrt ein wenig Zeit gelassen und sind von der belgischen Grenze bis hierher entlang der Küste gefahren. Wirklich eine tolle Landschaft.«

»Oh, ich vergaß, dass Ihr Mann nicht so gut Französisch spricht. Ich spreche nur ein wenig Deutsch, weil mein Mann aus dem Elsass stammt und ich dort einige Zeit bei seinen Eltern verbracht habe. So verstehe ich einiges, aber selber sprechen, naja, das ist doch sehr mühsam. Spanisch würde mir leichter fallen, denn dort bin ich geboren und aufgewachsen«, scherzte Odile.

»Ihr werdet euch schon irgendwie verständigen können«, meinte Nicolas und forderte Nanni und Robert auf, Platz zu nehmen.

»Was darf ich Ihnen anbieten? Wein? Rot, Rosé, Weiß? Oder lieber ein Bier? Vorweg, habe ich mir gedacht, wir stoßen mit einem Crémant auf Ihre Ankunft und eine gute Zusammenarbeit an.« Dabei holte er aus einem Flaschenkühler, der neben dem Tisch stand, eine gut gekühlte Flasche Crémant de Loire und öffnete sie.

»Ja, ich freue mich schon darauf.«, antwortete Nanni. »Aber wenn ich hier auf Ihren tollen Garten sehe und dann noch der Anblick dieser herrlichen Bucht ... Da wird mir das Arbeiten schwerfallen.«

»Keine Angst! Wir werden schon ausreichend Pausen machen. Wie bei uns in Frankreich üblich, werden wir von 12:00 Uhr bis 14:00 Uhr eine Pause für das Mittagsmenü einlegen. Apropos Menü. Ich hoffe, Sie mögen Tapas, diese köstlichen Kleinigkeiten, die die Spanier so lieben – und ich übrigens auch. Odile ist eine wahre Künstlerin auf diesem Gebiet.« Wie aufs Stichwort erschien in diesem Moment Odile mit einem großen silbernen Tablett auf der Terrasse und wünschte ihnen einen guten Appetit. »Odile, sind Sie doch bitte so nett und sagen etwas zu Ihren Köstlichkeiten«, forderte Nicolas sie auf.

»Och, das ist doch nichts Besonderes. In meiner Heimat isst man Tapas zu vielerlei Anlässen; z. B. bevor man abends ins Theater geht. Aber man kann sie natürlich auch einfach so zwischendurch genießen. Ich habe heute zur Begrüßung verschiedene Tapas gemacht.« Sie zeigte auf die Platte und beschrieb die unterschiedlichen kleinen Häppchen. Also hier haben wir *Amejas a la marinera* (Venusmuscheln in pikanter Weißweinsauce), daneben liegt ein wenig *Jamón Serrano*, auf der anderen Seite, das sind *Buñuelos de Bacalao* (frittierte Kabeljaubällchen mit Knoblauch und Petersilie) und dann noch *Roscos* (bagelähnliche Weißbrotkringel, die mit Käse belegt sind). Leider habe ich keinen *Queso manchego* bekommen, aber mit *Tomme de Savoie* schmecken sie mindestens genauso gut.« Abschließend stellte sie ein wenig ängstlich die Frage: »Ich hoffe, Sie mögen Fisch?«

»Keine Sorge Odile, auch bei uns zu Hause essen wir regelmäßig Fisch und Meeresfrüchte in jeder Form«, zerstreute Nanni ihre Bedenken.

Während sie die äußerst schmackhaften Tapas genossen, unterhielten sie sich über das Wetter in diesem Teil der Bretagne, die wirtschaftliche Situation der Region und den Tourismus, der hier eine große Rolle spielte. Es gab erfreulicherweise keine Bettenburgen für die vielen Touristen, die von dieser herrlichen Küste angezogen wurden, sondern typisch bretonische Steinhäuser, die gemietet werden konnten. Das offene Gespräch trug dazu bei, dass sie schnell Vertrauen zueinander fassten, und schließlich wagte es Robert, Nicolas nach den Vorfällen in Paris zu fragen.

Darauf reagierte der jedoch sehr zurückhaltend und meinte: »Nehmen Sie es mir bitte nicht übel, Robert. Über diese Dinge möchte ich jetzt nicht sprechen. Lassen Sie uns lieber diesen schönen Abend ohne düstere Erinnerungen genießen.«

»Das verstehe ich. Haben Sie denn ein neues Projekt in Arbeit?«

»Man merkt Ihnen an, dass sie mal Kriminalbeamter waren und gerne Fragen stellen«, erwiderte Nicolas. »Tatsächlich habe ich ein neues Projekt. Auf der Suche nach einem Haus hier in der Gegend wollte ich natürlich einen ortskundigen Makler einschalten. Der erste Makler, den ich aufsuchte, bot mir dieses Haus hier an, das mir auf Anhieb gefiel. Trotz einiger Bedenken bin ich dann meinem Bauchgefühl gefolgt und habe es gekauft.

»Was waren das denn für Bedenken?«, fragte Robert neugierig und fügte schmunzelnd hinzu: »Sie haben ja eben schon bemerkt, dass mein Beruf sich nicht verleugnen lässt.«

»Nun, der Makler hatte mir zunächst zwei Häuser angeboten, die schon nach der Auswertung der Exposés für mich nicht infrage kamen. Nachdem ich ihm dies mitgeteilt hatte, überraschte er mich mit einem Angebot, dass er angeblich direkt vor meinem Besuch bei ihm erhalten hatte. Bei der Besichtigung rückte er damit heraus, dass das Haus eine ungewöhnliche Vorgeschichte hatte und nicht von dem Ehepaar verkauft wurde, das bisher hier gewohnt hatte, sondern von einer Investmentgesellschaft. Die Planung, die diese Gesellschaft für das Haus hatte, ließ sich nach seiner Aussage aber nicht realisieren, und deswegen stand es jetzt wieder zum Verkauf. Diese Geschichte hat mich stutzig gemacht. Ich habe dem Makler noch ein paar Fragen dazu gestellt, die er recht geschickt beantwortete und damit meine Bedenken weitestgehend zerstreute. Der Kauf sollte wie üblich bei einem Notar abgewickelt werden, der den rechtmäßigen Besitzerwechsel garantierte. Das gab letztlich den Ausschlag, dass ich mich entschied, das Haus zu kaufen. Aber trotzdem bin ich überzeugt, dass bei dem Makler nicht alles mit rechten Dingen zugeht. Und dem gehe ich zurzeit nach. Mal sehen, was dabei herauskommt. Doch ich bin erst am Anfang.«

Damit waren die Vorkommnisse für diesen Abend tabu, und Nanni wechselte geschickt das Thema.

»Nicolas, können Sie mir sagen, wo hier ein Supermarkt ist? Wir müssen allmählich unsere Vorräte auffüllen.«

»Selbstverständlich. Wir kaufen in der Regel in dem E.Leclerc in Morlaix ein. Das sind von hier aus etwa 25 Kilometer. Falls Sie nicht mit Ihrem Wohnmobil dorthin fahren wollen, könnte ich Odile fragen, ob sie Sie mitnimmt, wenn sie einkaufen fährt. Mittwochs findet ein Markt in Locquirec statt. Samstags lohnt sich ein Besuch in Plouescat. Bis dahin sind es zwar 65 Kilometer, aber Sie finden dort ein großes Angebot an Fisch, Meeresfrüchten und natürlich frischem Gemüse und Obst, vornehmlich aus der Region.«

»Das sind ja eine ganze Menge Tipps. Da werden wir schon das Passende für uns finden. Ich denke, wir fahren übermorgen dorthin, wenn sich das mit meiner Tätigkeit bei Ihnen ermöglichen lässt«, meinte Nanni.

»Keine Sorge, das kriegen wir schon hin, Nanni.«

»Wie ist es, Robert? Wollen wir uns jetzt allmählich verabschieden? Es war ein wunderschöner Tag, aber auch anstrengend, und ich merke, wie ich langsam müde werde.«

»Ja, ich freue mich jetzt auch auf mein Bett.«

»Möchten Sie nicht noch einen kleinen Absacker? Ich könnte Ihnen einen sehr guten Calvados anbieten, den ein Freund von mir herstellt und den er nur an seine Freunde verkauft.«

»Das hört sich gut an. Aber dann gehen wir wirklich. Außerdem muss unser Hund auch noch mal raus.«

Nach dem köstlichen weichen Calvados verabschiedeten sich Robert und Nanni, und schon auf dem Heimweg kamen sie zu dem Ergebnis, dass Nicolas ein ganz feiner Kerl sei.

»Was mich allerdings ein wenig irritiert, sind die Sicherungsmaßnahmen auf dem Grundstück. Nicolas scheint zu fürchten, dass man noch einmal einen Anschlag auf ihn verübt«, gab Robert zu Bedenken.

»Das ist doch heute fast normal, dass sich wohlhabende oder prominente Menschen so schützen. Eigentlich schade«, wiegelte Nanni ab.

Aika begrüßte Herrchen und Frauchen mit großer Freude und war sichtlich froh, nicht mehr allein zu sein. Nach einem kurzen Gang auf die Hundewiese gingen Nanni und Robert in ihr Bett, lasen noch ein wenig und fielen bald in einen tiefen Schlaf.

Der verschwundene Sohn

Am nächsten Morgen traf Robert in dem kleinen Shop, in dem die Wohnmobilisten Baguette, Croissants und einige Lebensmittel kaufen konnten, seinen Nachbarn Klaus Seifert. »Moin Herr Seifert, schöner Tag heute. Strahlendblauer Himmel und eine leichte Brise. Da könnte ich glatt vergessen, dass wir nicht nur zum Vergnügen hier sind«, begrüßte er ihn gut gelaunt.

»Ja, aber leider ist auch hier nicht alles eitel Sonnenschein«, antwortete der Angesprochene etwas bedrückt. Robert runzelte ein wenig die Stirn, wollte aber nicht weiter nachfragen und begnügte sich damit, die Einladung auf ein Glas Wein zu bestätigen.

»Schön, dann sehen wir uns heute Nachmittag. Wann meinen Sie, dass Ihre Frau zurück sein wird?«

»Ich denke so gegen 17:00 Uhr. Wenn es Ihnen recht ist, kommen wir dann gleich rüber.«

»Ja, das passt. Bis dahin«, verabschiedete sich Herr Seifert.

Nach dem Frühstück machte sich Nanni auf den Weg zu Nicolas Gaillard, und Robert übernahm die notwendigen Haushaltsarbeiten. Nachdem die Betten gemacht waren, das Geschirr abgewaschen und eingeräumt war, beschloss er, das gute Wetter zu nutzen, um mit Aika einen ausgedehnten Spaziergang zu machen und die Umgebung zu erkunden. Er wanderte auf dem GR 34 bis zur Nordspitze der Bucht. Aika musste unterwegs überall herumschnüffeln, weil die Gerüche hier für sie alle fremd waren. So brauchten die beiden für den Weg deutlich länger als die vielen Wanderer, von denen sie mit zügigem Schritt überholt wurden. Auf dem Rückweg gönnte sich Robert in einem Bistro am Hafen eine Pause und bestellte sich einen Pastis. Schließlich war er ja in Frankreich.

Als er zum Wohnmobil zurückkam, sah er, dass sein Nachbar eine lebhafte Unterhaltung mit zwei Polizisten in Uniform führte. Bisweilen so laut, dass er einzelne Wortfetzen verstehen konnte. Es ging wohl um den Sohn der Seiferts. Der ehemalige Kripobeamte in ihm war natürlich neugierig geworden. Vielleicht würden die Seiferts ja erzählen, was es mit diesem Besuch auf sich hatte.

Robert holte Tisch und Stühle aus dem Heckstauraum, kurbelte die Markise aus und nahm sich den Krimi zur Hand, den er aktuell las. Er konnte sich aber nicht so recht auf den Text konzentrieren, weil ihm die Szene, die er eben beobachtet hatte, immer wieder durch den Kopf ging. Während er darüber nachdachte, bemerkte er, dass jetzt bei Ebbe etliche Menschen auf den trocken gefallenen Sandbänken unterwegs waren und dort anscheinend im Boden etwas suchten. Auch seine Nachbarn machten sich auf den Weg dorthin, nachdem die Polizisten verschwunden waren.

Über diese Beobachtung waren ihm irgendwann die Augen zugefallen. Er schreckte hoch, als Nanni, die zurückgekommen war, ihn vorsichtig am Arm berührte. »Na, du Faulenzer. Hier in der Sonne rumliegen und den lieben Gott einen guten Mann sein lassen, das gefällt dir, was?«

»Jau! Aber ich habe auch mit Aika einen schönen Spaziergang gemacht, und da musste ich mich anschließend halt etwas ausruhen.«

»Ach, das gönne ich dir doch. Ich habe nur die Befürchtung, dass du mit deinem Schnarchen den halben Campingplatz beglückt hast.«

»Ich habe doch gar nicht geschnarcht. Das war bestimmt Aika.«

»Der arme Hund hat mich sehr leidend angeschaut, als ich eben ankam. Der war es bestimmt nicht.«

»Wie war denn dein erster Arbeitstag mit Nicolas?«, lenkte Robert das Gespräch geschickt in eine andere Richtung.

»Sehr interessant. Er hat den Inhalt seines ersten Romans aus seiner Sicht skizziert und mir dargelegt, warum er ihn geschrieben hat. Ich hatte das Buch ja schon zu Hause gelesen, aber mir war dabei nicht bewusst geworden, welchen Zündstoff der Inhalt bietet. Er hat auch hohe Ansprüche an die Übersetzung, weil er vermeiden möchte, dass die Brisanz im deutschen Text verloren geht.«

»Da hast du ja eine anspruchsvolle Aufgabe, die jetzt vor dir liegt. Du wirst das schon schaffen.«

»Danke für deine Zuversicht, aber es wird wirklich anspruchsvoll. Ich habe auch den Eindruck, dass Nicolas zwar schon Vertrauen zu mir hat, doch noch vorsichtig ist. Ich glaube, dass die Schüsse, die man auf ihn abgegeben hat, ihn sehr verunsichert haben. Wie er bereits bei unserem ersten Treffen angedeutet hat, ist er gerade dabei, ein zweites Buch zu schreiben, weil er hier in der Bretagne, mehr oder weniger zufällig, zwielichtigen Geschäften auf die Spur gekommen ist. Irgendetwas mit Immobilien. Mehr wollte er nicht sagen. Ganz andere Frage: Was wollen wir heute noch unternehmen?«

»Unsere Nachbarn haben uns doch auf ein Glas Wein eingeladen. Hast du das vergessen?«

»Ja, richtig. Wann wollen wir rübergehen?«

»Ich denke, sobald du dich ein wenig frisch gemacht hast.«

»Gut, ich beeile mich.«

Die Seiferts saßen vor ihrem Wohnmobil, als Robert und Nanni zu ihnen hinübergingen. Nach der Begrüßung fragte Klaus Seifert: »Was darf ich Ihnen zu trinken anbieten?

Weißwein, Rosé oder Rotwein? Natürlich hätten wir auch Mineralwasser oder Orangensaft.«

Robert entschied sich für den Rosé, und Nanni wählte den Rotwein. Frau Seifert holte Gläser, und ihr Mann entkorkte die Flaschen. Nachdem er eingeschenkt hatte, meinte er: »Ich weiß nicht, wer von uns der Älteste ist, aber ich schlage vor, dass wir uns duzen, wie es unter Wohnmobilisten allgemein üblich ist. Seid ihr damit einverstanden? Wir sind Klaus und Angelika.«

»Ja, gerne«, übernahm Robert das Antworten. »Ich heiße Robert, und das ist Nanni.« Dabei deutete er auf seine Frau. Nachdem sich alle vier nach dem Freundschaftskuss wieder gesetzt hatten, unterhielten sie sich über die herrliche Lage des Campingplatzes, die leckeren Weine und über ihre Erfahrungen in Frankreich, insbesondere mit dem Wohnmobil. Dazu konnten Robert und Nanni noch wenig beisteuern, hörten aber aufmerksam zu, um von den vielfältigen Erfahrungen der Seiferts zu lernen. Im Verlauf der Unterhaltung fragte Robert: »Ich habe heute Nachmittag beobachtet, wie bei Ebbe etliche Leute vor dem Strand mit so kleinen Harken unterwegs waren und dort wohl etwas gesucht haben. Ich glaube, ich habe euch auch gesehen.«

»Ja, wir waren dort auch unterwegs. Man sucht bei Ebbe nach Muscheln, die sich im Sand eingegraben haben. Die Franzosen nennen das *Pêche à Pied.*«

»Und, wart ihr erfolgreich?«, wollte Nanni wissen.

»Ja, wir haben unsere Tagesration rasch beisammengehabt.«

»Tagesration?«

»Das ist die Menge, die man für den Eigenbedarf pro Tag sammeln darf. Das wird auch hin und wieder kontrolliert. Mögt ihr Muscheln? Wir haben uns nämlich gedacht, dass diese leckeren Meeresfrüchte als Snack gut zum Wein passen.«

»Sehr gerne, wir lieben Fisch und Meeresfrüchte, aber dann würde ich auch lieber Rosé trinken«, meinte Nanni.

Während sie sich den Snack schmecken ließen, wurde die Atmosphäre immer entspannter, und Robert fragte: »Wir wissen, dass ihr aus Buxtehude kommt, aber was habt ihr beruflich gemacht?«

»Och, eigentlich nichts Besonderes. Wir waren beide Lehrer. Ich habe bis zu meiner Pensionierung ein Gymnasium geleitet, und Angelika hat an einer Grundschule unterrichtet. Und was macht ihr beruflich? Von Nanni wissen wir ja schon, dass sie hier nicht im Urlaub ist.«

»Ich war Hauptkommissar bei der Kripo in Hamburg«, antwortete zunächst Robert.

»Du siehst noch gar nicht aus wie ein Pensionär. Hast dich gut gehalten«, scherzte Angelika.

»Naja, das Pensionsalter habe ich auch noch nicht wirklich erreicht. Man hat mich wegen einiger gesundheitlicher Probleme in den vorzeitigen Ruhestand geschickt.«

»Gesundheitliche Probleme?«, nahm Klaus den Faden auf. »Hoffentlich nichts Ernstes?«

»Eigentlich nicht. Eine Schussverletzung im Oberschenkel. Die allein hätte mich noch nicht außer Gefecht gesetzt, aber in Verbindung mit Bluthochdruck und einer Schilddrüsenunterfunktion wollte man in meiner Behörde kein Risiko eingehen und hat mich lieber nach Hause geschickt«, antwortete Robert ein wenig verbittert.

»Ach, Robert, so schlimm ist es ja nun auch nicht. Wenn du weiter in den Dienst gegangen wärest, hätte ich immer Angst um dich gehabt. Jetzt haben wir Zeit, unser Leben zu genießen. Und Aika hätten wir auch nicht.«

Aika lag neben Roberts Stuhl. Als sie ihren Namen hörte, guckte sie interessiert in die Runde und wedelte erwartungsfroh mit ihrem Schwanz.

»Nein, Aika. Da hast du was falsch verstanden, wir gehen jetzt nicht spazieren«, beruhigte Nanni sie.

»Klaus, ich habe heute Nachmittag gesehen, dass ihr Besuch von der hiesigen Polizei hattet. Als ehemaliger Kripobeamter hat das natürlich meine Neugier geweckt. Hat man bei euch eingebrochen?«

»Nein, es geht um unseren Sohn. Er arbeitet hier auf dem Campingplatz und ist seit ein paar Tagen verschwunden. Wir wollten deswegen eine Vermisstenanzeige erstatten. Die Beamten im Revier meinten jedoch, dass das noch zu früh wäre. Unser Sohn sei vielleicht mit einer Freundin unterwegs und hätte nur vergessen, uns zu benachrichtigen. Wir haben natürlich auch den Campingplatzbetreiber befragt; er hat uns tatsächlich von einem jungen Mädchen berichtet, das er in letzter Zeit bei Markus gesehen habe. Er versicherte jedoch, dass es gar nicht Markus Art sei, so sang- und klanglos zu verschwinden. Er sei bisher sehr zuverlässig gewesen. Monsieur Roux nahm unsere Sorgen ernster als die Polizei und versprach, mal mit denen zu reden. Deswegen hatten wir heute den Besuch von zwei Polizisten. Sie interessierten sich nun doch für Markus' Verschwinden und wollten von uns wissen, wann wir das letzte Mal Kontakt mit ihm hatten und ob er irgendetwas Ungewöhnliches erzählt hätte. Sie fragten auch nach der Freundin. Aber da konnten wir überhaupt keine Angaben machen. Markus hatte in seinem letzten Telefonat mit uns von einer kleinen Überraschung gesprochen, aber nicht gesagt, was das sein sollte. Wir nehmen jetzt an, dass er uns mit seiner Freundin überraschen wollte.«

»Da kann ich schon verstehen, dass ihr euch Sorgen macht. Ich gehe davon aus, dass ihr ihn auch nicht auf seinem Handy erreichen könnt.«

»Ja, wir haben während unserer Fahrt hierher das letzte Mal mit ihm gesprochen, als wir ihm mitgeteilt haben, wann wir voraussichtlich hier ankommen würden. Da war alles ganz normal. Er berichtete noch, dass er schon einige interessante Häuser für uns gefunden hätte. Wir hatten nämlich überlegt, vielleicht unser WoMo zu verkaufen und uns stattdessen ein Ferienhaus hier in der Gegend zuzulegen. Markus war so begeistert von der Bretagne, dass er sich hier einen dauerhaften Job suchen wollte, und dann hätte er das Haus ganzjährig nutzen können. Vorausgesetzt, wir hätten ein geeignetes Objekt gefunden.«

»Wann fand denn das letzte Telefonat mit ihm statt?«

»Das ist jetzt eine gute Woche her. Robert, könntest du uns vielleicht helfen? Wir haben den Eindruck, dass deine französischen Kollegen das Verschwinden von Markus immer noch nicht besonders ernst nehmen.«

»Mhm«, meinte Robert und zögerte mit seiner Antwort. »Ich kann es versuchen, aber ich weiß nicht, wie sie reagieren werden. Ob sie mir mehr sagen als euch, falls sie überhaupt schon irgendwelche Erkenntnisse haben, oder ob sie mein Auftauchen als anmaßende Einmischung verstehen. Ich schlage vor, ich rede erst einmal mit dem Betreiber des Campingplatzes.«

»Ja, der kennt sicher jeden in so einem kleinen Ort wie Locquirec und kann auch eher einschätzen, wie die Polizisten reagieren werden. Wir bedanken uns schon mal ganz herzlich dafür, dass du uns helfen willst«, sagte Angelika, die wieder ein wenig Hoffnung geschöpft hatte.

In der Zwischenzeit hatte der Wind deutlich zugenommen. Klaus schlug vor: »Kommt, lasst uns reingehen, hier draußen wird es jetzt ungemütlich.«

»Ja, aber wir wollen doch lieber rübergehen. Der erste Tag mit meinem Schriftsteller war zwar nicht übermäßig anstrengend, aber ich bin doch ziemlich abgespannt«, gab Nanni für sich und Robert das Zeichen zum Aufbruch.

»Das verstehe ich. Wir werden sicher in den nächsten Tagen noch öfter Zeit zum Klönen haben, und ich hoffe, dass Robert von Monsieur Roux Hinweise bekommt, was wir machen können, um Markus zu finden. Übrigens, denkt daran, eure Markise einzurollen. Bei dem Wind kann sie leicht Schaden nehmen«, riet Klaus und verabschiedete Nanni und Robert.

Markus und Jacqueline

Grande Amour

Markus Seifert hatte sein Abitur mit sehr guten Noten bestanden. Insbesondere das Erlernen von Fremdsprachen war ihm leichtgefallen. Da er sich auch für die Kultur und Mentalität anderer Nationen interessierte, hatte er sich entschlossen, eine Ausbildung zum Tourismuskaufmann zu machen. Nach dem Abschluss war er sich jedoch unsicher, wie es weitergehen sollte. Direkt in den Beruf einsteigen oder noch eine weiterführende Ausbildung zum Tourismusmanager anschließen? Auch auf den Rat seiner Eltern hin beschloss er, zunächst einmal eine Ausbildungspause einzulegen und im Ausland zu jobben. In den einschlägigen Fachzeitschriften fand er einige interessante Stellenangebote. Er entschied sich für einen Campingplatz in der Bretagne, weil er in dieser Region schon öfter mit seinen Eltern Urlaub gemacht hatte und die raue Küste super fand. Auch die Menschen in diesem Landstrich waren ihm sympathisch, und er freute sich riesig, als seine Bewerbung angenommen wurde. Der Job war zeitlich befristet, aber auch das passte in seine Planung für die nähere Zukunft. Ein wichtiges Argument, sich für diese Stelle zu entscheiden, war, dass er kostenfrei in einem Mobilhome auf dem Platz wohnen konnte.

Am 01. April trat er seinen Dienst auf dem »Camping Municipal du Fond de la Baie« in Locquirec an. Er wurde von seinem Chef sehr freundlich aufgenommen, und schon bald hatte er sich in das Team des Platzes integriert. Mit seinen

Eltern telefonierte er in unregelmäßigen Abständen, dabei schwärmte er von der tollen Bucht und dem kleinen Ort. In einem der Gespräche fragte sein Vater: »Sag mal, kann man dort auch Ferienhäuser kaufen?«

»Ich denke schon. Warum fragst du?«

»Ach, Mutti und ich haben überlegt, ob wir in unseren Urlauben nicht sesshaft werden sollten. Mit dem Wohnmobil haben wir schon so viele Regionen Europas bereist, da gibt es nicht mehr viel, das uns reizt. Außerdem werden wir ja auch älter, und da wäre es vielleicht schön, ein Ferienhaus in einer reizvollen Gegend zu haben.«

»Nun komm. So alt seid ihr ja nun noch nicht. Aber ich werde mich dennoch mal umhören. Es gibt hier einige Immobilienhändler, und ich habe mir zufällig schon mal das ein oder andere Inserat im Schaufenster angesehen. Ganz billig sind die Häuser hier allerdings nicht.«

Ein paar Tage später schickte Markus eine SMS an seine Eltern. »Hallo Mutti, hallo Vati, ich habe bei den Maklern einige Objekte gefunden, die euch interessieren könnten. Am besten wäre es, wenn ihr mit dem WoMo herkommt.«

»Das ging aber schnell. Da wir in nächster Zeit keine Arzttermine oder Ähnliches haben und ja nicht mehr berufstätig sind, könnten wir uns vielleicht schon kommende Woche auf die Reise machen. Wir melden uns dann noch mal per Telefon«, antworteten seine Eltern.

Markus hatte bei einem der Makler im Schaufenster ein nettes Haus genau in der richtigen Größe für seine Eltern entdeckt; leider hatte das Büro an diesem Nachmittag geschlossen. Am nächsten Tag war es dafür länger geöffnet. Das passte ihm gut, denn dann konnte er nach Feierabend dorthin gehen und sich näher über das Haus informieren. In dem Büro wurde er von einer hübschen jungen Frau empfangen, die ihm sofort sympathisch war. Sie lächelte ihn freundlich an und fragte: »Wie kann ich Ihnen helfen?«

»Ich interessiere mich für ein Haus, das Sie zum Kauf anbieten.«

»Wir bieten viele Häuser an. Welches meinen Sie denn?«

»Das hier«, antwortete Markus und zeigte auf den entsprechenden Aushang im Fenster.

»Oh ja, das ist ein schönes Objekt. Nehmen Sie doch bitte Platz, ich hole mal das Exposé.« Dabei deute sie auf eine kleine Sitzecke.

Kurz darauf kam die junge Frau mit einem Schnellhefter zurück. Als sie an Markus vorbei zu dem zweiten Sessel in der Sitzecke ging, stolperte sie und stützte sich spontan auf seiner Schulter ab. »Oh, pardon«, entschuldigte sie sich.

»Ich hoffe, Sie haben sich nicht wehgetan oder sogar verletzt«, fragte Markus besorgt.

»Nein, ich bin ganz okay.«

Durch dieses kleine Malheur war sie Markus so nahe gekommen, dass ihm der feine Geruch ihres Parfüms in die Nase stieg. Ein frischer Duft, der ihm gefiel und der hervorragend zu ihr passte, wie er fand.

Sie gab ihm den Schnellhefter und fordert ihn auf:« Werfen Sie schon mal einen Blick in die Unterlagen. Ich sage eben meinem Chef Bescheid, dass Sie sich für dieses Objekt interessieren. Monsieur Jean-Paul Dumoulin wird sich dann gleich persönlich um Sie kümmern.«

Als sie zurückkam, war ihr Gesichtsausdruck nicht mehr ganz so strahlend. »Ich muss Sie leider enttäuschen, das Haus ist nicht mehr zu verkaufen. Mein Chef hat mich darüber leider nicht informiert, sonst hätte ich es aus dem Aushang genommen. Wir haben aber noch einige andere Objekte an der Hand. Was suchen Sie denn?«

»Ich suche ein Haus für meine Eltern. Nicht als ständigen Wohnsitz, sondern als Ferienhaus. Es sollte nicht allzu groß sein, aber doch die Möglichkeit bieten, dass ich das ganze

Jahr darin wohnen könnte. In dieser Saison arbeite ich auf dem Campingplatz unten am Strand, aber ich überlege, ob ich ganz hierherziehe; vorausgesetzt, ich bekomme einen guten Job.«

»Ich denke, da werden wir schon etwas für Sie haben. Ich schau mal unsere aktuellen Angebote durch, und wenn ich was Passendes gefunden habe, setze ich mich mit Ihnen in Verbindung. Wie kann ich Sie erreichen? Oder wollen Sie in den nächsten Tagen noch einmal vorbeischauen?«

»Gerne, wenn ich Sie dann wiedersehe«, meinte Markus und setzte sein freundlichstes Lächeln auf. »Ich würde auch gern etwas mehr über die Umgebung erfahren. Da kennen Sie sich doch bestimmt aus. Vielleicht darf ich Sie auf ein Glas Roten einladen, wenn Sie mit der Arbeit fertig sind?«, schlug er vor und schaute sie erwartungsvoll an.

»Ich kann Sie ja nicht ein zweites Mal enttäuschen, nachdem wir Ihnen das Haus nicht mehr vermitteln können. In einer halben Stunde habe ich Feierabend, dann könnten wir uns in der ›Brasserie de la plage‹ am Hafen treffen.«

»Super! Aber ich habe mich ja noch gar nicht vorgestellt. Sie müssen doch wissen, wer ich bin. Ich heiße Markus Seifert und komme aus Deutschland.«

»Dass Sie Deutscher sind, habe ich mir schon wegen des leichten Akzents gedacht. Ich heiße Jacqueline, werde aber Jacqui genannt.«

»Der Name gefällt mir. Passt auch gut zu Ihnen. Also bis gleich, Jacqui!«, verabschiedete sich Markus gut gelaunt und mit Schmetterlingen im Bauch.

In der Brasserie fand Markus einen Tisch, von dem aus er die Straße beobachten konnte. Immer wieder schaute er ungeduldig in Richtung des Maklerbüros. Endlich ging die Tür auf, und Jacqui trat auf den Bürgersteig. Ihre blonden Haare hatte sie zu einem Pferdeschwanz zusammengebunden, der bei jedem Schritt lustig hin und her schwang. Ihr rotes T-Shirt flatterte locker um ihren Oberkörper und unterstrich ihre fröhliche Ausstrahlung schon von Weitem. Ihre langen Beine steckten in einer hautengen Jeans, die ihre gute Figur deutlich sichtbar zur Geltung brachte. Markus freute sich darauf, diese hübsche Französin näher kennenzulernen.

Dem einen Glas Rotwein folgten in den nächsten Tagen weitere Verabredungen, da auch Jacqui an Markus Gefallen gefunden hatte. Wenn es seine Zeit zuließ, holte er sie am Maklerbüro ab, und bald verbrachten sie ihre gesamte Freizeit miteinander.

Jacqui zeigte Markus voller Stolz ihre Heimat. Auf den ausgedehnten Wanderungen auf dem GR 34 entlang der felsigen Küste schmollte Markus bisweilen ein wenig, weil der Weg teilweise so schmal war, dass sie nur hintereinander gehen konnten. »Hier kann ich nicht mal deine Hand halten und dich beschützen, wenn du vor mir gehst und stolperst.«

»Na, dafür hast du eine schöne Aussicht. Du weißt doch ›Ein schöner Rücken kann auch entzücken‹.«

»Ich seh dich aber lieber von vorn!« Er zog sie an sich und küsste sie voller Begierde. »Markus, nicht jetzt. Hier kommen immer wieder Wanderer vorbei. Lass uns nach Hause gehen.«

Auf einer dieser Wanderungen sahen Sie, wie Jacquis Chef vor einem typisch bretonischen Steinhaus mit blauen Schlagläden stand und wild gestikulierend auf ein älteres Paar einredete. »Was macht der denn hier?«, wunderte sich Jacqui. »Monsieur Dumoulin war heute nicht im Büro. Er hat mich heute Morgen angerufen und gesagt, er läge mit Fieber im Bett.«

Misstrauen

Potemkin'sche Häuser[4]

Markus saß mal wieder auf der Bank, die unter einem Fenster des Maklerbüros an der Hauswand stand, und wartete auf seine Jacqui. Das Fenster war halb geöffnet. So wurde er zufällig Zeuge eines Gesprächs, das der Makler mit einem Unbekannten führte.

»Hör zu Henri, wir müssen mit unseren Objekten aufpassen. Neulich war ein älteres Ehepaar bei mir, das sich für unsere Luxushütte interessiert hat. Sie wollten sie sofort besichtigen. Ich konnte das gerade noch verhindern. Wenn die gemerkt hätten, dass das nur ein Lockangebot war, hätten wir Probleme bekommen.«

»Ach, stell dich nicht so an. Das war dann halt eine Verwechslung. Ich habe auch schon was Neues an der Hand: ein altes Steinhaus. Es sieht dem heruntergekommenen Gebäude, das wir im Bestand haben, sehr ähnlich. Ein geschickt aufgenommenes Foto, und wir können es zu einem ordentlichen Preis verhökern.«

«Und wenn Interessenten es besichtigen wollen?«

»Na, dann zeigen wir Ihnen das gut erhaltene Steinhaus. Wir sollten den Deal aber nur mit Ausländern durchziehen. Wenn die merken, dass sie ein anderes Objekt gekauft ha-

4 Als potemkinsches Dorf (Haus) wird Vorgetäuschtes bzw. die Vorspiegelung falscher Tatsachen bezeichnet. (Quelle: Wikipedia)

ben, können wir uns wie immer mit Sprachschwierigkeiten rausreden. Hat doch bisher prima geklappt. Außerdem verhandeln wir ja zurzeit noch mit ein paar älteren Leuten, denen ihr Haus und Grundstück zu viel Arbeit ist und die in ein Seniorenheim ziehen möchten. Meine Beziehung zu der Sekretärin, die bei der Gesellschaft arbeitet, die hier in der Gegend mehrere Seniorenresidenzen betreibt, ist Gold wert. Sie informiert mich so detailliert, dass die alten Leute in aller Regel schnell überzeugt werden können. In ein paar Fällen mussten wir zwar etwas nachhelfen, aber wie heißt es doch ›Der Zweck heiligt die Mittel‹. Und die Häuser können wir auch an unsere Landsleute verkaufen. Mit solchen Objekten haben wir ganz gut verdient, und unsere Konkurrenz hatte das Nachsehen. Und vergiss nicht, wenn wir die Verkäufe über die Investmentgesellschaft abwickeln, mit der wir zusammenarbeiten, verdienen wir doppelt.«

Das Gespräch wurde unterbrochen, weil Jacqui in das Büro kam, um sich in den Feierabend zu verabschieden.

Markus ging mit ihr an den Strand der Bucht, wo sie einen kleinen Spaziergang machten: anschließend setzten sie sich in die Sonne.

»Sag mal Jacqui, ich hab da vorhin, als ich auf dich gewartet habe, zufällig ein Gespräch deines Chefs mit einem zweiten Mann mitgehört. Wenn ich das richtig verstanden habe, ging es darum, Kunden irgendein Haus zu zeigen und ihnen dann ein anderes zu verkaufen. Anscheinend werden vor allem ältere Leute und Ausländer über den Tisch gezogen. Sehr eigenartig, um nicht zu sagen kriminell.«

»Der Unbekannte war der Partner meines Chefs, Henri Morel, der eine Zweigstelle der Firma leitet. Und ja, ich habe auch schon mitbekommen, dass die beiden undurchsichtige Geschäfte betreiben. Es gibt gewisse Vorgänge, die sie vor mir verborgen halten.«

»Naja, ich will mir aber trotzdem das Haus ansehen, das sie gestern angeboten haben. Es scheint lukrativ zu sein.«

»Markus, ich weiß nicht, ob das gut ist. Ich habe da so ein komisches Gefühl.«

»Ich werde schon aufpassen. Solange ich nichts unterschreibe, kann doch nichts passieren. Ich möchte mir das Haus ja erst einmal nur ansehen.«

Trotz Jacquis Bedenken vereinbarte Markus einen konkreten Termin mit dem Makler für den nächsten Tag.

Mitten in der Besichtigung kamen plötzlich weitere Leute in das Haus. Der Makler erklärte, dass er für alle Interessenten einen gemeinsamen Termin gemacht habe, um die derzeitigen Besitzer nicht allzu häufig zu stören. Während sich die Gruppe die Räume anschaute, wies der Makler darauf hin, dass man sich schnell entscheiden müsse, und meinte mit einem schmierigen Lächeln: »Wer zuerst kommt, mahlt zuerst.«

Markus kam das verdächtig vor, denn von anderen Interessenten hatte Monsieur Dumoulin ihm gegenüber bisher nichts erwähnt. Er fragte, ob er mal die Toilette benutzen könne. Dort rief er mit seinem Smartphone schnell Jacqui an und fragte, ob sie wüsste, dass es andere Kaufinteressenten gäbe. »Nein. Ich habe keine Termine gemacht, obwohl das ja eigentlich zu meinen Aufgaben gehört. Es hat schon mal eine ähnliche Situation gegeben. Damals hat mein Chef mich mit der Erklärung abgewimmelt, dass die Kunden ihn direkt auf seinem Handy angerufen hätten und er der Einfachheit halber die Termine selbst abgesprochen hätte. Ich fand das sehr ungewöhnlich, zumal in unseren Anzeigen nur die Festnetznummer des Büros angegeben ist.«

Markus ging zurück und stand noch auf dem Flur, als er hörte, wie einer der vermeintlichen Kunden den Makler fragte: »Na, Jean-Paul, wie war unser Auftritt? Wird der blöde Deutsche dir auf den Leim gehen? Und wann kriege ich meine Kohle für die Show?«

»Halt's Maul. Wenn der das mitkriegt, war's das mit dem Geschäft. Wegen des Geldes komme ich morgen bei dir vorbei. Komm bloß nicht ins Büro. Der Bursche hat wohl mit Jacqueline was laufen. Die ist nicht doof, und wenn sie dich schon wieder bei uns sieht, obwohl du kein Kunde bist, wird sie eventuell misstrauisch.«

Markus traf auch an diesem Abend seine Jacqui und beratschlagte mit ihr, was sie machen wollten. Einfach einen anderen Makler suchen und das Ganze auf sich beruhen lassen oder der Angelegenheit auf den Grund gehen. »Markus, es gibt doch noch andere Makler. Leg dich nicht mit meinem Chef an. Der kann knallhart sein«, warnte Jacqui ihren Freund.

»Nein, mir widerstrebt es, einfach den Kopf einzuziehen. Wer weiß, wie viele Kunden die schon beschissen haben. Denen muss man doch das Handwerk legen!«, ereiferte sich Markus.

»Und wie willst du das machen? Zur Polizei gehen? Wir haben doch überhaupt keine Beweise«, gab Jacqui zu Bedenken.

»Dann müssen wir versuchen, handfeste Beweise zu bekommen. Ich werde morgen zu deinem Chef gehen und um einen weiteren Besichtigungstermin bitten. Die Show mit seinen Fake-Interessenten kann er dann nicht noch einmal abziehen.«

»Und was versprichst du dir davon?«

»Wenn wir vor Ort sind, werde ich das Haus sehr genau mit den Fotos und den Angaben in dem Exposé vergleichen. Es gibt da ein paar Fakten, aus denen man ersehen kann, dass das Haus, in dem die Besichtigung gestern stattfand, nicht mit dem Haus, das in dem Exposé beschrieben wird, identisch ist.«

»Markus, ist das nicht gefährlich? Ich habe Angst, dass mein Chef das nicht so ohne Weiteres hinnehmen wird.«

»Ach, was soll der schon machen? Im Übrigen werde ich mein Smartphone dazu nutzen, um das Gespräch aufzunehmen. Wenn er mir droht oder sich herausreden will, haben wir etwas in der Hand, mit dem wir zur Polizei gehen können.«

»Ich weiß nicht. Mir ist nicht wohl dabei. Ich habe wirklich Angst.«

Am nächsten Tag bat Markus Monsieur Roux um einen freien Tag, weil er etwas Wichtiges zu erledigen habe. Zu dem Maklerbüro ging er aber erst, als er sicher sein konnte, dass Jacqui wie üblich die tägliche Korrespondenz zur Post brachte. Markus hoffte, der Makler habe noch nicht mitbekommen, dass er und Jacqui mittlerweile ein Paar waren, und er wollte ihn nicht mit der Nase darauf stoßen.

Markus betrat das Maklerbüro, in dem die Tür zum Raum des Chefs offenstand. »Hallo, kommen Sie herein. Meine Sekretärin ist zurzeit nicht da. Ich übernehme daher den Empfang selbst«, scherzte er. »Was kann ich für Sie tun?«

»Ich habe ja gestern ein Haus aus Ihren Angeboten besichtigt und hätte da noch ein paar Fragen.«

»Sie müssen einen siebten Sinn haben. Das Haus steht leider nicht mehr zur Verfügung. Ich hätte Sie heute deswegen noch angerufen«, erwiderte der Makler mit überbetonter Freundlichkeit. »Aber eine gute Nachricht habe ich auch. Zufällig habe ich gestern Abend ein Haus zum Verkauf übernommen, das Ihren Wünschen noch besser entspricht. Wir müssen uns jedoch mit einer Besichtigung noch etwas gedulden. Die jetzigen Besitzer, ein älteres Ehepaar, möchten das Haus noch gründlich putzen, um einen guten Eindruck zu machen. Wie ältere Menschen halt so sind«, gab sich Jean-Paul Dumoulin betont locker.

»Haben Sie bereits ein Exposé erstellt, das ich mir schon mal ansehen kann?«

»Ja, aber das hat doch keine Eile.«

»Nein, das nicht, aber als ich die Unterlagen des ersten Hauses, das sie mir angeboten hatten, mit den tatsächlichen

Gegebenheiten vor Ort verglichen habe, sind mir dabei ein paar Unstimmigkeiten aufgefallen.«

»Wirklich? Was stimmte denn da nicht?«

»Na, zum Beispiel die Angaben zu den Böden. Im Exposé stand, dass alle Räume mit Bodenfliesen ausgestattet seien. Bei der Besichtigung habe ich jedoch festgestellt, dass lediglich die Küche und die Sanitärräume gefliest waren.«

»Oh! Das ist mir jetzt aber peinlich. Da hat meine Mitarbeiterin wohl einen Fehler gemacht. Aber da das Haus eh nicht mehr zur Verfügung steht, ist das ja nicht so schlimm«, spielte der Makler die widersprüchliche Angabe herunter.

»Sobald das Haus, das ich Ihnen jetzt anbiete, besichtigt werden kann, melde ich mich. Bis dann«, beendete der Jean-Paul nun auffallend rasch das Gespräch.

Markus bemerkte im Hinausgehen noch, wie er zum Telefonhörer griff und wählte. Er wagte es aber nicht zu lauschen, sonst hätte er ein sehr aufschlussreiches Gespräch gehört.

»Bonjour Henri. Jean-Paul hier. Eben war der junge Deutsche wieder bei mir. Ich glaube, der hat Verdacht geschöpft. Wie die Deutschen halt so sind, hat er das Exposé sehr gründlich studiert. Bei der Besichtigung hat er dann bemerkt, dass einige Angaben nicht mit der Ausstattung des besichtigten Objekts übereinstimmten.«

»Scheiße! Wenn der wirklich ernsthaft Verdacht geschöpft hat und weiter nachforscht, kann das gefährlich für uns werden. Da helfen auch unsere guten Beziehungen nicht. Ich werde mich um den Burschen kümmern.«

»Wie willst du das machen? So einfach einen Unfall oder tödliche Krankheit vortäuschen, wie bei älteren Leuten? Das kannst du vergessen. Das wäre unglaubwürdig.«

»Ich habe da schon eine Idee. Lass mich mal machen. Ich melde mich, wenn ich das Problem gelöst habe.«

Der Makler führte noch ein weiteres Telefongespräch mit einem Unbekannten, vor dem er großen Respekt zu haben schien. Nachdem er die Situation geschildert hatte, antwortete er auf die Äußerungen seines Gesprächspartners sehr einsilbig und fast schon unterwürfig nur noch mit: *»Oui, Monsieur.«*

Jean-Paul setzte sich direkt nach diesem Telefonat noch einmal mit Henri in Verbindung. »Hallo, Henri. Ich habe eben mit dem Boss gesprochen. Er hat mir unmissverständlich gesagt, dass wir das Problem lösen sollen, und zwar endgültig! Das wird dann ein Auftrag für deine beiden Jungs fürs Grobe, Mathéo und Louis. Sie haben ja schon öfter so was erledigt.«

»Okay, ich werde sie gleich anrufen.«

Henri verabredete sich mit ihnen in der PMU-Bar, wo sie sich immer trafen. Die beiden waren dort Stammgäste.

Louis, mit seiner muskulösen Bodybuilder Figur und seiner Vorliebe für schwarze Klamotten, wurde hier nur der »schwarze Klotz« genannt. Auf seinen Armen, die aus einem schmuddeligen T-Shirt ragten, waren auffallende Tattoos zu sehen. Aufgrund seiner Körpergröße überragte er seinen schmächtigen Kumpel Mathéo deutlich. Das Gesicht des Kleineren zierte ein schmaler Schnurrbart, dessen Enden zur Seite wegstanden und wie Schnurrhaare aussahen. Deswegen und wegen seines verschlagenen Blicks hatte er den Spitznamen »die Ratte«.

Die deutlich über Zimmerlautstärke eingestellten Lautsprecher der Fernseher in der Bar ermöglichten es dem Trio, sich in einer Ecke im hinteren Teil des Raumes ungestört zu unterhalten. Die anderen Gäste waren auch viel zu sehr damit beschäftigt, das Geschehen auf den Bildschirmen zu verfolgen, als das Gespräch der drei zu belauschen.

Nach der üblichen Begrüßung: *»Ça va?«*, die Mathéo und Louis routinemäßig mit: *»Très bien«*, beantworteten, kam Henri direkt zur Sache: »Ich brauche eure Hilfe. Bei einem

Immobiliendeal droht etwas schiefzulaufen. Ein junger Deutscher hat Verdacht geschöpft, dass da was nicht stimmt, und unangenehme Fragen gestellt. Den müssen wir zum Schweigen bringen! Lasst euch was einfallen!«

»Wo finden wir den Burschen? Wir werden ihm schon klar machen, dass er unerwünscht ist!«, fragte Mathéo und grinste dabei schmierig.

»Er arbeitet auf dem *Camping Municipal du Fond de la Baie* in Locquirec. Er wohnt da in einem Mobilhome. Hat mein Partner schon herausgefunden. Ich glaube aber nicht, dass er sich so ohne Weiteres einschüchtern lässt. Die Deutschen können ganz schön stur sein. Ihr müsst auf jeden Fall verhindern, dass er zu den Bullen marschiert.«

Louis meinte: »Das kriegen wir schon hin. Herauszubekommen, in welchem der Mobilhomes er wohnt, dürfte auch kein Problem sein. Wenn ich mich recht erinnere, stehen die Dinger in der Nähe der Rezeption, und den Bereich kann man von der Straße oberhalb der Anlage sehr gut einsehen. Ich habe einige Zeit in der Nähe gewohnt und oft auf diese Wohncontainer heruntergeschaut.«

»Ja, wenn du mal nicht im Knast gesessen hast«, flachste Mathéo.

»Halt's Maul, du Blödmann! Schließlich hast du mich da kennengelernt.«

»Jetzt hört auf, euch zu beschimpfen, und seht zu, dass ihr den Job erledigt«, wollte Henri das Gespräch beenden.

»Bleibt vorher noch eine wichtige Frage zu klären: Was bringt uns der Auftrag ein?«

»Darüber sprechen wir, wenn ihr ihn erledigt habt.«

»Wen, den Auftrag oder den Deutschen?«, fragte Mathéo zynisch.

»Nein, wir wollen schon wissen, was uns das einbringt. Also wie viel?« fragte Louis energisch.

»Fünf Riesen als Anzahlung. Wenn ihr erfolgreich seid, unterhalten wir uns über den Rest. Keine Sorge, ihr werdet gut bezahlt. Ich habe euch immer fair behandelt.«

»Fünf für jeden! Sonst läuft nichts«, kam es prompt von Louis.

»Na gut, aber seht zu, dass ihr die Sache schnell erledigt.«

Entführt in Omas Hütte

Am nächsten Morgen hatten Mathéo und Louis ihr Auto, einen älteren Citroën, an der Straße geparkt, die oberhalb des Campingplatzes verlief. Da frühes Aufstehen nicht ihr Ding war, kamen sie zu spät, um Markus zu sehen, wie er von seinem Mobilhome zur Rezeption ging. Sie waren sich sicher, dass sie ihn nicht übersehen hatten, denn Henri hatte ihn sehr präzise beschrieben. Es war kurz nach 12:00 Uhr, als ein junger Mann, auf den die Beschreibung passte, in einem Wohncontainer direkt gegenüber der Verwaltung verschwand. »Das ist er!«, stellte Mathéo erleichtert fest. »Dann können wir jetzt essen gehen«, meinte Louis und ließ den Motor an.

Beim Mittagsmenü besprachen sie, wie sie vorgehen wollten. »Komm, lass uns noch mal zu dem Campingplatz fahren und die Lage peilen.«

Vor Ort stellte Mathéo fest: »Am helllichten Tag können wir auf dem Platz nichts machen. Da sind zu viele Camper und Urlauber auf dem GR 34 unterwegs.«

»Ich schlage vor, wir besuchen den Kerl, wenn es dunkel ist und keine Touris mehr auf dem Platz herumlatschen! Ist aber trotzdem riskant«, meinte Louis.

»Geht aber nicht anders. Bis dahin müssen wir abwarten. Komm, wir fahren bis dahin zurück in die PMU-Bar, denn wenn wir hier zu lange stehen, fallen wir auf. Wir kommen erst in der Dunkelheit zurück und parken dann auf dem kleinen Parkplatz vor der Anlage. Da haben auch einige Gäste ihre Pkws abgestellt. Da fallen wir nicht auf.«

»Okay«, stimmte Louis zu.

Nach einem spektakulären Sonnenuntergang, der die Bucht in rotgolden glänzendes Licht tauchte, verschwanden die Wohnmobilisten nach und nach in ihren Fahrzeugen.

Mathéo und Louis hatten zunächst wieder oberhalb des Campingplatzes geparkt und fuhren nun, wie geplant, auf den Parkplatz der Anlage. Sie wollten gerade aussteigen, als ein Mann mit seinem Hund am Schlagbaum vorbei in Richtung Strand ging.

»Merde! Ich hoffe, der hat uns nicht gesehen. Jetzt müssen wir warten, bis der zurückkommt«, fluchte Mathéo.

»Na, hoffentlich machen nicht noch mehr Leute mit ihrem Köter einen Abendspaziergang.« Geduld war nicht unbedingt Louis' Stärke.

Als sie sich ziemlich sicher waren, dass endlich Nachtruhe auf dem Platz eingekehrt war, stiegen sie aus ihrem Auto und gingen zu dem Mobilhome, in dem Markus wohnte. Dabei achteten sie darauf, sich möglichst geräuschlos zu bewegen und nicht ins Licht der Platzbeleuchtung zu kommen. Vor der Eingangstür stellte sich Louis auf die Seite, zu der die Tür sich öffnete, und Mathéo klopfte kräftig an die Tür. Es dauerte einen Augenblick, bis der erstaunte Markus öffnete. »Hallo, was möchten Sie?«

»Wir wollen uns mit dir ein wenig unterhalten!«, antwortete Mathéo barsch und drückte Markus in den Wohncontainer.

»Hey, was soll das. Ich kenne Sie nicht. Hauen Sie ab.«

»Nee, so schnell wirst du uns nicht los. Wir wollen uns mal über dein Interesse an Häusern unterhalten.«

»Das verstehe ich nicht. Was haben Sie damit zu tun?«

»Sagen wir mal so, du warst etwas zu neugierig und könntest auf den dummen Gedanken kommen, die Bullen einzuschalten. Das würde dir jedoch gar nicht gut bekommen. Und wir wollen dir helfen, die richtige Entscheidung zu treffen.«

»Wenn Sie nicht sofort verschwinden, rufe ich wirklich die Polizei.«, reagierte Markus energisch.

»Das lässt du mal schön sein«, meinte Louis grinsend und stieß ihn in einen Sessel. Markus versuchte, sofort wieder aufzustehen, was aber Louis überhaupt nicht gefiel. Er schlug ihm ins Gesicht und meinte: »Wenn du mehr verpasst haben willst, nur zu!«

Markus blutete aus der Nase und zögerte mit einer Reaktion. Louis schlug noch einmal zu. Es schien ihm Spaß zu machen, Markus zu quälen.

Mathéo bremste ihn: »Hör auf, das bringt nichts. Ich fürchte, unser Freund lässt sich dadurch nicht wirklich beeindrucken. Wie hat Henri gesagt? Die Deutschen sind stur. Und der hier scheint besonders stur zu sein.«

In diesem Augenblick kam Jacqueline, angelockt durch die Stimmen, aus dem Nebenraum. Erschrocken blickte sie auf Markus. »Was ist denn hier los? Markus, du blutest ja!«

»Halt die Fresse Mädchen und fang ja nicht an zu schreien. Wir geben deinem Freund nur einen guten Rat, aber leider will er den wohl nicht hören. Setz dich hin!«, befahl Mathéo barsch.

Louis ging zu den beiden und zog einige Kabelbinder aus seiner Hosentasche, mit denen er ihre Hände fesselte. Markus versuchte noch einmal, sich zu wehren, was Louis mit einem weiteren Faustschlag in sein Gesicht quittierte.

»Ich glaube, wir müssen die Tussi und ihren Lover ein wenig beruhigen, oder was meinst du Mathéo?«

»Ja, aber du Idiot sollst mich nicht Mathéo nennen, ich heiße verdammt noch mal Charles!«

»Hä?«, fragte Louis verständnislos.

»So, nun zu euch beiden. Ich habe einen kleinen Drink für euch. Keine Angst, das ist kein Gift; nur ein harmloses Schlafmittel für süße Träume.« Mit dieser zynischen Bemerkung ging er zu Jacqui und flößte ihr die Flüssigkeit ein. Dabei hielt er ihren Oberkörper mit dem einen Arm so fest, dass sie sich nicht bewegen konnte und automatisch schlucken musste.

Markus hatte die Szene mit Entsetzen beobachtet und versuchte, die Ganoven zu überreden, von Jacqui abzulassen: »Lasst meine Freundin in Ruhe. Sie hat mit meinen Nachforschungen überhaupt nichts zu tun. Lasst sie gehen!«

»Du träumst wohl? Mitgefangen, mitgehangen! Und keine Sorge, du bekommst auch einen kleinen Drink«, erwiderte Mathéo lachend, der seine Macht voll auskostete. Louis kam zu ihm, und gemeinsam zwangen sie Markus, das kleine Fläschchen leer zutrinken.

Es dauerte nicht lang, bis Markus und Jacqueline tief und fest schliefen. Die K.-o.-Tropfen wirkten.

»Was machen wir jetzt mit den beiden?«, wollte Louis wissen.

»Du hast doch diesen Garten von deiner Oma außerhalb von Locquirec geerbt. In der Hütte haben wir mal zwei etwas widerspenstige Mädels gebumst, weil die da weit und breit keiner hören konnte. Erinnere ich mich immer noch sehr gerne dran.«

»Mathéo, du bist ein verdammter Lustmolch. Und was hat das jetzt mit unserem Job zu tun?«

»Na, ganz einfach. Wir bringen die beiden dahin und kitzeln heraus, was sie wissen.«

»Gute Idee«, meinte Louis und grinste anzüglich.

»Komm bloß nicht auf falsche Gedanken. Da läuft nichts; aber auch gar nichts!«, warnte Mathéo. Sie kontrollierten noch einmal die Kabelbinder und trugen ihre Opfer in ihren alten Citroën, um sie zu Omas Hütte zu bringen. Es war mittlerweile stockdunkel. Mathéo, der am Steuer saß, fluchte ständig vor sich hin, weil er den Feldweg, der zu der Hütte führte, kaum erkennen konnte. Ein ums andere Mal wurden sie arg durchgerüttelt, weil er eines der zahlreichen Schlaglöcher zu spät gesehen hatte.

Nachdem sie ihre Opfer ausgeladen und in der Hütte auf zwei alten Matratzen abgelegt hatten, fragte Louis: »Meinst du, wir können sie hier allein lassen, oder müssen wir sie bewachen?«

»Nö, die schlafen erst mal eine ganze Weile. Wir stopfen ihnen noch einen Knebel ins Maul, dann können sie nicht schreien, wenn sie wach werden. Aber hier würde sie sowieso keine Sau hören. Morgen werden wir sie uns vorknöpfen und mal hören, was sie wissen.«

Als Jacqui am nächsten Morgen aufwachte, nahm sie verwundert die fremde Umgebung war. Mit ihren Füßen stieß sie Markus an, der allmählich auch wieder zu sich kam. Sobald er vollständig bei Sinnen war, versuchte er, Jacqui mit Kopfbewegungen zu zeigen, wie er den Knebel aus ihrem Mund entfernen wollte. Er hatte sich gerade ganz eng an sie herangerollt, als die Tür aufging und Mathéo und Louis die Hütte betraten.

»Och, guck mal. Die beiden Täubchen wollen wohl kuscheln. Is doch so viel zu unbequem«, kommentierte Mathéo zynisch grinsend die Szene. »Wenn ihr lieb seid, könnt ihr bald wieder in euer Liebesnest auf dem Campingplatz. Da im Bettchen ist es doch viel schöner. Ich nehm euch jetzt die Knebel raus. Ihr braucht aber nicht auf die Idee zu kommen, dann loszuschreien. Hier draußen hört euch niemand.«

»Wo sind wir denn?« fragte Jacqui, nachdem Louis ihr den Knebel aus dem Mund genommen hatte.

»Uninteressant«, knurrte Louis.

»Und was wollen Sie von uns?«, fragte Markus.

»Wir wollen uns mit euch nur nett unterhalten«, grinste Mathéo.

»Und dafür kidnappen Sie uns? Das hätten Sie einfacher haben können. Also noch mal. Was wollen Sie von uns?«

»Ganz schön vorlaut der Kleine, was? Wir stellen hier die Fragen. Und du antwortest nur. Verstanden?«, drohte Louis.

»Du hast dich da für ein Haus interessiert, das uns auch gefällt. Deswegen sollst du die Finger davonlassen.«

»Nur weil Sie mir drohen? Kommt nicht infrage. Woher wissen Sie überhaupt von meinem Interesse für das Haus? Bei der Besichtigung waren zwar noch andere Leute dabei, aber an euch zwei Typen kann ich mich nicht erinnern.«

»Jetzt wird der Kleine auch noch frech!« Mit diesen Worten trat Louis Markus kräftig in den Magen.

Der stöhnte auf und krümmte sich, nach Luft schnappend, auf dem Boden.

»Markus, sag ihnen doch, dass du kein Interesse mehr an dem Haus hast. Du hast doch schon ein anderes Objekt an der Hand«, versuchte Jacqui, die Situation zu entspannen. Und an die beiden Ganoven gewandt:« Können wir was zu trinken bekommen? Wir haben schrecklichen Durst, bitte!«

»Was darf's denn sein, Mademoiselle? Vielleicht eine schöne Flasche Crémant? Und dann ein kleines Mittagsmenü?«, verhöhnte sie Louis.

»Blödmann! Hol die Flasche Wasser aus dem Auto«, fauchte Mathéo seinen Kumpan an.

Während Markus und Jacqueline begierig das Wasser tranken, schaute Mathéo sie nachdenklich an. »Wir lassen euch jetzt wieder allein und kommen heute Abend mit etwas zu essen wieder. Überlegt euch inzwischen gut, ob ihr unsere Fragen beantworten wollt. Mein Freund hat ja schon gezeigt, dass wir sehr unangenehm werden können. So, und damit ihr nicht auf dumme Gedanken kommt und euch die Seele aus dem Leib schreit, macht ihr jetzt brav eure hübschen Mäuler auf.«

Nachdem sie Markus und Jacqueline wieder die Knebel in den Mund gestopft hatten, verließen die beiden Ganoven die Hütte.

Markus wollte Jacqui etwas sagen, bekam jedoch nur würgende Laute zustande. Ihre Peiniger hatten die Knebel nicht mit Klebeband fixiert, deshalb versuchte er nun, das Stoffknäuel aus seinem Mund zu drücken. Immer und immer wieder presste er seine Zunge, so kräftig es ging, gegen den Knebel. Schließlich hatte er Erfolg. Der durchnässte Lappen fiel aus seinem Mund. Er schnaufte kurz durch und robbte zu Jacqui hinüber. »Pass auf. Ich versuche jetzt, mit meinen Zähnen auch deinen Knebel herauszuziehen. Ich hoffe, das geht.« Jacqui nickte und hielt ihren Kopf zu ihm hin. Es gelang Markus jedoch nicht, mit seinen Zähnen den Lappen richtig zu fassen zu bekommen. Nach mehreren Versuchen gab er erschöpft auf. »Das geht so nicht. Ich muss mir was anderes einfallen lassen.« Jacqui sah ihn ängstlich an und gab einige unverständliche Laute von sich. Er konnte sie aber beim besten Willen nicht verstehen. Jacqui drehte sich deswegen auf den Bauch und bewegte ihre gefesselten Hände.

»Willst du mir sagen, ich soll es mit meinen Händen versuchen?« Jacqui nickte heftig und drehte sich so, dass er mit seinen Händen an ihren Mund kam. Er sah zwar nun nicht mehr ihr Gesicht, aber nach einigem Tasten fühlte er den Lappen und konnte ihn aus ihrem Mund ziehen. Jacqui atmete tief und erleichtert auf. »Danke. Ich hatte das Gefühl, gleich zu ersticken.«

»Jetzt geht es uns schon besser, aber wie wir hier rauskommen sollen, weiß ich noch nicht. Wir müssten unsere Fesseln loswerden.«

»Ja, aber wie?«

»In so einer Gartenlaube gibt es doch bestimmt irgendwelches Werkzeug. Ich versuche mal aufzustehen.«

Das war leichter gesagt als getan. Markus schaffte es, so weit hochzukommen, dass er sich hinknien konnte. Obwohl er recht sportlich war und regelmäßig Gymnastik machte, gelang es ihm nicht, sich ganz aufzurichten; er kippte immer wieder zur Seite.

Jacqui beobachtete seine Bemühungen mit ängstlichem Gesicht. Als wieder ein Versuch schiefgegangen war, wollte sie ihm ein wenig Mut machen. »Mach doch mal eine Pause und erhol dich ein wenig. Wenn du wieder mehr Kraft hast, klappt es vielleicht.«

Über ihre Anstrengungen, sich zu befreien, hatten die beiden überhaupt nicht auf die Zeit geachtet. Das Knirschen von Autoreifen vor der Hütte schreckte sie auf. »Verfluchter Mist. Die beiden Galgenvögel kommen zurück«, fluchte Markus. Da ging auch schon die Tür auf.

Mathéo erfasste die Situation sofort: »Hey! Was haben wir denn da? Wolltet ihr ein bisschen knutschen?«

Louis drängte sich hinter ihm in den Raum und knallte zwei Warmhalteboxen aus einem Schnellimbiss auf einen wackeligen Tisch in der Ecke. »Eigentlich sollte man euch hungern lassen. Vielleicht kämt ihr dann zur Vernunft.«

»Red nich'. Nimm ihnen die Handfesseln ab und pass auf, dass sie keinen Unsinn machen«, befahl Mathéo.

»Was sollen die schon machen. Mich mit dem Plastikbesteck ermorden?«, brummte Louis missmutig.

Markus und Jacqueline durften sich an den Tisch setzen und etwas essen. Sie hatten den letzten Bissen kaum heruntergeschluckt, da fragte Mathéo energisch: »Ihr hattet ja ausreichend Zeit, zu überlegen, und konntet sogar miteinander reden. Also nun raus mit der Sprache. Warum wollt ihr uns bei dem Hauskauf ausbooten?«

»Wir wollen Sie überhaupt nicht ausbooten. Es kam uns nur komisch vor, dass das Haus nach der Besichtigung plötzlich nicht mehr zur Verfügung stand. Mehr nicht«, empörte sich Markus.

»Wieso komisch? Die alten Leute wollten eben ihr Haus doch nicht verkaufen. Das passiert schon mal.«

»Na gut, ich bin an dem Objekt sowieso nicht mehr interessiert. Jetzt lassen Sie uns gehen, und wir vergessen den ganzen Vorfall«, forderte Markus.

»Nicht so schnell, junger Mann. Wer garantiert uns, dass ihr euch auch daranhaltet? Wir werden euch erst gehen lassen, wenn wir den Kauf unter Dach und Fach haben. So und jetzt Hände her. Ich will euch neue Armbänder anlegen.«

»Wieso wollen Sie uns festhalten, bis der Kauf abgeschlossen ist? Eben haben Sie doch gesagt, dass die Besitzer nicht mehr verkaufen wollen«, fragte Markus argwöhnisch.

»Ach, was weiß ich. Unser Boss hat uns nur gemeint, dass er das Geschäft in Ruhe abwickeln will und ihr ihm dabei nicht in die Quere kommen sollt.«

»Und wer ist ihr Boss? Makler Dumoulin, der das Haus angeboten hat, oder sein Compagnon Morel?«

»Das geht dich gar nichts an. Und jetzt halt's Maul.«

»Ich müsste mal auf die Toilette«, meldete sich Jacqui zaghaft.

»Mach dir ins Höschen«, höhnte Louis.

»Lass das. Hinter der Hütte ist ein Plumpsklo. Nimm ihr die Fußfesseln ab und pass auf, dass sie dir nicht abhaut.«

Nachdem Louis Markus und Jacqui wieder gefesselt hatte, wollte er ihnen erneut die Knebel in den Mund stopfen. »Lass mal. Die beiden können hier draußen schreien, so laut sie wollen, die hört keiner. Sie können sich dann unterhalten und überlegen, ob sie uns morgen nicht doch die Wahrheit erzählen wollen. Bind sie aber auch noch an dem Stützbalken da an der Seite fest. Sonst kommen sie noch auf die Idee, in der Hütte rumzuwandern.«

»Warum so lange warten. Ich könnte sie doch ein bisschen bearbeiten. Das fördert die Gesprächigkeit ungemein.«

Mit dieser angsteinflößenden Bemerkung verschwanden Mathéo und Louis für diesen Tag.

In Seenot

Stürmischer Ärmelkanal

Mathéo und Louis hatten sich wieder mit dem Makler Henri Morel in ihrer Stammkneipe verabredet, um ihm zu berichten.

Er hörte sich mit zunehmender Skepsis an, was sie erzählten. Sie waren fast am Ende, als Morel ungehalten dazwischenfuhr. »Seid ihr wahnsinnig? Haltet das Pärchen in irgendeiner Hütte gefangen; und das ohne Bewachung! Da kann doch immer zufällig ein Spaziergänger vorbeikommen und wenn der die beiden entdeckt ... Ich glaube, ihr spinnt. Sorgt gefälligst umgehend dafür, dass dieser Deutsche und seine Freundin verschwinden! Und zwar so, dass kein Verdacht auf euch fällt, oder noch schlimmer, dass unsere Geschäfte ins Visier von irgendwelchen Ermittlern geraten. Habt ihr verstanden?«

»Ja«, antwortete Mathéo kleinlaut. »Morgen lösen wir das Problem.«

»Das will ich hoffen!« Mit dieser knappen Feststellung verabschiedete sich Morel und verließ verärgert die PMU-Bar.

»Was sollen wir nun machen?«, fragte Louis ziemlich ratlos.

»Ich hab da 'ne Idee. Wir bringen sie runter zu dem kleinen Hafen in der Nähe der Hütte und lassen sie ein bisschen zur See fahren«, grinste Mathéo seinen Kumpan an. Louis verstand kein Wort und fragte: »Hä?«

»Lass dich überraschen.«

»Schön, aber wie kriegen wir die da hin?«, wollte Louis wissen.

»Sei nich so blöd. Sie kriegen wieder einen Schlummertrunk. Hat doch beim ersten Mal gut gewirkt. Dann tragen wir sie zum Auto, verstauen sie im Kofferraum und fahren dorthin.«

»Und wenn sie wieder wach werden?«

»Der Schlummertrunk wird sie für längere Zeit aus dem Verkehr ziehen. Ich werde die Dosis ein wenig erhöhen. Die werden so schnell nicht wieder wach. Und wenn sie später wieder bei Sinnen sind, können sie ihre Kreuzfahrt genießen«, zischte Mathéo mit einem teuflischen Grinsen.

In dem kleinen Hafen an der Ostseite der Bucht vergewisserten sie sich, dass sie allein waren und dass ihre Kofferraumfracht noch nicht wieder in dieser Welt war. »Und was willst du jetzt machen?«, fragte Louis.

»Wir suchen uns ein hübsches kleines Boot aus, legen die beiden hinein, machen es los und lassen es aufs offene Meer treiben.«

»Na, ob das funktioniert? Wir haben noch auflaufendes Wasser. Das Boot wird an den Strand getrieben und nicht raus aufs Meer.«

»Woher weißt du denn so was?«

»Ich bin schließlich hier an der Küste aufgewachsen. Da lebt man nicht nur mit Wind und Meer, man lernt auch früh zu segeln und auf die Gezeiten zu achten.«

Mathéo guckte seinen Kumpel erstaunt an. »Wusste gar nicht, dass du so ’n Naturbursche bist. Na gut. Dann müssen wir schauen, ob wir nicht auch noch ein Motorboot finden, mit dem wir das Segelboot mit den beiden rausschleppen können.«

»Das müsste gehen, zumal in ca. einer Stunde die Ebbe einsetzt und dann wird das Boot durch die Strömung von allein aufs Meer hinausgezogen.«

Nach kurzem Suchen wurden die beiden an dem kleinen Steg fündig. Sie verfrachteten Markus und Jacqui ziemlich unsanft in eine Segeljolle. Bevor sie an Bord des Motorbootes gingen, das sie sich mal kurz ausleihen wollten, schaute Mathéo auf ihre Opfer herab. »Oh, Scheiße. Das hätte ich fast übersehen. Los, Louis, knips die Kabelbinder auf. Wenn man unser Liebespaar findet, muss es nach einem Unfall aussehen, und da wäre es doch sehr verdächtig, wenn sie mit Kabelbindern gefesselt sind.«

Nachdem das erledigt war, banden sie die Jolle mit einer Schleppleine am Motorboot fest. Louis schloss die Zündung des Motors kurz, der problemlos ansprang, und steuerte das offene Meer an. Geschickt umfuhr er ein Felsenriff, das dicht unter der Wasseroberfläche nur deswegen zu erkennen war, weil sich die Wellen hier brachen. Sie fuhren noch ein gutes Stück weiter hinaus, bis Louis meinte:« So, das müsste reichen. Mach die Leine los, und dann nichts wie zurück zum Hafen; der Wind frischt auf, und dann könnte es hier draußen ungemütlich werden.«

Durch die Schaukelei und die nächtliche Kälte war Markus wach geworden. Er fühlte sich jedoch immer noch benommen und orientierungslos. Was war passiert? Nur langsam registrierte er, dass er sich in einem Boot befand. Mühsam zog er sich an der Bordwand hoch und hoffte, feststellen zu können, wo sie waren. Was er sah, versetzte ihn in Panik: Sie trieben auf der offenen See. Nirgendwo war Land zu sehen. Er blickte zu Jacqui hinunter, die sich immer noch nicht rührte. Er bekam Angst und beugte sich über sie. Gott sei Dank; sie atmete. Er rüttelte sie mit beiden Händen, und allmählich wurde sie wach. »Wo bin ich? Mir ist ja so schlecht.« Markus hockte sich auf den Boden des Bootes und legte ihren Kopf auf seine Oberschenkel; zärtlich strich er ihr die blonden Haare aus dem Gesicht und beschrieb ihre

Situation: »Ma Chérie, wir sind in einem kleinen Boot auf dem Meer, wohl irgendwo vor Locquirec.«

»Wie? Auf dem Meer?«

»Erinnerst du dich nicht? Diese beiden Ganoven haben uns in der Hütte, wo sie uns festgehalten haben, wieder so 'n Zeug eingeflößt, und wir sind wohl schnell eingeschlafen. Ich nehme an, dass sie uns dann in dieses Boot gebracht haben.«

Jacqui verstand das nicht ganz: »Aber wieso sind wir jetzt auf dem Meer?«

»Weiß ich auch nicht. Vielleicht haben sie das Boot losgebunden, und die Strömung hat uns raus getrieben.«

»So weit raus? Non, die müssen uns hierher geschleppt haben«, zweifelte Jacqui, die jetzt hellwach war.

»Ist ja auch egal. Wir müssen auf jeden Fall versuchen, wieder an Land zu kommen. Ich glaube, hier an der Seite sind Ruder verstaut. Und da vorne im Bug liegt ein Sack. Vielleicht ist da ein Segel drin«, meinte Markus. Er gaukelte Jacqui Optimismus vor, obwohl ihm gar nicht danach zumute war.

»Schön, aber wir wissen doch nicht, in welche Richtung wir müssen. Ich habe Angst«, antwortete Jacqui mit trauriger Stimme.

Markus nahm sie in den Arm und versuchte, sie ein wenig aufzumuntern. »Es ist zwar schon lange her, aber ich habe mal segeln gelernt. Da mussten wir uns auch mit dem Wetter und den Gezeiten beschäftigen.«

In diesem Augenblick schrie Jacqui auf: »Da! Da hinter uns habe ich eben ein Licht gesehen, das über den Himmel gehuscht ist. Warte, wenn es gleich wieder erscheint, könnte es ein Leuchtturm sein.«

Der Lichtstrahl war nach kurzer Zeit wieder zu sehen, und die beiden waren nun sicher, dass es ein Leuchtturm sein müsse. Markus holte den Sack aus dem Bug und schüttete den Inhalt auf den Boden.

»Guck mal! Das ist tatsächlich ein Segel. Das bringen wir am Mast an und versuchen, die Küste zu erreichen. Der Leuchtturm steht hoffentlich nicht auf einem vorgelagerten Felsen. Aber wir haben keine Alternative. Du bist doch hier aufgewachsen. Gibt es in der Nähe von Locquirec einen Leuchtturm?«

»Der Einzige, der mir einfällt, ist der von Beg Léguer in der Nähe von Trébeurden. Der steht auf Land.«

»Trébeurden ist ja nicht weit weg von Locquirec. Wenn wir es schaffen, bis dahin zu kommen, haben wir gewonnen.«

»Und dann gehen wir sofort zur Polizei!«

»Selbstverständlich. Jetzt lass uns erst mal das Segel anbringen und hochziehen.«

Das Segel war allerdings schon älter und wohl lange nicht benutzt worden. Es war steif und schwer zu handhaben. Nach etlichen Fehlversuchen gelang es ihnen aber schließlich doch, es am Mast zu befestigen und hochzuziehen. Sie waren so sehr mit dem Segel beschäftigt, dass sie den Wetterumschwung gar nicht bemerkt hatten. Der Wind hatte deutlich aufgefrischt. Die Jolle schaukelte nun heftig bei dem zunehmenden Wellengang. Jacqui wurde immer blasser und schaute Markus ängstlich an. »Meinst du, wir schaffen das?«

»Na klar. Schau nach vorne. Wir sind dem Leuchtturm schon ein Stück nähergekommen.«

Jacqui wollte ihm antworten, aber als sie den Mund aufmachte, musste sie sich erbrechen. Sie schaffte es gerade noch, ihren Kopf über die Bordwand zu halten, bevor sich ihr Magen krampfhaft entleerte.

Markus musste die Pinne festhalten, um zu verhindern, dass das Boot quer zu den Wellen kam und möglicherweise kenterte. »Komm zu mir und setz dich vor mir auf den Boden zwischen meine Beine. Da hast du ein wenig Schutz. Und schau nicht auf das Wasser.«

»Ja, aber mir ist immer noch schlecht«, kam es zaghaft von Jacqui.

»Du tust mir fürchterlich leid«, bedauerte Markus sie und streichelte über ihren Kopf.

So gut es ging, steuerte Markus die Jolle in Richtung Leuchtturm. Nach einer Weile rief er plötzlich triumphierend aus: »Da! Ich glaube, ich sehe Lichter vor uns. Das könnten Häuser sein.«

»Hör mal!«, forderte Jacqui ihren Freund auf. »Hörst du das Brandungsrauschen? Ich glaube, wir sind wirklich der Küste schon sehr nahe gekommen.«

Nach einigen Minuten wurden ihre Vermutungen bestätigt. Die Lichter wurden deutlicher, und bald konnten sie die Küste erkennen. Unaufhaltsam näherten sie sich der schroffen Felsenküste, an der sich die Wellen geräuschvoll brachen. Und genau deswegen machte sich Markus Sorgen. Wie sollten sie bei diesem Seegang unbeschadet bis an Land kommen? Doch er behielt seine Befürchtung lieber für sich, um Jacqui nicht noch mehr zu ängstigen. Konzentriert blickte er nach vorn, um einen Weg durch die Klippen zu finden, die in dem fahlen Mondlicht nur schemenhaft zu erkennen waren. Sie waren jetzt höchstens noch einige hundert Meter vom rettenden Ufer entfernt. Immer wieder schrammte die Jolle über Felsen, die Markus unter Gischt und Wellen nicht sehen konnte. »Hoffentlich hält das Boot das aus. Ich habe Angst«, meinte Jacqui mit weinerlicher Stimme, als es mal wieder bös krachte.

»Wir schaffen das. Es ist nicht mehr weit. Ich kann schon deutlich ein Haus erkennen. Direkt vor uns. Da halte ich drauf zu. Dort ist auch ein kleiner Strand. Da müssen wir hin«, verbreitete Markus Hoffnung. Doch genau in diesem Augenblick tat es einen heftigen Schlag, und im Nu schoss vorne im Bug Wasser in das Boot. Die nächste Welle hob es über den Felsen, auf den sie aufgelaufen waren, und trieb es mit einem gewaltigen Satz weiter in Richtung Land. Als die Welle ihre Kraft verlor, krachten sie auf den nächsten Felsen.

»Los, wir müssen raus aus dem Boot! Zieh Schuhe und Pullover aus! Wir müssen schwimmen!«, brüllte Markus.

Sie waren gerade ein paar Meter geschwommen, als sie die nächste Welle von hinten erfasste und in Richtung Strand trug. Die Welle lief zurück, und Markus spürte vor einem großen Felsbrocken Steine unter seinen Füßen. Er richtete sich auf und bekam einen Schreck. Jacqui war nirgendwo zu sehen. Laut schrie er nach ihr: »Jacqui, Jacqui!«

Panische Angst um seine Freundin befiel ihn. Plötzlich hörte er ein leises Wimmern ganz in seiner Nähe. Es hörte sich an, als ob Jacqui hinter dem Felsbrocken in seinem Rücken war. Er ging um ihn herum und war überglücklich, sie dort zu sehen. »Bist du verletzt?«

»Nein. Ich habe nur Angst gehabt, dass dir was passiert ist!«

Glücklich nahm Markus sie in seine Arme und gab ihr einen Kuss.

»Nun aber weg hier, bevor uns die Wellen noch mal erwischen.« Immer wieder stolpernd und rutschend, kletterten sie über die glitschigen Steine auf das Haus am Ufer zu.

Das eiserne Gartentor des Grundstücks war verschlossen. Da Markus nirgendwo einen Klingelknopf entdecken konnte, beschloss er, darüber zu klettern, und löste damit eine schrill tönende, weithin hörbare Sirene aus. »Bleib bloß da oben sitzen. Vielleicht haben die auch noch Wachhunde«, warnte ihn Jacqui ängstlich. In diesem Augenblick flammte die Außenbeleuchtung auf. Die Haustür ging auf, und ein Mann mittleren Alters trat in den Türrahmen. Er erfasste die Situation und warnte Markus: »Bleiben Sie, wo Sie sind. Noch ein Schritt weiter, und ich lass meine Hunde frei.« Er wandte sich nach hinten und rief in das Haus hinein: »Nathalie ruf die Polizei. Ich habe einen Einbrecher gestellt!«

»Nein, nein! Wir sind keine Einbrecher. Wir sind mit einem Boot hier unten auf die Felsen gekracht und brauchen Hilfe«, rief Markus verzweifelt.

Der Mann trat aus dem Haus. Langsam und vorsichtig lief er den Gartenweg entlang. Immer noch skeptisch schaute er zu Markus, der oben auf dem Gartentor saß und einen ziemlich ramponierten Anblick bot. Seine Hosenbeine waren von den scharfen Felsenkanten zerschnitten und von den Algen grün gefärbt. Auf der freiliegenden Haut waren kleine blutende Wunden erkennbar. Jacqui stand derweil weinend vor dem Tor und sah ähnlich mitgenommen aus. Der Mann schüttelte seinen Kopf und rief: »Nathalie! Polizei brauchen wir nicht. Das sind keine Einbrecher. Die jungen Leute haben mit ihrem Boot Schiffbruch erlitten und sich unterhalb unseres Hauses an den Strand gerettet.«

»Bist du wirklich sicher?«, fragte die Frau skeptisch zurück.

»Ja, komm ruhig heraus und schau sie dir an.«

Nathalie kam zur Tür und blickte argwöhnisch zu den beiden jungen Leuten hinüber. Als sie das Häuflein Elend sah, das Jacqueline und Markus boten, konnte sie ein leichtes Lächeln nicht unterdrücken. »Du hast recht, Alain. So sehen keine Einbrecher aus. Mit so zerfetzten und durchnässten Klamotten würde wohl kein Einbrecher auf Diebestour gehen. Ich denke, wir können die beiden bedenkenlos in unser Haus lassen.«

Auf dem Weg zum Haus stellte der Besitzer sich und seine Frau vor: »Ich bin Alain Teissier, und das eben war meine Frau Nathalie.«

Nathalie war schon wieder zurück ins Haus gegangen und kam Ihnen im Flur entgegen. »Ich habe schon mal frische Sachen für Sie geholt. Die sind von unserer Tochter und ihrem Freund. Sie werden wohl etwas zu groß für Sie sein, aber trocken. Wenn ich Sie so bei Licht anschaue, sollten Sie erst einmal heiß duschen. Kommen Sie, ich zeige Ihnen das Bad. Anschließend müssen Sie uns erzählen, was Ihnen passiert ist.«

Die heiße Dusche war genau das Richtige für Markus und Jacqui. Sie fühlten sich jedoch nicht nur deswegen wie neu geboren.

Nathalie und Alain erwarteten die beiden in ihrem großen Wohnzimmer. Alain hatte ein Feuer im Kamin entfacht, obwohl es gar nicht so kalt war. Er zeigte auf die lodernden Flammen und erläuterte: »Ich habe mir gedacht, dass Ihnen das guttun würde.«

»Das ist wahnsinnig nett von Ihnen. Die Dusche war schon toll und hat unsere Lebensgeister wieder geweckt. Vielen Dank für Ihre großzügige Hilfe. Wir sind übrigens Jacqueline und Markus.«

»Nun, nachdem mir klar war, dass Sie unmöglich Einbrecher sein konnten, war das doch selbstverständlich. Aber nun erzählen Sie, wie Sie in Seenot geraten sind. Ach, warten Sie noch einen Augenblick. Meine Frau meinte, dass Sie bestimmt Hunger hätten. Sie ist rasch in der Küche verschwunden, um ein paar Kleinigkeiten anzurichten. Darf ich Ihnen schon etwas zu trinken anbieten?«

»Gerne. Ich hätte gern ein Wasser. Und du Markus?«, übernahm Jacqueline das Antworten.

»Ich auch, bitte.«

Kurz darauf kam Nathalie mit einer Platte, auf der Pastete, aufgeschnittene Saucisson sec avec noix, Anchovis, Schinken, Gürkchen, Oliven und Radieschen appetitlich angerichtet waren. »Ich denke, eine kleine Stärkung können Sie gebrauchen. Augenblick, ich hole noch ein Baguette. Alain, kümmerst du dich um Getränke? Wasser haben Sie ja schon. Aber ein Glas Wein geht bei uns in Frankreich doch immer?«, fragte sie und lächelte ihre unverhofften Gäste an.

Während sie sich die Leckerbissen schmecken ließen, berichteten Markus und Jacqui von ihrem Martyrium.

Über den Imbiss war es sehr spät geworden. Deswegen schlug Nathalie vor: »Es ist schon nach Mitternacht, und wir sollten jetzt nicht mehr Markus' Eltern wecken. Ich denke, es ist sinnvoller, bis morgen früh zu warten. Unsere Schiffbrüchigen können im Gästezimmer schlafen und sich von den Strapazen erholen. Was haltet ihr davon?«

»Das wäre vielleicht wirklich besser, als meine Eltern jetzt aus dem Schlaf zu reißen. Aber wir möchten Ihnen nicht zur Last fallen.«

»Nein, das tun Sie wirklich nicht. Ich denke auch, dass Ihnen ein wenig Schlaf guttun wird. Und diese Nacht könnten wir allenfalls noch zur Polizei gehen. Aber auch das hat Zeit bis Morgen. Die Ganoven sind eh auf und davon. Und jetzt ab ins Bett!«, beendete Alain das Beisammensein.

Elternsorge

Nanni und Robert hatten ihre Nachbarn zu sich herüber gebeten, um sie ein wenig von ihren Sorgen abzulenken. Dennoch kam das Gespräch ganz automatisch auf das plötzliche Verschwinden von Markus.

»Robert, nun ist schon wieder ein Tag verstrichen, ohne dass wir was von Markus gehört haben. Die Polizei hat sich auch noch nicht wieder gemeldet. Ich glaube, die nehmen den ganzen Fall nicht richtig ernst«, äußerte Angelika ihre Bedenken.

»Ja, das Gefühl habe ich auch. Ich habe mich gestern, wie versprochen, mit Monsieur Roux unterhalten. Er wollte sich bei der Polizei erkundigen, ob sie etwas über das Verschwinden seines Mitarbeiters herausbekommen hätten. Er hat sich jedoch noch nicht wieder bei mir gemeldet. Wenn er seinen abendlichen Rundgang über den Platz macht, werde ich ihn fragen, ob er etwas Neues von der Polizei erfahren hat.«

Fast wie aufs Stichwort sahen sie Monsieur Roux, der mit schnellen Schritten auf sie zukam. »Bon soir.« Nanni erwiderte seinen Gruß und bot sich als Dolmetscherin an. Nachdem er ihr wort- und gestenreich berichtet hatte, wandte sich Nanni an Angelika, Klaus und ihren Mann. »Also, zusammengefasst hat Monsieur Roux mir erzählt, dass die Polizisten sehr spröde reagiert haben. Sie meinten, wenn sie jedes Mal, wenn ein junger Mann mit seiner Freundin verschwindet, eine Vermisstensuche auslösen würden, käme die Polizei zu nichts anderem mehr. Wir sollten in Ruhe abwarten. Das hätten sie ja auch schon den Eltern empfohlen. Die abfälligen Bemerkungen des Platzbetreibers über die Beamten erspare ich euch. Ich glaube, so kommen wir nicht weiter. Ich werde morgen auch mal meinen Schriftsteller Nicolas fragen. Vielleicht hat der eine Idee.«

In der Zwischenzeit war es dunkel geworden; die Seiferts verabschiedeten sich und gingen zu ihrem eigenen Wohnmobil hinüber.

Sie ahnten nicht, dass sich nicht weit von ihnen entfernt eine dramatische Situation entwickelte.

Auch Nanni und Robert zogen sich in ihr Wohnmobil zurück. Robert holte das Buch hervor, das er gerade las. Bevor er sich darin vertiefte, sah er zu Nanni hinüber, die sich ihr Strickzeug genommen hatte, und fragte sie: »Du, sag mal, glaubst du wirklich, dass dein Schriftsteller helfen kann, wenn du ihm von Markus' Verschwinden und dem merkwürdigen Desinteresse der Polizei erzählst?«

»Ich weiß es nicht, aber ich werde ihn auf jeden Fall mal fragen. Soweit ich das bisher mitbekommen habe, hat er jedoch zur Polizei ein – na sagen wir mal – eher gespanntes Verhältnis.«

Am nächsten Tag rief Nanni ihren Mann an und berichte kurz von ihrem Gespräch mit Nicolas: »Nicolas hat sich die Geschichte von Markus' Verschwinden angehört und war genau wie wir verwundert über die Reaktion der hiesigen Polizei. Andererseits hat er bei den Recherchen zu seinem neuen Buch auch schon festgestellt, dass die Beamten hier nicht besonders hilfsbereit sind. Er meinte, wenn du mich wie üblich heute Nachmittag abholst, solltest du doch mal kurz zu ihm reinkommen.«

»Okay. Das mach ich. Bis dahin.«

Robert ließ Aika vorsichtshalber im Wohnmobil zurück, als er sich auf den Weg machte, um Nanni abzuholen. »Hallo Robert, kommen Sie doch herein«, bat ihn Nicolas in sein

Haus. Sie gingen auf die Terrasse, wo Nanni sie schon erwartete.

»Also, Nanni hat mir berichtet, dass Ihre Nachbarn schlechte Erfahrungen mit unserer örtlichen Polizei gemacht haben. Ich kann deren Misstrauen nur bestätigen. Die Beamten hier sind besonders Fremden gegenüber sehr abweisend. Als ich bei ihnen war, um Informationen über einige Vorfälle zu erhalten, die mir merkwürdig vorkamen, waren sie sehr zugeknöpft und haben mich schnell wieder loswerden wollen. Einen Grund für dieses Verhalten habe ich jedoch nicht erkennen können. Im Rahmen meiner Recherchen habe ich Capitaine de Police Sutter von der Police nationale in Morlaix kennengelernt. Capitaine de Police entspricht bei Ihnen einem Kommissar. Er ist noch nicht sehr lange in der Bretagne und wie mir schien gegenüber den Alteingesessenen und ihren Verbindungen eher skeptisch eingestellt. Der könnte Ihnen vielleicht weiterhelfen. Sollen wir mal zusammen zu ihm fahren, Robert?«

»Das wäre wahnsinnig nett, Nicolas. Aber ich möchte Ihnen keine Umstände bereiten.«

»Ich wollte sowieso wegen einiger Nachfragen noch einmal mit ihm reden. Wenn es Ihnen recht ist, mach ich gleich einen Termin mit ihm aus. Sie haben doch noch ein wenig Zeit? Odile hat sich auf Ihren Besuch gefreut und wieder eine Kleinigkeit für uns zubereitet. Wenn Sie nichts dagegen haben, bitte ich auch Daniel dazu.«

»Welche Frage! Natürlich, die beiden sind sehr nette Menschen.«

Nicolas ging ins Haus, um zu telefonieren und um Odile und Daniel Bescheid zu sagen. Capitaine Sutter konnte er jedoch nicht erreichen.

Odile freute sich, dass mal wieder Gäste im Haus waren; sie hatte ihr ganzes kulinarisches Können aufgeboten.

Sie unterhielten sich noch eine Weile auf der Terrasse, bis Robert zum Aufbruch mahnte. »Wir müssen uns jetzt leider verabschieden, unser Hund wartet.«

»Na klar, das verstehe ich. Bestellen Sie Ihren Nachbarn einen schönen Gruß, und ich hoffe, dass das Verschwinden ihres Sohnes eine harmlose Ursache hat. Ich rufe Sie an, sobald ich den Capitaine gesprochen habe. Au revoir!«

Bevor sich Nanni und Robert auf ihren Spaziergang mit Aika machten, informierten sie die Seiferts, die nun doch etwas Hoffnung schöpften, dass ihr Fall mehr Aufmerksamkeit erhalten würde.

Die Polizei – Freund oder Gegner?

Am nächsten Morgen wurden Markus und Jacqui mit einem kräftigen Klopfen an der Tür des Gästezimmers von Nathalie geweckt. Die beiden hatten noch fest geschlafen.

»Jacqui, Markus! Zeit zum Aufstehen. Ich habe euch im Badezimmer ein paar frische Handtücher hingelegt. Wenn ihr geduscht habt, könnt ihr zum Frühstück runterkommen. Alain hat schon frisches Baguette und Croissants eingekauft.«

Ein verführerischer Kaffeeduft strömte den jungen Leuten entgegen, als sie die Treppe herunterkamen.

Alain bat sie an den gedeckten Tisch und erkundigte sich: »Na, habt ihr euch ein wenig von dem Schock und den Strapazen erholt?«

»Ja, danke. Es geht uns schon viel besser als heute Nacht.«

»Junge Leute können so etwas halt rascher wegstecken, als man denkt. Ich schlage vor, wir frühstücken jetzt zusammen, und dann fahre ich euch zum Campingplatz. Einverstanden?«

»Natürlich. Ich hoffe, meine Eltern bekommen keinen Schock, wenn ich so unverhofft bei ihnen auftauche. Vielleicht sollte ich besser vorher anrufen.«

»Das musst du wissen, Markus. Du kannst gerne unser Telefon benutzen, denn ihr habt ja keine Handys mehr. Das heißt dann aber, dass deine Eltern im Display eine Nummer mit französischer Vorwahl sehen«, gab Alain zu bedenken.

»Au ja, daran habe ich nicht gedacht. Dann ist es wohl doch besser, wenn sie mich leibhaftig sehen.«

»Gut, dann wollen wir mal«, forderte Alain seine Gäste nach dem Frühstück auf. Markus und Jacqui verabschiedeten sich von Nathalie und bedankten sich herzlich für ihre Fürsorge.

»Ach, das haben wir doch gerne gemacht. Wir waren nur im ersten Moment etwas erschrocken, als ihr nachts vor unserem Tor gestanden seid. Ich würde mich freuen, wenn ihr mal vorbeikommt und berichtet, wie die Geschichte zu Ende gegangen ist.«

»Das machen wir gerne; ist doch selbstverständlich. Und außerdem müssen wir Ihnen ja auch die Kleidung zurückbringen«, sicherte Jacqui zu.

»Das hat keine Eile. So, nun fahrt endlich.«

Die Schranke in der Einfahrt zum Campingplatz stand offen, und Alain konnte direkt bis vor das Wohnmobil der Seiferts fahren. Er wollte Markus und Jacqui aussteigen lassen und gleich wieder nach Hause fahren. Klaus Seifert hatte jedoch das Auto gehört und schaute neugierig zur Tür hinaus. »Angelika, Angelika komm schnell mal her! Markus ist wieder da!«, brüllte er lautstark über den Platz, denn Angelika war auf dem Weg zur Rezeption unterwegs. Sie drehte sich überrascht um und rannte zurück, als sie ihren Sohn sah.

»Markus, mein Junge, Gott sei Dank! Wir haben uns fürchterliche Sorgen gemacht. Wie geht es dir? Wo warst du denn? Und wer sind der Herr und die junge Dame bei dir?«, überfiel sie ihren Sohn mit einem Schwall von Fragen, während sie ihn in die Arme schloss.

»Langsam Mutti, langsam. Du erdrückst mich ja fast. Also, das ist Monsieur Teissier. Und an die junge Dame werdet ihr euch gewöhnen müssen. Das ist Jacqui, meine Freundin«, versuchte Markus die Situation ein wenig zu entspannen. »Herr Teissier und seine Frau haben uns heute Nacht bei sich aufgenommen, nachdem wir mit einem kleinen Segelboot in Seenot geraten waren. Wir sind ihnen für ihre Hilfsbereitschaft und Betreuung sehr dankbar.«

»Seenot? Wie ist denn das passiert?«, stutzte Klaus Seifert.

»Ach Papa, das ist eine längere Geschichte. Wir werden sie euch gleich erzählen, aber Jacqui und ich möchten uns erst noch von Monsieur Teissier verabschieden.«

Auf dem Nachbarplatz machte sich Nanni gerade auf den Weg zu Nicolas. »Schau mal Robert, bei Seiferts stehen ein Herr und ein junges Paar. Ob das vielleicht der verschwundene Sohn Markus ist?«

»Nun sag noch einer, dass Frauen nicht neugierig sind«, meinte Robert mit einem Schmunzeln. »Könnte schon sein. Wenn es wirklich Markus ist, werden uns Angelika und Klaus bestimmt gleich informieren.«

Tatsächlich kam Klaus im nächsten Moment auf sie zu und strahlte. »Markus ist wieder da! Mensch, was sind wir froh. Und eine hübsche Freundin hat er uns auch vorgestellt. Die beiden haben wohl in den letzten Tagen einiges erlebt. Sie wollen uns gleich erzählen, was ihnen passiert ist. Wollt ihr nicht rüberkommen?«

»Ich kann leider nicht. Ich muss zu Nicolas«, bedauerte Nanni und machte sich auf den Weg.

Robert ging mit Klaus zu dessen Wohnmobil, wo ihn sein neu gewonnener Freund vorstellte. »Das ist Robert Müller aus Hamburg. Ein pensionierter Kripobeamter, den wir bei der Suche nach euch um Hilfe gebeten haben. Aber das hat sich ja nun Gott sei Dank erledigt.«

»Na, ich weiß nicht. Hört euch erst einmal unsere Geschichte an«, entgegnete Markus. »Ich glaube, wenn ihr die hört, werdet ihr zu einem anderen Ergebnis kommen. Professionelle Hilfe wäre bestimmt sehr hilfreich. Ach übrigens, meine Jacqui spricht leider kein Deutsch. Das wird sich aber bald ändern.« Bei diesen Worten strahlte er Jacqui an und übersetzte seine letzte Bemerkung.

»Setzt euch erst einmal hin. Möchtet ihr vielleicht einen Kaffee oder etwas anderes, bevor Markus anfängt zu erzählen?«, fragte Angelika.

Alle waren viel zu gespannt auf das, was Markus zu berichten hatte, und lehnten das gut gemeinte Angebot dankend ab.

Zuerst berichtete Markus kurz über seinen Job auf dem Campingplatz. »Auf der Suche nach einer Ferienimmobilie für euch habe ich Jacqui kennengelernt, die bei einem hiesigen Makler arbeitet. Mir wurde ein Haus angeboten, das die Kriterien, die ich genannt hatte, erfüllte, und es kam zu einem Besichtigungstermin.

Per Zufall habe ich vorher ein Telefongespräch mit angehört, in dem der Makler einige Bemerkungen machte, die mich stutzig werden ließen. Es ging darum, dass man Kunden andere Objekte zeigen würde als diejenigen, die man ihnen dann tatsächlich verkaufte.

Bei der Besichtigung des Objekts, das er mir angeboten hatte, wurde mein Misstrauen bestätigt, und ich beschloss, der Sache auf den Grund zu gehen. Als ich dann bei dem Makler nachgefragt habe, hat er wohl vermutet, dass ich seinen krummen Geschäften auf die Spur gekommen bin. Er hat Jacqui und mich durch zwei Handlanger kidnappen lassen. Diese beiden Ganoven haben versucht, uns loszuwerden, oder deutlicher gesagt – zu ermorden! Sie haben uns zunächst betäubt und in einer Hütte festgehalten, um zu erfahren, was wir wussten. Danach haben sie uns in einem kleinen Segelboot auf dem offenen Meer ausgesetzt und gehofft, dass wir dort absaufen würden. Mit viel Glück haben wir es jedoch geschafft, zurück an Land zu kommen.«

»Mein Gott! Die wollten euch echt umbringen?«, reagierte Markus Mutter entsetzt. »Und was wollt ihr nun unternehmen?«

»Ich denke, wir müssen zur Polizei gehen und die Burschen anzeigen.«

»Ja, und ich muss die Vermisstenanzeige zurückziehen. Die hat sich ja nun erledigt«, meinte Klaus. »Jacqui, du wirst aber sicher zunächst mal deine Familie informieren wollen.«

»Das ist sehr lieb, dass Sie daran denken, aber ich lebe in Locquirec alleine. Meine Familie hat von dem Drama bisher nichts erfahren. Wenn wir bei der Polizei waren, werde ich mit Markus zu meinen Eltern fahren und ihnen von den Ereignissen berichten. Und außerdem müssen sie ja Markus kennenlernen«, dabei strahlte sie ihn an und gab ihm einen Kuss auf die Wange.

Robert hatte dem Gespräch sehr nachdenklich zugehört und fragte:« Habt ihr irgendeinen Verdacht, warum ihr ermordet werden solltet? Mir scheint, dass der Betrug mit einer Immobilie kein ausreichendes Motiv ist. Ich fürchte, da steckt mehr dahinter.«

»Kann schon sein, aber bevor ich mehr in Erfahrung bringen konnte, hat man uns ja aus dem Verkehr gezogen. Vielleicht gelingt es der Polizei, die Hintergründe aufzuklären.«

»Da mach dir mal nicht allzu große Hoffnung, Markus. Nach unseren bisherigen Erfahrungen haben die kein besonderes Interesse an dem Fall. Wieso auch immer. Trotzdem müssen wir jetzt auf das Revier und die Vermisstenanzeige zurückziehen«, meinte sein Vater und an Robert gewandt: »Würdest du uns begleiten?«

»Ja, selbstverständlich. Ich bin gespannt, wie die Beamten reagieren.«

Die Seiferts hatten einen Kleinwagen gemietet, weil es ihnen zu lästig war, für jede Fahrt ihr Wohnmobil zu nutzen. Angelika wollte nicht mitfahren, weil sie fand, dass die Polizei sich bedrängt fühlen könnte, wenn sie zu fünft dort auftauchen würden. Zudem würde es in dem Renault Twingo auch etwas eng, meinte sie mit einem kritischen Blick auf ihre gut gepolsterte Figur.

Als sie die Polizeistation betraten, reagierten die Beamten tatsächlich erstaunt. Einer der diensthabenden Polizisten erkannte Klaus Seifert und sprach ihn an: »Bonjour Monsieur Seifert. Wie ich sehe, haben Sie heute Verstärkung mitgebracht.« Dabei schaute er etwas verunsichert auf die Gruppe vor ihm. »Was kann ich für Sie tun?«

»Ich möchte die Vermisstenanzeige zurückziehen.« Er deute auf Markus und fuhr fort: »Das hier ist mein Sohn Markus. Er ist heute Morgen wieder aufgetaucht.«

»Na, ist doch prima. Wir haben Ihnen ja gleich gesagt, dass der Fall harmlos ist. Die junge Dame neben ihm ist wohl seine Freundin?«, vermutete der Polizist.

»Ja, ich bin Jacqueline Lefebre.«

Der nicht mehr ganz junge Beamte grinste anzüglich. »Da haben Sie sich ein paar schöne Stunden gegönnt und über die Liebe ihre Umwelt vergessen. Naja, ich war auch mal jung. Kann ich verstehen.«

»Sie verstehen gar nichts«, reagierte Jacqui zornig. »Man hat uns entführt und zu ermorden versucht! Wir möchten deswegen Anzeige erstatten.«

»Ach, das ist doch nur eine Geschichte, um ihre Abwesenheit zu erklären, eine Ausrede, warum Sie sich nicht bei ihren Eltern gemeldet haben«, erwiderte der Beamte. Es war klar, dass er versuchte, die Geschichte herunterzuspielen.

Jacqui lief vor Ärger rot an. Sie war kurz davor, ihrem Temperament freien Lauf zu lassen. Markus fasste sie am Arm und meinte an den Polizisten gewandt: »Sie sollten uns schon ernst nehmen. Wir können Ihnen einige Details liefern, die sie überprüfen können, und dann werden sie feststellen, dass wir Ihnen keine Märchen auftischen.«

Bevor sein Gegenüber, der nun auch ärgerlich dreinschaute, reagieren konnte, schaltete sich eine junge Frau ein.

Sie hatte im Hintergrund gestanden und das Gespräch aufmerksam verfolgt.

»Ich bin Brigadier Flamant. Sie erwähnten eben Fakten, die wir überprüfen könnten. Können Sie das näher erläutern?«

»Ja, erstens bin ich durch ein Telefongespräch, das ich zufällig mit angehört habe, stutzig geworden. Der Chef von Jacqui, der Makler Dumoulin, sprach mit einem gewissen Henri. Dabei ging es offensichtlich um betrügerische Machenschaften im Immobiliengeschäft. Zweitens: Als ich diesem Verdacht nachgehen wollte, hat der Makler das wohl bemerkt. Kurz darauf versuchten zwei Typen, uns einzuschüchtern. Sie sind in mein Mobilhome eingedrungen und haben uns schließlich überwältigt. Dann haben sie uns in eine einsame Hütte gebracht und uns dort geknebelt und gefesselt gefangen gehalten.«

»Können Sie die Männer beschreiben?«, unterbrach die Polizistin.

»Ja, der eine war recht groß, ich schätze 1,90 Meter, sehr muskulös und trug schwarze Klamotten. Seine Haare waren unter einem Kopftuch verborgen, wie Rocker es tragen. Der andere war deutlich kleiner. Er hatte einen schmalen Schnurrbart, dessen Enden zur Seite wegstanden und wie Schnurrhaare aussahen. Außerdem hatte er einen äußerst verschlagenen Blick, sodass er aussah wie eine Ratte. Einmal hatte sich der Große verplappert und seinen Kumpan mit ›Mathéo‹ angeredet. Er wurde von dem Kleinen energisch zurechtgewiesen, weil sein Name Charles sei. Ich nehme an, dass sein richtiger Name aber tatsächlich Mathéo lautet.«

»Interessant. Die Beschreibung passt auf zwei Galgenvögel, mit denen wir schon öfter beschäftigt waren. Haben Sie eine Vorstellung, wo man Sie gefangen gehalten hat?«

»Nein. Sie sprachen nur mal von Omas Hütte.«

»Nun gut. Für das Erste reicht das auch«, schaltete sich wieder der ältere Kollege ein. »Wir gehen der Sache nach und melden uns bei Ihnen, wenn wir etwas herausgefunden haben.«

»Wollen Sie denn unsere Anzeige nicht aufnehmen?«, fragte Markus irritiert.

»Das hat noch Zeit. Ich werde ein Protokoll erstellen, das Sie dann unterschreiben müssen. Ich melde mich bei Ihnen.« Damit beendete der Polizist das Gespräch.

Vor der Wache fragte Klaus Seifert: »Robert, was hältst du davon? Ist doch eigenartig, dass der ältere Beamte ständig versucht hat, die Angelegenheit herunterzuspielen.«

»Ja, das fand ich auch nicht normal. Ich weiß nicht, was ich davon halten soll. Vielleicht hat er etwas zu verbergen. Ich werde mal mit Nicolas darüber reden. Er wollte ja mit mir zu diesem Capitaine Sutter in Morlaix fahren.«

Verunsichert und misstrauisch fuhren die vier zurück zum Campingplatz. Markus stieg schon an der Rezeption aus, um seinem Chef Bescheid zu sagen, dass er wieder da sei. Für den Abend verabredete man sich auf ein Glas Wein bei Robert und Nanni.

Nicolas bekommt Besuch

Robert und Nanni hatten sich schnell in Locquirec eingelebt. Nanni ging morgens zu Nicolas, um an der Übersetzung seines Romans zu arbeiten, während sich Robert um Aika kümmerte; außerdem ging er mittlerweile einer lieb gewonnen Freizeitbeschäftigung nach. Nach seiner Pensionierung hatte er zunächst nicht gewusst, was er mit der neu gewonnenen Freiheit anfangen sollte. Er konnte sich jetzt zwar intensiver um den kleinen Garten ihres Hauses kümmern, aber das füllte seine Zeit bei Weitem nicht aus. Nanni kam eines Tages von ihrer Gymnastikgruppe nach Hause und überraschte ihn mit einer tollen Anregung. »Du hast dich doch die Tage darüber beklagt, dass du nicht so recht weißt, was du mit deiner Freizeit anfangen sollst? Das geht dir nicht alleine so. In unserer Gymnastikgruppe kamen wir heute zufällig auf das Thema, dass viele Männer nichts mit sich anzufangen wissen, und Gabriele erzählte, dass ihr Mann sich überhaupt nicht mehr langweilt, seitdem er Computerspiele entdeckt hat. Nicht irgendwelche Ballerspiele, sondern Patiencen und Strategiespiele. Hörte sich sehr interessant an. Wär' das nicht was für dich?«

»Soll ich wie die Kids auf meinem Smartphone rumdaddeln? Mit dem kleinen Bildschirm?«, brummte Robert.

»Na, ausprobieren kannst du es doch mal. Du hast doch einen gutes Laptop mit einem vernünftigen Bildschirm.«

In den nächsten Tagen suchte Robert im Internet nach entsprechenden Angeboten und probierte sie aus. Bald war er ein begeisterterer Patiencespieler. Auf seinem Smartphone spielte er eifrig und mit Ausdauer ein Puzzlespiel mit dem netten Namen *Woody.*

Nachmittags holte er regelmäßig Nanni bei Nicolas ab und machte mit ihr und Aika einen Spaziergang entlang des Meeres.

Als er heute in die Straße einbog, in der das Haus des Schriftstellers stand, sah er zwei Männer vor der Mauer, die das Grundstück zur Straße hin abgrenzte und vor neugierigen Blicken schützen sollte. Sie trugen eine Kluft, wie sie bei Rockerbanden beliebt ist, und sahen nicht gerade vertrauenerweckend aus. Vor die Mauer hatten sie eine Kiste gestellt, die wohl aus einem Sperrmüllhaufen am Straßenrand stammte. Einer der beiden stand auf dem wackeligen Teil und deutete immer wieder in den Garten und auch auf das Haus. Robert kam das verdächtig vor. Er ging auf die beiden zu und im Vorbeigehen drückte er noch auf den Klingelknopf an der Gartenpforte. »Hey, was machen Sie da?«, fragte er lautstark. Die Männer schauten ihn erstaunt an und antworteten natürlich auf Französisch, schnell und nuschelnd. Robert verstand nichts. Er fragte noch einmal: »Was wollen Sie hier?« Die darauffolgende Antwort war nun auch für Robert verständlich. Mit grimmigem Gesicht kam einer der beiden auf ihn zu und forderte ihn auf: »Verpiss dich, alter Mann, und zwar schnell, sonst brauchst du gleich 'ne Krücke.«

In diesem Augenblick kam Daniel durch das Gartentor. Er erfasste die Situation mit einem Blick. »Wolltet ihr mal gucken, ob es sich lohnt, uns einen Besuch abzustatten?«

»Hast du ganz richtig erfasst. Wir wollen unseren alten Freund Nicolas Gaillard besuchen.«

»Woher wisst ihr denn, dass er hier wohnt? An der Klingel ist doch kein Namensschild. Wenn Nicolas Besuch erwartet, informiert er mich vorher«, reagierte Daniel misstrauisch.

Die Diskussion wurde den Rockern lästig, und sie wollten gehen. Daniel stellte sich ihnen in den Weg. »So einfach haut ihr nicht ab. Ich will wissen, wer ihr seid und wer euch geschickt hat.«

»Das geht dich gar nichts an. Geht aus dem Weg, sonst knallt's gleich!«, drohte ihm der größere der beiden Rocker und ging mit vorgehaltenen Fäusten auf Daniel zu, während der andere Robert bedrohte.

Daniel ließ sich dadurch nicht beeindrucken und stieß ansatzlos mit seiner Faust gegen die Brust seines Gegners. Der stolperte nach hinten und konnte sich nur mühsam auf den Beinen halten. »Das zahl ich dir heim!«, brüllte er und wandte sich dann an seinen Kumpan: »Los, hauen wir ab.« Sie stießen Robert zur Seite und rannten an der knurrenden Aika vorbei in Richtung Bucht.

»Los, die schnappen wir uns!«, machte sich rief Daniel zu Robert und machte sich an die Verfolgung. Aika und Robert rannten ihm hinterher, aber schon bald vergrößerte sich der Abstand, weil Robert mit seinem verletzten Bein nicht so schnell folgen konnte.

Die Rocker erreichten die Felsen, die den kleinen Hafen von der Bucht trennten und die jetzt bei Niedrigwasser ein Stück weit aus dem Wasser ragten. Sie stolperten lauthals fluchend über die glitschigen Steine und rutschen immer wieder aus. Trotzdem erreichten sie, noch bevor Daniel sie einholen konnte, den Steg, an dem einige Boote festgemacht waren. Sie schafften es, ein Boot mit Außenborder loszubinden und den Motor zu starten. Daniel und Robert konnten nur noch hinterherschauen, wie sie aus der Bucht verschwanden.

»Mist! Die sind weg«, fluchte Daniel. »Kommen Sie, lassen Sie uns zum Haus gehen. Ich muss mit Nicolas über den Vorfall reden. Ich hab gesehen, wie Sie vorhin auf den Felsen ausgerutscht und hingefallen sind. Haben Sie sich verletzt?«

»Nee, nur meine Klamotten haben gelitten.«

Vor der Haustür empfing sie bereits Odile, die Roberts Klingeln gehört und gesehen hatte, wie ihr Mann und Robert die beiden Rocker verfolgten. »Was war denn da eben los?«

»Wir hatten ungebetene Besucher. Zwei Rocker wollten anscheinend Haus und Grundstück ausspähen.«

In diesem Augenblick kam Nicolas hinzu, und nachdem er seine Wachhunde weggesperrt hatte, forderte er die drei auf, mit ihm ins Haus zu gehen.

Im Wintergarten gesellte sich noch Nanni zu der Gruppe, und Nicolas bat Daniel und Robert zu erzählen, was vorgefallen war.

Robert berichte, dass ihm das Verhalten der beiden schwarzbekleideten Burschen verdächtig vorgekommen sei und er sie deshalb gefragt habe, was sie dort machen würden. Sie reagierten aggressiv, und wenn Daniel nicht dazu gekommen wäre, hätten sie ihn wohl angegriffen.

Daniel schilderte sein Eingreifen und fluchte noch einmal kräftig: »Wenn ich einen der beiden erwischt hätte, der hätte nichts zu lachen gehabt.«

Nicolas hatte mit nachdenklicher Miene zugehört und fragte: »Habt ihr irgendwelche Besonderheiten an der Kleidung sehen können?«

Robert überlegte kurz, bevor er antwortete: »Ich glaube, ich habe auf den Lederjacken, die die beiden anhatten, ein Wappen und einen Schriftzug gesehen, und zwar auf der linken Seite.«

»Befanden sich die in etwa in Höhe des Herzens?«

»Ja!«

»Dann waren das wahrscheinlich Mitglieder einer ziemlich üblen Rockergang. Den Schriftzug konntet ihr nicht lesen?«

»Als der eine stolperte und ich ihn fast erwischt hätte, meine ich so etwas wie ›Darm‹ gelesen zu haben«, erinnerte sich Daniel.

»Könnte es auch *Garm* gewesen sein?«, hakte Nicolas nach.

»Ja, könnte auch sein. In der Situation habe ich nicht so genau hinschauen können. Wer oder was ist denn Garm?«

»Garm ist in der nordischen Mythologie der Hund, der den Eingang zur Unterwelt Helheim bewacht. Nach diesem Monster hat sich eine Rockerorganisation mit Gruppen in ganz Frankreich benannt. Sie nennen sich Garms oder auch Garm-Fighter. Man vermutet, dass sie im Drogen- und Waffenhandel mitmischen. Sie werden sogar mit Gewaltverbrechen in Verbindung gebracht. Ich habe ihre Bekanntschaft gemacht, nachdem mein erstes Buch erschienen war. Sie haben mir vor unserem Haus in Paris aufgelauert, mich zusammengeschlagen und gedroht, dass mir noch Schlimmeres passieren würde, wenn ich oder mein Verlag weiter für mein Buch werben würde. Ich vermute auch, dass es Mitglieder dieser Rockerbande waren, die auf mich geschossen haben.«

»Wie sind die denn an deine Adresse gekommen? Du hast dich doch bemüht, die geheim zu halten. Könnten es nicht einfach Einbrecher gewesen sein, die das Grundstück ausspionieren wollten?«, fragte Odile.

»Theoretisch schon, aber das Wappen, das Daniel gesehen hat, legt schon den Verdacht nahe, dass es ›Garms‹ waren, und dann steckt mehr dahinter«, blieb Nicolas bei seiner Einschätzung des Vorfalls.

»Und, was wollen Sie jetzt unternehmen? Wenn das wirklich Garms waren, und ich glaube, dass Sie mit Ihrer Vermutung richtig liegen, dann werden die wiederkommen«, gab Nanni zu Bedenken.

»Ja, das glaube ich auch«, pflichtete ihr Robert bei. »Sie sollten die Polizei einschalten, Nicolas.«

»Ach, Polizei! Zu der habe ich kein Vertrauen. Da sind alle korrupt und werden von einflussreichen Leuten angehalten, es mit der Aufklärung bestimmter verdächtiger Vorfälle nicht allzu genau zu nehmen.«

Robert wollte Nicolas nicht direkt widersprechen, aber dies negative Pauschalurteil über seine Kollegen konnte er so nicht stehen lassen. »Nicolas, Sie haben schlechte Erfahrungen gemacht. Es gibt sicherlich auch in den Reihen der Polizei schwarze Schafe, aber ich glaube nicht, dass man alle Polizisten über einen Kamm scheren kann. Wenn es Ihnen recht ist, würde ich Kontakt zu meinen französischen Kollegen aufnehmen, um mit ihnen sprechen.«

»Robert! Denk dran! Du bist nicht mehr im Dienst. Möglicherweise sind die französischen Beamten erst recht misstrauisch, wenn ein ehemaliger Kollege, noch dazu ein Deutscher, sich einmischt«, äußerte sich Nanni sehr skeptisch.

»Das könnte natürlich sein. Nicolas, Sie haben doch von einem erst kürzlich hierher versetzten Kriminalbeamten gesprochen, einem Capitaine Sutter, der Ihnen vertrauenswürdiger als die örtliche Polizei erschien. Sie wollten einen Termin mit ihm vereinbaren. An den könnten Sie sich doch auch wegen des Auftauchens dieser Rocker bei Ihnen wenden. Vielleicht könnte er mir auch helfen, etwas über den Stand der Ermittlungen wegen des verschwundenen Sohnes unserer Nachbarn auf dem Campingplatz zu erfahren. Ich habe den Eltern nämlich versprochen, dass ich versuchen will, ihnen zu helfen. Da könnte ich zwei Fliegen mit einer Klappe schlagen.«

»Ja, Sie haben mir ja erzählt, dass der junge Mann verschwunden ist«, erinnerte sich Nicolas und fragte: »Gibt es da etwas Neues?«

»Oh, das wissen Sie ja noch gar nicht. Markus, so heißt der Sohn, ist mit seiner Freundin wiederaufgetaucht. Zwei Unbekannte hatten sie entführt und sogar versucht, die beiden zu ermorden.«

Nicolas hörte sich die Geschichte interessiert an. Als Robert fertig war, fragte er: »Der Sohn hat nach einer Immobilie für seine Eltern gesucht? Wissen Sie, bei welchem Makler er war?«

»Ja sicher. Er war bei dem Makler Dumoulin. Er hat seinen Eltern wohl erzählt, dass dies ein Makler hier aus der Gegend sei. Ob in Locquirec oder in der näheren Umgebung, habe ich allerdings nicht genau verstanden.«

»Robert, Sie sagten, dass der Campingplatzbetreiber gegenüber den Eltern auch ein Mädchen erwähnt hat, das er oft bei ihrem Sohn gesehen hat. Ist sie in etwa Mitte Zwanzig? Hat schulterlange blonde Haare, dunkle Augen und eine Figur, die Männer zweimal hingucken lässt?«

»Tut mir leid. So genau habe ich sie mir nicht angeschaut. Ihre präzise Beschreibung lässt mich vermuten, dass Sie jedoch mindestens zweimal hingeguckt haben«, meinte Robert lächelnd.

»Ich habe da so eine Ahnung. Ich werde mich mal umhören. Vielleicht ist das eine Mitarbeiterin des Maklerbüros hier in Locquirec.«

Mysteriös

Robert brachte mal wieder Nanni zur Villa von Nicolas. Der hatte sie wohl kommen sehen, denn er erwartete sie schon am Tor.

»Bonjour. Schön, dass ich Sie treffe, Robert. Ich habe eben mit Capitaine Sutter gesprochen und einen Termin mit ihm vereinbart. Er hätte morgen Zeit für uns. Ist Ihnen das recht?«

»Natürlich, ich habe ja viel Zeit, während meine Frau an der Übersetzung Ihres Buchs arbeitet.«

Am nächsten Tag holte Nicolas Robert auf dem Campingplatz ab, um mit ihm zum Commissariat de Police in Morlaix zu fahren. Während der kurzen Fahrt fragte Robert: »Was meinen Sie? Könnten die Vorgänge im Zusammenhang mit den Immobiliengeschäften und der Spionagebesuch bei Ihnen irgendwie zusammenhängen?«

»Ich glaube eher nicht. Den Besuch dieser Rocker habe ich sicher den Leuten zu verdanken, deren kriminelle Machenschaften ich in meinem ersten Buch aufgedeckt habe.«

»Ich bin gespannt, was Capitaine Sutter für ein Mensch ist und warum er sich in die Bretagne versetzen ließ. Die französischen Kollegen, die ich während meiner Dienstzeit kennengelernt habe, empfanden Versetzungen in die Provinz immer als eine Art Bestrafung oder Degradierung.«

»Ich kenne den Hintergrund von Monsieur Sutter nicht, aber vielleicht erfahren wir das in dem Gespräch mit ihm.«

In Morlaix fand heute Wochenmarkt statt; entsprechend schwierig war es, einen Parkplatz zu finden. Deswegen kamen sie mit einer kleinen Verspätung zu dem vereinbarten Termin.

Nachdem Nicolas an der Eingangstür des Polizeigebäudes geklingelt hatte, erschien ein junger Polizist, der über ihren Besuch schon instruiert war und sie nach der üblichen Ausweiskontrolle zum Büro von Capitaine Sutter führte.

»Bonjour Monsieur Gaillard! Und Sie sind, wie ich annehme, Monsieur Müller. Ich bin Capitaine Sutter. Ich habe schon auf Sie gewartet«. Mit diesen Worten war er aufgestanden und um seinen Schreibtisch, neben dem eine Frau mittleren Alters stand, herumgegangen, um seine Besucher mit einem Händedruck zu begrüßen. Die modische Brille, die er zuvor abgenommen hatte, legte er mit der Bemerkung zur Seite: »Nur eine Lesebrille, aber daran merkt man, dass man älter wird.«.

»Na, so alt sind Sie doch noch nicht«, erwiderte Nicolas freundlich.

»Doch, doch, immerhin schon jenseits der 50. Aber ich halte mich fit und achte auf meine Figur, obwohl ich unsere französische Küche bei jeder sich bietenden Gelegenheit genieße«, antwortete der Kommissar lächelnd, und mit einem Blick an sich herunter fügte er noch hinzu: »Außerdem kann man sich ja auch etwas flotter kleiden.« Er trug eine modische, schmal geschnittene Hose und ein weißes Sommerhemd. Zusammen mit den zweifarbigen Schuhen ein Outfit, das ihn deutlich jugendlicher wirken ließ. Über seinem Schreibtischstuhl hing ein blaues Sakko, das diesen Eindruck abrundete.

»Pardon, über unseren short talk habe ich ganz vergessen, Ihnen meine Stellvertreterin Céline Pocard vorzustellen.«

Céline lächelte und meinte: »Macht nichts Chef, ich weiß, dass es nicht bös gemeint war.«

»Sie haben doch nichts dagegen, wenn Céline an unserem Gespräch teilnimmt? Sie ist schon etwas länger in Morlaix und kennt die örtlichen Verhältnisse. Da sie aus dem Département Vendée stammt, fühlt sie sich wie viele Teile der Bevölkerung dort als Bretonin.«

»Nein, natürlich nicht. Es tut mir übrigens leid, dass wir etwas zu spät kommen. Es war recht schwierig, einen Parkplatz zu finden. Ich habe das Gefühl, die Hälfte der Bevölkerung der Bretagne hat sich heute anscheinend in Morlaix verabredet«, entschuldigte sich Nicolas.

»Nicht so schlimm. Ich habe heute keine weiteren wichtigen Termine. Darf ich Ihnen einen Kaffee oder ein Wasser anbieten?«, fragte der Kriminalbeamte und führte sie zu einem kleinen Besprechungsraum. »Wir können uns übrigens auf Deutsch unterhalten. Ich bin im Elsass geboren und aufgewachsen. Meine Mutter war Deutsche, und zu Hause wurde Deutsch gesprochen. Ich hoffe, das ist auch für Sie in Ordnung, Nicolas? Sie erwähnten ja am Telefon, dass Sie ebenfalls deutsch sprechen. Für Céline werde ich dann zwischendurch immer wieder das Wesentliche übersetzen.«

»Ja selbstverständlich, meine Sprachkenntnisse sind zwar ein wenig eingerostet, aber ich kann ja nachfragen, wenn ich etwas nicht verstehe.«

Während sie noch auf den bestellten Kaffee warteten, wandte sich Capitaine Sutter an Robert. »Monsieur Gaillard hat mir erzählt, dass Sie ein Kollege sind. Darf ich fragen, mit was Sie bei der deutschen Polizei befasst sind?«

»Leider bin ich wegen eines Unfalls nicht mehr im Dienst. Ich war bei der Hamburger Kriminalpolizei tätig.«

»Dienstunfall? Das hört sich nicht gut an.«

»Halb so schlimm. Ich wurde bei einer Razzia angeschossen; zusammen mit ein paar anderen gesundheitlichen Einschränkungen hat das dazu geführt, dass ich in den vorzeitigen Ruhestand versetzt wurde.«

»Hamburg. Scheint eine interessante Stadt zu sein; die würde ich auch gerne mal besuchen und mir in der Elbphilharmonie ein Konzert anhören.«

»Im Moment ist es schwierig, Karten zu bekommen. Die Veranstaltungen sind auf Monate, wenn nicht Jahre ausgebucht. Aber wenn Sie tatsächlich mal nach Hamburg kommen, lassen Sie es mich rechtzeitig wissen. Vielleicht kann ich Ihnen helfen. Was mich mal interessieren würde: Wie kommt ein Elsässer in die Bretagne?«

»Ach, das hat einen persönlichen Grund.«

»Pardon, ich wollte Ihnen natürlich nicht zu nahe treten.

»Ist schon in Ordnung. Ich bin seit Langem ein Fan der Bretagne, und als meine Ehe in die Brüche ging, habe ich mich auf diesen Posten hier in Morlaix beworben. Meine Frau hatte mich mit meinem Vorgesetzten betrogen, und der hat wohl seine guten Beziehungen genutzt, um mich rasch loszuwerden. Naja, nicht schön, aber da wir keine Kinder haben, war dies aus meiner Sicht eine gute Lösung.«

Ein junger Polizist brachte ein Tablett mit dem Kaffee, und nachdem sie sich bedient hatten, kam Capitaine Sutter auf den eigentlichen Grund des Besuchs zu sprechen.

»Am Telefon erwähnten Sie, dass Sie mich sprechen wollten, weil Sie sich bedroht fühlen, nachdem Ihr Haus von zwei Männern ausgespäht wurde. Sie deuteten außerdem an, dass Monsieur Müller Zeuge eines sehr merkwürdigen Vorfalls wurde, den er mir schildern wolle. Aber zunächst zu Ihrem Anliegen, Monsieur Gaillard.«

Nicolas überlegte kurz, bevor er antwortete: »Ich weiß nicht so recht, wie ich anfangen soll. Es gab in den letzten Tagen einige Vorfälle und merkwürdige Dinge, bei denen mir nicht klar ist, wie sie einzuordnen sind. Ich bin mir auch nicht sicher, ob sie direkt miteinander zusammenhängen oder ob sie sich nur zufällig zeitgleich ereignet haben.« Nicolas machte eine kurze Pause und fuhr dann fort: »Monsieur Sutter, ich weiß nicht, inwieweit Sie über meine Person und die Dinge, die in Paris passierten, informiert sind.«

»Ich habe natürlich von Ihnen gehört. Nachdem Sie Ihr Buch über das Netzwerk des Waffenhandels publik gemacht hatten, waren Sie ja etliche Tage ein Thema für die Presse. Durch Ihre Veröffentlichungen musste ja sogar ein Staatssekretär seinen Hut nehmen. Und dann war da ja auch noch das Attentat.«

»Ja, und deswegen nehme ich an, dass mich zwei Garm-Rocker besucht haben, um möglicherweise erneut zu versuchen, mich mundtot zu machen.«

»Wie kommen Sie zu der Vermutung, dass es Garm-Rocker waren?«

»Als Daniel, mein Hausverwalter, und Robert die beiden zur Rede stellen wollten, sind sie geflüchtet. Bei der Verfolgung haben sie auf deren Lederjacken ein Wappen erkannt, von dem ich sicher bin, dass es das Emblem dieser berüchtigten Rockergang ist. Sagt Ihnen der Name ›Garms‹ etwas?«

»Ja, sie beschäftigen mich und meine Kollegen immer wieder. Es ist uns aber noch nicht gelungen, ihnen besonders schwere Verbrechen nachzuweisen. Ein bisschen Drogenhandel, den ein oder anderen Diebstahl, im Einzelfall auch Zuhälterei, aber gegen die Gesamtorganisation haben wir nie handfeste Beweise gehabt. Bei uns in der Bretagne sind sie jedoch bisher nicht aktiv gewesen. Insofern liegt die Vermutung nahe, dass sie tatsächlich nur ihretwegen hier aufgetaucht sind, Monsieur Gaillard. Haben Sie den Vorfall gemeldet?«

»Nein. Monsieur Müller hatte mir zwar dazu geraten, aber nach meinen negativen Erfahrungen habe ich kein so rechtes Vertrauen mehr zur örtlichen Polizei. Robert hatte sich sogar angeboten, den Vorfall selbst zu melden, da er ja angegriffen wurde und somit direkt betroffen ist; er hoffte, dass seine ehemaligen Kollegen ihm gegenüber vielleicht kooperativer sein würden. Aber das hat sich ja jetzt erledigt.«

Capitaine Sutter schaute Nicolas nachdenklich an: »Ich bin mir nicht so sicher, ob die Angelegenheit erledigt ist. So leicht geben diese Burschen nicht auf.«

»Nein, da haben Sie mich missverstanden. Ich meinte mit meiner Bemerkung, den Vorfall bei der örtlichen Polizei zu melden. Ich teile Ihre Befürchtung, dass die Rocker nicht so schnell aufgeben. Aber so wie ich es beurteile, haben die beiden Lederjacken keine Straftat begangen.«

»Da haben Sie sicher recht. Zumindest können wir ihnen nichts nachweisen. Ich werde mich jedoch trotzdem mal erkundigen, ob es Hinweise gibt, die es uns ermöglichen, die beiden aufzuspüren. Ich mache mir da allerdings wenig Hoffnung.«

»Ja, das sehe ich auch so«, bewertete Nicolas die Einschätzung des Capitaine.

»Na gut. Aber es gab doch noch andere Dinge, die Sie ansprechen wollten.«

»Ja. Als ich aus vielerlei Gründen Paris den Rücken gekehrt habe, habe ich mich zunächst in einem Hotel einquartiert. Die Gegend gefiel mir so gut, dass ich beschloss, mir hier an der Küste ein geeignetes Haus zu suchen. In diesem Zusammenhang habe ich natürlich verschiedene Makler aufgesucht. Parallel dazu hatte ich auch Kontakt zu ein paar Absolventen der ENA aufgenommen, wo auch ich studiert habe. Nach den Enthüllungen in meinem Roman haben zwar viele ENAisten den Kontakt zu mir abgebrochen, manche haben mich sogar öffentlich in den sozialen Medien übel beschimpft, aber es gibt auch einige, die mir im privaten Gespräch zu meinem Schritt, mit meinem Wissen an die Öffentlichkeit zu gehen, gratuliert haben. Sie bedauerten sogar, dass sie aus diversen Gründen – Familie, soziale Sicherheit und Ähnlichem – diesen Mut nicht hätten. Aus diesem Kreis wurde mir geraten, vorsichtig und misstrauisch gegenüber Maklern zu sein. Man gab mir zu verstehen, dass es wohl mysteriöse Vorgänge im Zusammenhang mit Immobiliengeschäften gäbe. Es wurde außerdem angedeutet, dass einflussreiche Persönlichkeiten im Hintergrund diese Geschäfte decken würden.«

»Mmh, können Sie etwas konkreter werden?«, fragte Capitaine Sutter mit einem skeptischen Unterton.

»Nein, leider nicht. Ich habe allerdings diese Hinweise und einen Vorfall mit einem Makler in Locquirec zum Anlass genommen, selbst Nachforschungen anzustellen.«

»Was für ein Vorfall war das?«, wurde Nicolas von Capitaine Sutter unterbrochen.«

»Ich hatte bei diesem Makler ein Objekt gefunden, das meinen Vorstellungen weitestgehend entsprach, und auch schon einen Besichtigungstermin vereinbart, als es plötzlich hieß, dass das Haus nicht mehr zur Verfügung stünde.«

»Hat man Ihnen einen Grund genannt?«

»Nein, das war ja das Eigenartige. Ich hatte mir das Haus schon mal von außen angesehen und dabei bemerkt, dass es offensichtlich unbewohnt war. Ich habe den Makler darauf angesprochen und wurde ziemlich schroff abgewiesen. Das Haus stünde eben nicht mehr zur Verfügung, und ich solle Geduld haben, er würde schon noch was Passendes finden. Die Hinweise der ENAisten und diese Reaktion haben mein Misstrauen geweckt, sodass ich noch einmal zu dem Haus gefahren bin. Im Vorgarten stand immer noch ein Schild, dass das offensichtlich leer stehende Objekt zu verkaufen sei. Auf dem Klingelschild neben der Tür entdeckte ich den Namen ›Rossier‹ und ich beschloss, mich direkt an die Vorbesitzer oder Vorbewohner zu wenden. Es war schwierig, etwas über die Rossiers zu erfahren. Beim Einwohnermeldeamt wies man mich mit Hinweis auf den Datenschutz ab. Direkte Nachbarn gab es nicht, da das Haus sehr einsam liegt. Im Internet fand ich schließlich nach längerem Suchen einen Link zu einer Todesanzeige und einem Unfallbericht. In einer Zeitung stand, dass ein älteres Ehepaar mit dem Namen Rossier aus ungeklärter Ursache auf der D64 A, der Rue de la Corniche, von der Straße abgekommen sei und der Wagen sich mehrfach überschlagen habe. Als die Rettungskräfte eintrafen, war die Frau bereits tot. Der Mann lebte zwar noch, war aber so schwer verletzt, dass er kurz nach seiner Einlieferung in das Krankenhaus ebenfalls starb. Im Krankenhaus war als Wohnort das Haus angegeben, für das ich mich interessierte. Die Rettungssanitäter hatten die Adresse in den Ausweisen der Toten gefunden. Mit diesem Wissen bin ich zu Ihren Kollegen gegangen, um zu erfahren, ob ihnen dieser Unfall nicht ungewöhnlich vorgekommen sei. Sie haben sehr schroff reagiert und gefragt, wie ich denn auf die Idee gekommen sei, dass der Unfall ungewöhnlich sei. Als ich darauf hinwies, dass das Ehepaar mit seinem Auto auf einer ganz normalen Straße ohne besondere Kurven oder Gefahrenstellen von der Fahrbahn abgekommen sei und das doch nicht normal sei, antwortete der Beamte, dass so etwas bei älteren Leuten schon mal passiere. Vielleicht ein Herzinfarkt oder ein Schlaganfall. Ich wurde hellhörig, weil der Polizist mich offensichtlich abwimmeln wollte, und fragte nach der Todesursache, die anscheinend nicht näher untersucht worden war. Er fragte mich daraufhin misstrauisch, warum ich mich überhaupt für diesen Unfall interessieren würde. Das ginge mich doch eigentlich nichts an. Allenfalls Angehörigen dürfe er Auskünfte erteilen, aber es hätten sich keine Verwandten gemeldet. Damit beendete er das Gespräch und bemerkte noch, dass der Fall abgeschlossen sei.«

»Wenn ich Sie richtig verstanden habe, waren Sie mit dieser Auskunft aber nicht zufrieden.«

»Nein. Ich hatte das Gefühl, dass man mich ins Leere laufen lassen wollte. Ich bin deswegen zu dem Krankenhaus gefahren, in das man den Mann eingeliefert hatte. Dort bin ich zufällig auf den Namen des Hausarztes der Rossiers gestoßen.«

»Zufällig?«, hakte Capitaine Sutter schmunzelnd nach.

»Naja, die Dame von der Verwaltung musste kurz ihr Büro verlassen. Als sie die Tür öffnete, gab es einen Luftzug, und die Akte fiel von ihrem Schreibtisch auf den Boden. Ich half ihr beim Einsammeln der Unterlagen, und da ließ es sich nicht vermeiden, dass mein Blick auf die Adresse des

Hausarztes der Rossiers fiel«, erwiderte Nicolas und lächelte den Kommissar unschuldig an. »Ich habe dann diesen Arzt aufgesucht, einen gewissen Dr. Menard. Er hat sich natürlich auf seine ärztliche Schweigepflicht berufen und wollte mir keine Auskünfte erteilen. Erst als ich ihm erzählte, dass die Polizei davon ausginge, dass der Unfall auf einen Schlaganfall oder Herzinfarkt von Monsieur Rossier, der am Steuer gesessen hatte, zurückzuführen sei, schüttelte er energisch den Kopf. Monsieur Rossier sei erst drei Wochen zuvor zu einer gründlichen Vorsorgeuntersuchung bei ihm gewesen. Der Mann sei für sein Alter topfit gewesen, und Indikatoren für eine gesundheitliche Gefahr habe er nicht feststellen können.«

»Wie ich Sie einschätze, hat diese Auskunft Ihr Gefühl bestätigt, dass da etwas nicht stimmen würde. Was haben Sie dann weiter unternommen?«, fragte Capitaine Sutter, dessen Interesse nun geweckt war.

»Ich habe versucht herauszufinden, was mit dem Autowrack passiert ist.«

»Und?«

»Zum Glück gibt es hier in der Gegend nicht allzu viele Schrotthändler. Nach ein paar Telefongesprächen habe ich herausbekommen, wo der Wagen hingebracht wurde. Zu einer Firma namens ›Carambolage‹. Der Chef sagte mir, dass es aber nicht mehr lange dort stünde, weil er Platz auf seinem Hof bräuchte. Es käme in den nächsten Tagen in die Schrottpresse. Ich bat ihn, damit zu warten und versprach ihm ein gutes Trinkgeld.«

»Dann könnten wir das Fahrzeug also noch anschauen und gegebenenfalls genauer untersuchen?«

»Ich denke schon. Ich habe erst vorgestern mit dem Schrotthändler telefoniert.«

»Wär's das, Monsieur Gaillard?«

»Nicht so ganz«, druckste Nicolas. »Ich habe mir auf den Hinweis meiner ehemaligen Studienfreunde hin, dass es im

Zusammenhang mit Immobiliengeschäften mysteriöse Vorgänge gibt, mehrere Häuser angeschaut, vor denen Verkaufsschilder standen. Dadurch bin ich auf zwei weitere Fälle gestoßen, in denen die bisherigen Besitzer verstorben waren. In einem Fall wurde als Todesursache eine Pilzvergiftung angeben, und in dem anderen Fall soll ein alter Mann durch einen Defekt an seinem Kohleofen gestorben sein.«

»Wie haben Sie denn diese Fakten in Erfahrung gebracht?«, wollte Capitaine Sutter wissen.

»Das war relativ einfach. Ich habe mich in der Nachbarschaft umgehört.«

»Hat man Ihnen denn da bereitwillig Informationen gegeben?«

»Ich habe mich als Kaufinteressent ausgegeben, was ja auch zumindest in etwa der Wahrheit entsprach. Das reichte den meisten Menschen aus. Ich fragte nach Einzelheiten zu dem Haus und schließlich nach den Verkäufern, ohne zu erwähnen, dass ich wusste, dass diese verstorben waren.«

»War man nicht überrascht, dass Sie sich nicht an den Makler gewandt haben, der das Haus anbot?«

»Nein. Ich habe den Leuten erklärt, dass ich mich zunächst selbst über das Objekt informieren wolle, bevor ich einen Makler aufsuche. Makler würden einem ja gerne mit viel Fantasie ein Haus als besonders toll und preisgünstig beschreiben, und da sei ich immer misstrauisch. Da Makler im Allgemeinen keinen guten Ruf genießen, habe ich mit dieser Aussage das Vertrauen der jeweiligen Nachbarn gewinnen können.«

»An Ihnen ist ein Privatdetektiv verloren gegangen«, schmunzelte Capitaine Sutter. »Ich fasse mal zusammen. Sie haben drei, genau genommen fünf Todesfälle im Zusammenhang mit Immobilienverkäufen entdeckt. Im Fall des Ehepaars Rossier ist die Todesursache nach Ihrer Ansicht zweifelhaft. In den beiden anderen Fällen scheinen die Verkäufer Ihrer Meinung nach ebenfalls nicht eines natürlichen

Todes gestorben zu sein. Haben Sie in Erfahrung gebracht, ob von den Behörden in diesen Fällen Nachforschungen angestellt wurden?

»Nein. Ich habe auch noch nicht bei der Polizei oder im medizinischen Bereich nachgefragt. Ich habe befürchtet, dass ich damit vielleicht schlafende Hundewecken könnte und man dann vielleicht misstrauisch würde. Andererseits glaube ich, dass es ohne die Hilfe der Behörden nicht möglich sein wird, festzustellen, ob alles mit rechten Dingen zugegangen ist. Deswegen habe ich mich an Sie gewandt.«

»Und mir vertrauen Sie? Warum?«

»Nun, Sie sind erst vor Kurzem hierher versetzt worden, haben mit den Fällen in der Vergangenheit nichts zu tun gehabt und ... ich habe mich natürlich über Sie erkundigt. Meine Quellen haben Sie als sehr fähigen Kriminalbeamten geschildert, der über jeden Zweifel erhaben sei.«

»Na, dann will ich versuchen, Ihr Vertrauen nicht zu enttäuschen. Zunächst werde ich mich um das Unfallfahrzeug der Rossiers kümmern. Aufgrund Ihres Berichts ist hier Eile geboten. Ich habe bei der KTU einen jungen Beamten, den ich mitnehmen werde. Ohne Durchsuchungsbeschluss können wir das Autowrack nur in Augenschein nehmen, aber vielleicht finden wir dabei etwas, das eine Beschlagnahme rechtfertigt.«

»Leider ist das immer noch nicht alles«, meldete sich nun Robert noch einmal zu Wort. »Wie ich eingangs schon erwähnte, bin ich Zeuge eines sehr merkwürdigen Vorfalls geworden, den ich schildern möchte. Es geht es um die Entführung und sogar einen Mordversuch am Sohn unserer Nachbarn auf dem Campingplatz und an dessen Freundin.«

»Oh, das sind aber massive Verdächtigungen«, reagierte Capitaine Sutter überrascht. »Schildern Sie mir bitte, wie Sie dazu kommen, Monsieur Müller.«

»Ein junger Landsmann von mir arbeitet seit einiger Zeit auf dem Campingplatz in Locquirec. Er wurde von seinen

Eltern gebeten, sich nach einem Ferienhaus umzusehen, das zum Kauf angeboten wird. Dabei lernte er eine Mitarbeiterin des Maklerbüros kennen und verliebte sich in sie. Die erste Besichtigung eines Objekts erregte wegen einiger seltsamer Vorfälle sein Misstrauen, und als eine weitere Besichtigung mit einer fadenscheinigen Begründung abgesagt wurde, wollte er diesen merkwürdigen Vorgängen auf den Grund gehen. Das ist dem Makler wohl aufgefallen, und zwei üble Typen haben daraufhin den jungen Mann und seine Freundin einzuschüchtern versucht, schließlich entführt und in einem kleinen Boot auf der offenen See ausgesetzt.«

»Vermuten Sie einen Zusammenhang zu den von Monsieur Gaillard entdeckten Vorfällen?«, unterbrach ihn Capitaine Sutter.

»Das liegt nahe, aber meiner Meinung nach wäre dies reine Spekulation, denn wir wissen noch nicht einmal, ob es sich um die gleichen Makler handelt. Da müssten wir schon mehr Fakten und Indizien haben. Die jungen Leute haben ihre Entführer sehr gut beschrieben und sogar deren Vornamen mitbekommen, als die sich einmal verplappert haben. Ich denke, da müsste man ansetzen.«

Der Kriminalbeamte überlegte ein wenig, bevor er antwortete. »Ich denke schon, dass da ein Zusammenhang bestehen kann. In letzter Zeit wurde immer wieder von Geldwäsche im Zusammenhang mit Immobiliengeschäften berichtet. Da werden Millionen legalisiert. Das würde auch das professionelle Vorgehen im Fall der Rossiers erklären. Auf jeden Fall werde ich mich mit den beiden jungen Leuten sobald wie möglich persönlich unterhalten«, schloss Capitaine Sutter seine Überlegungen ab. »Mit der Aufklärung werden wir wohl eine Weile beschäftigt sein. Ich habe auch Ihre Bedenken gegenüber einigen von unseren Beamten zur Kenntnis genommen und werde das bei den weiteren Ermittlungen berücksichtigen. Da muss wohl auch das oder andere aufgeklärt werden.«

Spurensuche

Capitaine Sutter begrüßte den jungen Beamten, Roland Duboc, den der Leiter der KTU ihm als Hilfe angeboten hatte, mit einem freundlichen Händedruck und fragte ihn: »Bonjour Roland, haben Sie Lust, mir bei einem komplizierten Fall zu helfen?«

»Na klar. Um was geht es denn?«

»Bei einem Autounfall ist vor einiger Zeit ein älteres Ehepaar ums Leben gekommen. Es gibt einen Hinweis, dass es sich möglicherweise nicht um einen Unfall gehandelt hat. Ich möchte mir mit Ihnen zusammen mal das Autowrack ansehen und schauen, ob wir etwas Verdächtiges finden. Ich bitte Sie, über die Sache Stillschweigen zu bewahren, weil es sich noch nicht um offizielle Ermittlungen handelt; außerdem möchte ich vermeiden, dass zu früh bekannt wird, dass ich Interesse an den Vorgängen um diesen Unfall habe. Möglicherweise würden dadurch eventuelle Täter aufgescheucht.«

»Sie können sich auf mich verlassen, Capitaine. Ich kann meinen Mund halten. Können Sie mir sagen, wonach wir suchen?«, fragte Roland Duboc wissbegierig.

»Nein. Ich habe nur so ein Bauchgefühl. Wir müssen uns auf unseren Spürsinn verlassen.«

»Klingt ja sehr spannend. Ist mal was anderes als die routinemäßige Spurensuche an einem frischen Tatort. Wissen Sie, ich habe mich schon immer für Autos interessiert, wollte ursprünglich sogar mal Mechatroniker werden. Autotechnik ist heute noch immer mein Hobby.«

»Na, da sind Sie ja in diesem Fall genau der Richtige. Dann wollen wir mal«, freute sich Sutter über das Interesse des jungen Beamten.

Auf dem Parkplatz vor dem Dienstgebäude ging Roland auf einen Streifenwagen zu.

»Nein, wir nehmen meinen Privatwagen. Ich möchte dem Schrotthändler nicht schon von Weitem signalisieren, dass er Besuch von der Polizei bekommt.« Mit diesen Worten öffnete er mit einer Fernbedienung einen roten Renault Mégane.

»Schickes Auto. Könnte mir auch gefallen, aber um mir den leisten zu können, muss ich wohl noch ein wenig die Karriereleiter hochklettern«, bewunderte Roland den schicken Wagen und verbannte ihn in das Land seiner Träume. »Vorläufig reicht uns auch ein Clio.«

»Uns?«, fragte Capitaine Sutter neugierig.

»Ja. Ich bin nicht mehr solo. Ich habe eine hübsche junge Frau kennengelernt, und seit 14 Tagen wohnen wir zusammen«, strahlte Roland.

»Dann drücke ich Ihnen die Daumen, dass das hält. Leider ist es mit den Beziehungen von Polizeibeamten ja nicht so einfach; sie leiden stark unter den Besonderheiten unseres Dienstes und führen bedauerlicherweise häufig zu Trennungen.«

»Das Problem habe ich meiner Nicole ganz offen geschildert. Sie ist dennoch der Meinung, dass wir das gemeinsam schon schaffen werden«, gab sich Roland optimistisch.

Sie fanden direkt neben der Einfahrt zu dem trostlosen Schrottplatz eine Parkmöglichkeit und sahen von dort aus, wie ein fülliger Mann in einer schmuddeligen Monteurkombi in einem Bürocontainer verschwand.

»Na, es ist auf jeden Fall jemand anwesend. Dann ist unsere Fahrt nicht umsonst. Wenn wir Glück haben, ist der

Mann, der gerade in das Büro gegangen ist, sogar der Chef dieses Ladens. Dann wollen wir mal«, forderte Capitaine Sutter Roland auf, mit ihm auf das Gelände zu gehen.

Vor dem Container hörten sie den Mann laut reden, weil der die Tür nicht ganz geschlossen hatte. Er schien zu telefonieren. Wiederholt reagierte er unwirsch und ärgerlich. Mit einem energischen »Ferme ta geule! Morgen will ich Geld sehen, sonst hole ich die Karre wieder ab«, beendete er das Gespräch.

Sutter klopfte an die Tür, und immer noch ärgerlich antwortete der Mann: »Was gibt's?«

»Dürfen wir eintreten?«

»Ja, was wollen Sie?«

»Sind Sie Paul Roussel? Ich habe den Namen da vorne auf einem Schild neben der Einfahrt gelesen.«

»Ja, mir gehört der Laden. Suchen Sie Ersatzteile?«

»Nein, Monsieur Roussel, wir sind von der Police nationale in Morlaix. Ich bin Capitaine Sutter und das ist mein Kollege«, stellte sich Sutter vor und zeigte dem Schrotthändler seinen Dienstausweis.

»Police nationale?«, stutzte Roussel. »Warum sind Sie hier? Ich habe nichts ausgefressen.«

»Es geht auch nicht direkt um Sie. Wir haben erfahren, dass bei Ihnen ein Autowrack steht, mit dem ein älteres Ehepaar tödlich verunglückt ist. Wir würden uns das Auto gern einmal ansehen.«

»Warum? Und haben Sie einen Durchsuchungsbeschluss?«

»Nein, doch den könnten wir uns natürlich besorgen. Das würde das Ganze aber nur verzögern. Ich denke, Sie haben nichts zu verbergen und unterstützen uns?«, versuchte Sutter, den Schrotthändler zu überzeugen.

»Meinetwegen, man will sich ja gut mit der Polizei stellen«, brummte Roussel. »Um welches Fahrzeug geht es denn? Wie Sie gesehen haben, steht mein Hof voll mit Autowracks.«

»Wir sind wegen eines weißen Peugeot 208 hier, mit dem, wie schon erwähnt, ein älteres Ehepaar tödlich verunglückt ist.«

»Da haben Sie aber Glück. Den Schrotthaufen wollte ich eigentlich schon längst in die Presse schmeißen. Da kann man keine verwertbaren Teile mehr rausholen. Kommen Sie mit. Alleine würden Sie das Fahrzeug nicht finden.«

Roussel führte die beiden Beamten zu einer der hinteren Reihen des gut gefüllten Platzes und zeigte ihnen den Peugeot; er war auf der Seite liegend gelagert, wohl um Platz zu sparen. »Da ist er. Sehen Sie ihn sich in Ruhe an, aber ich fürchte, da gibt es nicht mehr viel zu entdecken. Ich muss Sie jetzt leider alleine lassen. Dringende Geschäfte. Sie verstehen«, verabschiedete sich der Schrotthändler mit einem schmierigen Grinsen. Im Gehen fügt er noch hinzu: »Seien Sie vorsichtig, dass ihnen die olle Kiste nicht auf den Kopf fällt!«

»Danke. Wir kommen schon allein zurecht«, meinte Capitaine Sutter, dem es sehr recht war, dass sie nun den Wagen ungestört untersuchen konnten.

Die Schrottfahrzeuge standen dicht an dicht, deshalb war es nicht ganz einfach, an den Wagen der Rossiers heranzukommen. Duboc musste über den danebenstehenden Wagen klettern, der bedenklich wackelte, aber glücklicherweise so verkeilt war, dass er nicht umkippen konnte. Capitaine Sutter war auf dem Weg stehen geblieben und hatte seinen jungen Kollegen bei dessen Kraxelei beobachtet. Der junge Kollege war nun nicht mehr zusehen, und Sutter fragte besorgt: »Alles okay, Duboc?«

»Ja Chef! Ich sehe mir gerade die Unterseite des Autos an und ich glaube, ich habe schon etwas Interessantes entdeckt. Muss ich aber noch genauer untersuchen«, beruhigte Duboc den Capitaine.

Nach einer Weile erschien Dubocs Kopf wieder zwischen den Fahrzeugwracks, und der junge Beamte zog sich schwungvoll am Autowrack der Rossiers hoch. Plötzlich pfiff er und meinte mehr zu sich selbst: »Was haben wir denn da? Ist ja interessant. Das muss ich mir auch noch näher ansehen.« Der Kopf verschwand wieder.

»Duboc, was haben Sie entdeckt?«, fragte Sutter voller Ungeduld.

»Ich bin gleich bei Ihnen und bringe ein offensichtlich manipuliertes Teil mit.«

»Was ist es denn, und geht das ohne Werkzeug?«, wollte Sutter wissen. Er klang immer noch skeptisch.

»Es ist die Bremsleitung. Ich glaube, ich kann sie abbrechen und sicherstellen.«

Es dauerte noch ein Weilchen, bis Duboc wieder neben Sutter stand und ihm das mitgebrachte Teil zeigen konnte. Bei der ganzen Aktion hatte seine Hose ein wenig gelitten. Sie hatte Schmutzflecken und war an einigen Stellen sogar ölverschmiert.

Der junge Mann bemerkte, wie Capitaine Sutter ihn kritisch betrachtete. »Keine Sorge. Das schafft unsere Waschmaschine.«

»Na, da bin ich nicht so sicher. Was haben Sie denn nun gefunden?«

Duboc zeigte ihm ein Stück Bremsleitung und wies auf eine glänzende Kante. »Da. Die Bremsanlage des Fahrzeugs wurde manipuliert! Jemand hat sehr professionell die Bremsleitungen angesägt, sodass nach und nach die Bremsflüssigkeit ausgelaufen ist. Der Wagen war dann nicht mehr zu bremsen. Das allein hätte aber wohl kaum gereicht, um solch einen schweren Unfall zu verursachen. Wo hat sich der Unfall eigentlich ereignet? Ich meine, wie waren die Straßenverhältnisse, das Wetter und so?«

»Die Rossiers sind auf gerader Straße ohne ersichtlichen Grund von der Fahrbahn abgekommen, und ihr Wagen hat sich mehrfach überschlagen. Die manipulierten Bremsleitungen würden auch erklären, warum keine Bremsspuren gefunden wurden«, erläuterte Sutter.

»Ja. Ich habe nämlich noch etwas anderes entdeckt, das ich mir noch nicht erklären kann. Scheinbar wurde auch die Lenkung des Wagens schon vor dem Unfall beschädigt. Um dazu Genaueres sagen zu können, müssen wir jedoch das Fahrzeug hier rausholen und in unserer Werkstatt unter die Lupe nehmen.«

»Haben Sie denn schon einen Verdacht?«

»Es sieht so aus, als ob am Lenkgetriebe ein kleiner Sprengsatz angebracht war. Aber das sage ich mit aller Vorsicht. Wie gesagt, wir müssen den Wagen gründlich untersuchen. Wenn meine Vermutung richtig ist, wird unser Sprengstoffexperte bestimmt Rückstände finden, die das bestätigen.«

»Das wäre dann tatsächlich der Beweis, dass das Ehepaar ermordet wurde, obwohl die Täter ja nicht sicher sein konnten, dass der Unfall für beide tödlich enden würde. Aber das zu bewerten ist Aufgabe des Gerichts. Wir müssen jetzt die Beweise sichern«, sagte Sutter, holte sein Handy aus der Tasche und veranlasste, dass die Spurensicherung den Unfallwagen so schnell wie möglich abholen sollte.

»Eigentlich glaube ich nicht, dass es erforderlich ist, den Wagen zu bewachen, bis die Kollegen eintreffen, aber Duboc, ich möchte trotzdem, dass Sie so lange hierbleiben. Sicher ist sicher.«

Sie gingen gemeinsam zum Büro des Schrotthändlers, um ihm mitzuteilen, dass der Unfallwagen sichergestellt sei und in Kürze abgeholt würde.

»Warum denn das?«

»Das können wir Ihnen zum jetzigen Zeitpunkt nicht sagen. Aber der Wagen wird von unseren Kollegen zu weiteren Untersuchungen in unserer Werkstatt abgeholt. Bis sie eintreffen, könnten Sie schon mal das Wrack so weit freilegen, dass es auf den Abschleppwagen geladen werden kann.«

»Wie? Sie wollen den Wagen mitnehmen? Wer ersetzt mir den Verkaufsausfall? Der Schrott hätte mir mindestens 200 Euro eingebracht. Meine Arbeitszeit für das Freilegen noch gar nicht berücksichtigt!«, polterte der Schrotthändler los.

»Nun mal langsam. Erstens hätten Sie den Wagen ja wohl sowieso da herausholen müssen, wenn er in die Schrottpresse sollte, wie Sie gesagt haben. Zweitens werden Sie den Wagen zurückerhalten, sobald wir unsere Untersuchungen abgeschlossen haben. Ein finanzieller Schaden entsteht Ihnen also nicht. Und was Ihre Hilfe anbetrifft, schreiben Sie uns eine Rechnung; aber bitte mit realistischen Forderungen!«, antwortete Capitaine Sutter energisch.

Dann verabschiedete er sich von Duboc und bat ihn, den Schrotthändler im Auge zu behalten.

Nachdem nun feststand, dass jemand den Wagen des Ehepaars manipuliert hatte und die beiden dadurch zu Tode gekommen waren, überlegte Capitaine Sutter auf der Rückfahrt nach Morlaix, warum sie umgebracht wurden. Ein eindeutiges Motiv war nicht erkennbar. Hatte man sie im Zusammenhang mit dem geplanten Hausverkauf aus dem Weg schaffen wollen? Wollten die Täter in Ruhe ihr Haus ausräumen? Oder beides? Er hatte auch die abwegige Idee, dass Monsieur den Wagen selbst manipuliert hatte, um gemeinsam mit seiner Frau Selbstmord zu begehen. War er dazu in der Lage? Wohl eher nicht. Als ehemaliger Beamter in der Bezirksverwaltung hatte er sicherlich nicht die erforderlichen Kenntnisse. Am wahrscheinlichsten kam ihm die Hypothese vor, dass der Hausverkauf eine entscheidende Rolle spielte. Aber konnte man mit solch einem Geschäft so viel Geld verdienen, dass man dafür das Risiko eines Mordes in Kauf nahm? Andererseits wurden Menschen schon für sehr viel weniger umgebracht. In der Immobilienfrage hatte er ja einen Experten. Er würde sich gleich mit Nicolas Gaillard in Verbindung setzen.

Trio criminaliste

Von seinem Büro aus rief Capitaine Sutter sofort Nicolas Gaillard an.

»Bonjour Nicolas, ich war eben auf dem Schrottplatz, wo das Fahrzeug des tödlich verunglückten Ehepaars Rossier steht. Wir haben tatsächlich ein paar interessante Entdeckungen gemacht, aber darüber würde ich gern mit Ihnen persönlich sprechen. Wenn es Ihnen recht ist, komme ich morgen vorbei.«

»Ja, das passt sehr gut. Ich bin morgen den ganzen Tag zu Hause. Kommen Sie doch so gegen 11:00 Uhr bei mir vorbei«, antwortete Nicolas und schlug weiter vor: »Wenn Sie nichts dagegen haben, würde ich gern Monsieur Müller zu unserem Treffen dazu bitten.«

»Das ist eine gute Idee. Er ist ein erfahrener Kriminalist und hat ja auch bei der Aufklärung der Entführung beziehungsweise des Mordversuchs an dem jungen Deutschen und seiner französischen Freundin seine Hilfe angeboten.«

»Ja, und er ist absolut unverdächtig, irgendwelche Verbindungen zu französischen Netzwerken zu haben. Ich bin nämlich nicht sicher, ob unsere Nachforschungen verborgen bleiben.«

Am nächsten Tag trafen Capitaine Sutter und Robert fast gleichzeitig bei Nicolas ein. Er bat seine Gäste in einen großen Raum im Erdgeschoss. »Auch wenn uns das Wetter auf die Terrasse lockt, schlage ich vor, dass wir uns hier unterhalten. Nach dem Besuch der beiden Rocker bin ich misstrauisch geworden. Ich weiß nicht, ob man mich beobachtet oder vielleicht sogar versucht, mich mit einem Abhörgerät auszuspionieren.«

»Ich denke, Ihre Vorsicht ist angebracht, denn es ist uns bisher nicht gelungen, die Spur der beiden Rocker aufzunehmen, die Sie besucht haben. Wir haben zwar das Boot, mit dem sie geflüchtet sind, in der Nähe an einem einsamen Strand gefunden, aber das war es auch schon. Keine verwertbaren Fingerabdrücke oder Gegenstände, anhand derer wir sie hätten identifizieren können«, berichtete Capitaine Sutter.

»Nicolas, vielleicht sollten Sie mal mit Ihrem Bruder reden. Ich weiß, dass Sie mit ihm nichts mehr zu tun haben wollen, aber wie ich aus den Berichten meiner Frau über Ihr Buch erfahren habe, hat er Kontakt zu den Waffenhändlern und anderen einflussreichen Personen dieses Netzwerks. Sie müssten ihm klarmachen, dass Sie mit der Veröffentlichung Ihres Buches Fakten offengelegt haben, die nicht mehr aus der Welt zu schaffen sind. Von daher sind Drohungen oder – schlimmer noch – weitere Mordversuche sinnlos und würden den Drahtziehern eher schaden«, schlug Robert vor.

»Meinen Sie wirklich, dass mein smarter Bruder bei denen etwas erreichen kann?«, fragte Nicolas skeptisch.

»Ich glaube, das ist zurzeit die einzige Möglichkeit, weitere Attentate auf Sie zu verhindern. Sie sollten die Idee aufgreifen«, riet auch Sutter.

»Okay, ich werde darüber nachdenken.« Aber man merkte Nicolas an, dass er noch nicht so ganz überzeugt war.

»Tut mir leid, dass ich Ihnen keine Ergebnisse in dieser Angelegenheit liefern kann. Wir werden unsere Kollegen von der Police Municipale bitten, mit ihrem Streifenwagen öfter bei Ihnen vorbeizufahren. Das hat zumindest eine abschreckende Wirkung, falls diese Garm-Fighter Ihr Haus weiterhin beobachten«, bot Capitaine Sutter an.

»Nun zum eigentlichen Grund unseres Treffens«, fuhr er fort. »Wir haben an dem Wagen der Rossiers festgestellt, dass die Bremsleitungen manipuliert wurden. So, wie das gemacht wurde, nehmen wir an, dass hier Profis am Werk waren. Das allein hätte aber nicht ausgereicht, um einen so schweren Unfall auf gerader Strecke zu verursachen. Der Grund dafür, dass die beiden alten Leute gegen den Felsen gekracht sind, war eine zusätzliche Sabotage an dem Fahrzeug. Mein junger Kollege von der Spurensicherung hat an der Lenkung Spuren entdeckt, die uns vermuten lassen, dass sie ebenfalls manipuliert wurde; wahrscheinlich mit einem kleinen Sprengsatz. Beide Fakten zusammen würden erklären, warum die Rossiers ungebremst von der Straße abkamen.«

»Ja, aber wie kann es sein, dass beide Manipulationen gleichzeitig wirkten?«, fragte Robert sofort.

»Wir vermuten, dass der oder die Täter das Fahrzeug beobachtet haben und dann den Sprengsatz entweder per Funk oder über einen Zeitzünder ausgelöst haben. Zu diesem Zeitpunkt waren die Bremsen wohl schon wirkungslos, was Monsieur Rossier auf der geraden Straße aber noch nicht bemerkt haben dürfte. Das Fahrzeugwrack wird von unseren Spezialisten daraufhin untersucht. Letzten Endes ist es jedoch egal, wie der Sprengsatz ausgelöst wurde. Es war auf jeden Fall Mord«, berichtete Capitaine Sutter vom Stand der Ermittlungen.

»Entschuldigung, Monsieur Sutter. Nehmen Sie es mir bitte nicht übel, aber ich meine, dass es doch von Belang sein könnte, wie der Sprengsatz gezündet wurde. Sollte er per Funk zur Explosion gebracht worden sein, hätten sich die Verbrecher in der Nähe des Unfallortes befinden müssen; eventuell sind sie sogar hinter den Rossiers hergefahren. In diesem Fall könnte man vielleicht Spuren oder sogar Zeugen finden.«

»Nein, nein, Monsieur Müller, ich nehme Ihnen Ihre Überlegungen nicht übel. Sie haben völlig recht. Wir müssen rasch feststellen, wie der Sprengsatz gezündet wurde, und dann gegebenenfalls nach Spuren und Zeugen suchen. Da wir es offensichtlich mit Profis zu tun haben, mache ich mir allerdings wenig Hoffnung, dass wir etwas finden, das uns weiterhilft.«

Nicolas hatte das Gespräch aufmerksam verfolgt. Obwohl er keine Erfahrung in der Verbrechensbekämpfung hatte, fühlte er sich als Partner der beiden Kriminalisten.

In diesem Augenblick kam Odile in das Zimmer und balancierte ein Tablett vor sich her. »Nicolas, meine Herren, ich habe mir gedacht, dass Sie eine kleine Stärkung vertragen können. Sie werden ja heute wohl kaum Zeit für ein Mittagsmenü haben. Ich bringe Ihnen auch gleich noch ein paar Teller.«

Auf dem Tablett hatte Odile verschiedene Pasteten, rohen und gekochten Schinken, Salamischeiben und eine kleine Käseauswahl angerichtet. Sie kam mit den Tellern, Besteck und einem Korb zurück, in dem frisch aufgeschnittenes Baguette einen köstlichen Duft verströmte. »Was darf ich Ihnen zu trinken bringen? Darf es ein Glas Wein sein?«

Während Nicolas und Robert diesen Vorschlag gerne annahmen, bat Capitaine Sutter zunächst nur um ein Glas Wasser. »Wer weiß, was der Tag noch bringt. Da möchte ich lieber topfit sein, obwohl ein kleines Glas Wein wäre ja doch nicht schlecht zu diesen Köstlichkeiten«, entschied er sich dann schnell um.

Nachdem Odile den drei Kriminalisten den Wein und eine große Flasche Wasser gebracht hatte, führten sie ihr Gespräch fort.

»Monsieur Sutter, Nicolas hatte ja noch weitere Todesfälle im Zusammenhang mit zum Verkauf stehenden Häusern entdeckt. Haben Sie da schon etwas in Erfahrung bringen können?«, wollte Robert wissen.

»Leider bin ich noch nicht dazu gekommen, mich mit diesen Fällen intensiver zu beschäftigen. Aber nach unseren Erkenntnissen im Fall der Rossiers habe ich den Verdacht, dass auch in den anderen Fällen etwas nicht stimmt. Der Zusammenhang mit Hausverkäufen ist schon merkwürdig. Ich habe eine Kollegin gebeten, diese Fälle zu überprüfen. Sie ist erst vor Kurzem zu uns versetzt worden, und ich vertraue ihr voll und ganz.«

»Glauben Sie, dass die beiden Immobilienhändler hinter all diesen Fällen stecken?«, fragte Nicolas etwas zweifelnd.

»Das kann ich noch nicht sagen. Ich habe sie bisher ja noch nicht persönlich kennengelernt. Was Sie jedoch über die beiden berichtet haben, lässt mich daran zweifeln, dass sie die Köpfe dieser Vorgänge sind. Wenn sich unsere Verdachtsmomente bestätigen, müssen wir davon ausgehen, dass hier ausgebuffte Profis am Werk waren, hinter denen eine skrupellose Organisation steht. Ich glaube nicht, dass unsere Makler dafür das nötige Format haben. Sicher sind sie in die Vorfälle verwickelt, und vielleicht besteht durch sie eine Chance, an die Hintermänner heranzukommen.«

»Ich vermute, dass die Entführung und der Mordversuch an Markus und seiner Freundin auch mit diesen mysteriösen Immobiliengeschäften im Zusammenhang stehen. Können Sie uns sagen, ob Sie in diesem Fall schon weitergekommen sind?«

»Ja, ich denke, ich kann auf Ihre Verschwiegenheit rechnen, da ich ja normalerweise keine Informationen an Außenstehende weitergeben darf«, meinte Capitaine Sutter mit einem leisen Lächeln und fuhr fort:« Es gibt da ein paar Dinge, die mich bei meinen ersten Erkundigungen stutzig gemacht haben. Warum hat der Kollege von der hiesigen Polizeistation versucht, die Angelegenheit so schnell wie möglich unter den Teppich zu kehren? Warum hat es bisher niemand für nötig befunden, die Hütte zu suchen, in der das Paar gefangen gehalten wurde? Es ist doch möglich, dass wir dort Hinweise oder sogar DNA-Spuren entdecken, die uns zu den Tätern führen. All diesen Dingen nachzugehen ist natürlich etwas viel für mein kleines Team, und gegenüber den hiesigen Beamten bin ich, wie erwähnt, zumindest teilweise misstrauisch. Ich habe heute Nachmittag noch einen Termin mit dem Polizeipräsidenten. Ich habe darum gebeten, den Fall persönlich vorzutragen, und werde ihn bei dieser Gelegenheit um personelle Verstärkung bitten.«

»Ich glaube, der ganze Fall hat noch eine weitere Dimension«, meldete sich Nicolas zu Wort. »Ich war in der Zwischenzeit natürlich nicht untätig und habe für meinen neuen Roman weiter recherchiert. Dabei bin ich auf einen Vorgang gestoßen, der mich neugierig gemacht hat. Hier ganz in der Nähe plant eine Investmentgesellschaft ein imposantes Wellnessresort. Als dieses Vorhaben bekannt wurde, kam es zu Protesten von Einheimischen, denn die Anlage soll mitten in einem Naturschutzgebiet gebaut werden. Daraufhin hat die Baugesellschaft versichert, dass selbstverständlich alle Auflagen zur Erhaltung des Biotops eingehalten würden und dass man, soweit erforderlich, auch Ersatzflächen ankaufen und als Naturschutzfläche zur Verfügung stellen würde. Mit diesen Argumenten hat man den Bürgermeister der Gemeinde offensichtlich überzeugen können. Er ist mittlerweile ein energischer Verfechter des Projekts und weist immer wieder auf die immense wirtschaftliche Bedeutung der Hotelanlage hin. Dank seiner Hilfe scheint es den künftigen Betreibern gelungen zu sein, die Bedenken der Bewohner zu zerstreuen, da er in der Bevölkerung äußerst beliebt ist. Es gibt nur noch ein paar Umweltaktivisten, die Protestaktionen angekündigt haben, aber die werden nicht ernst genommen. Mittlerweile wurde sogar schon in bemerkenswert kurzer Zeit die Baugenehmigung erteilt, und in zwei Wochen sollen die ersten Bagger anrollen.«

»Was lässt Sie vermuten, dass da ein Zusammenhang zu den Immobiliengeschäften der beiden Makler besteht?«, hakte Capitaine Sutter nach.

»Ich hab da noch keine hieb- und stichfesten Beweise, aber die erforderlichen Verträge wurden von demselben Notar erstellt, mit dem die Makler zusammenarbeiten. Das könnte natürlich Zufall sein. Ich habe jedoch weiter herausbekommen, dass die beiden Makler etliche Grundflächen, die direkt an das Naturschutzgebiet anschließen, aufgekauft haben. Allerdings bin ich mir noch nicht darüber im Klaren, was sie dort beabsichtigen«, berichtete Nicolas über seine Recherchen.

»Mmh, ich habe in Paris einen Kollegen, mit dem ich schon lange befreundet bin und der ein Fachmann für Geldwäsche ist. Er hat mir mal erzählt, dass kriminelle Organisationen gerne Immobilien kaufen oder Großprojekte finanzieren, um Geld, das aus illegalen Tätigkeiten wie Korruption, Raub, Erpressung, Drogenhandel, Waffenhandel oder Steuerhinterziehung stammt, zu legalisieren. Ich werde ihn mal anrufen und hören, was er zu unseren Fällen sagen kann. So meine Herren, ich muss Sie jetzt verlassen, denn ich habe ja noch den Termin beim Polizeipräsidenten«, verabschiedete sich Capitaine Sutter.

Nicolas war bei den letzten Ausführungen von Capitaine Sutter sehr nachdenklich geworden. Robert hatte dies bemerkt und wollte den Grund wissen.

»Ach, wissen Sie, ich denke darüber nach, ob es wirklich sinnvoll ist, meinen Bruder zu bitten, seine Beziehungen zu nutzen, um weitere Anschläge auf mich zu verhindern. Nachdem ich nun sogar gehört habe, dass mit Immobiliengeschäften auch Gelder aus dem illegalen Waffenhandel gewaschen werden, bin ich noch skeptischer, ob das Erfolg verspricht. Schließlich habe ich in meinem Roman ja den Waffenhandel und die damit verbundenen Machenschaften, wie

Bestechung, Schmuggel und Rechtsbeugung, angeprangert. Allerdings habe ich mich nicht mit der finanziellen Abwicklung dieser kriminellen Geschäfte befasst.«

»Ja, das verstehe ich. Dennoch glaube ich, dass dies die einzige Möglichkeit ist, um in Ruhe gelassen zu werden. Und außerdem ist Ihr neuer Roman ja noch nicht veröffentlicht«, versuchte Robert, ihn zu überzeugen.

»Das ist richtig, aber mit meinen Nachforschungen habe ich vielleicht doch bereits die Aufmerksamkeit der Organisation geweckt.«

Robert merkte, dass er Nicolas im Augenblick nicht zu einer Entscheidung drängen sollte, und wechselte das Thema. »Sie kennen sich doch gut aus hier in der Bretagne. Meine Frau und ich möchten am Wochenende mit unserem Wohnmobil eine Tour zu ein paar schönen Zielen machen, denn schließlich heißt das Wohnmobil so, weil man damit mobil ist und nicht nur an einem Ort rumsteht. Können Sie uns Tipps für eine Wochenendtour geben?«

»Na sicher, die Bretagne hat einiges zu bieten, und auch wenn ich selbst kein Wohnmobilfahrer bin, weiß ich, dass es hier sehr viele Stellplätze gibt. Ich mache mich mal schlau. Sie können übrigens schon am Freitag auf die Reise gehen. Nanni war sehr fleißig, und wir sind schon weitergekommen, als ich gedacht habe. Wenn Sie dann am Montag wieder hier sind, möchte ich Sie abends zum Essen einladen, bevor Nanni am Dienstag ihre Arbeit wieder aufnimmt. Sie haben also ein schönes langes Wochenende, und der Wetterbericht verspricht auch viel Sonne – und natürlich ein bisschen Wind, so wie er hier an unserer Küste dazugehört.«

»Gibt es einen besonderen Grund für die Einladung?«, wollte Robert wissen.

»Vor Ihnen kann man wirklich nichts verbergen«, erwiderte Nicolas lächelnd. »Ja, es gibt einen Grund. Am Montag kommt meine Freundin Véronique aus Paris zu mir. Sie hat ihre letzten Prüfungen hinter sich gebracht und will nun bei mir einziehen. Es wird also eine kleine Willkommensfeier.«

»Vielen Dank für die Einladung. Auf Ihre Freundin bin ich schon sehr gespannt. So, jetzt will ich mich noch schnell von meiner Frau verabschieden und mich mit unserem Hund auf den üblichen Nachmittagsspaziergang machen.«

Robert ging zu Nanni, der Nicolas ein eigenes kleines Büro eingerichtet hatte, und berichtete ihr von seinem großzügigem Angebot für ein verlängertes Wochenende, das sie für eine kleine Tour durch die Bretagne nutzen könnten; und auch, dass er ihnen Informationen über lohnenswerte Sehenswürdigkeiten und Stellplätze geben wollte.

»Mensch, da freue ich mich! Ich dachte schon, wir bekämen gar nichts von dieser Region zu sehen. Immer nur auf dem Campingplatz zu hocken war mir allmählich langweilig. Hast du schon eine Idee, wo es hingeht?«, fragte Nanni ungeduldig.

»Nun wart doch mal ab, was uns Nicolas vorschlägt. Was ist denn mit deiner Geduld, auf die sonst so stolz bist?«, amüsierte sich Robert und machte sich auf den Weg zu *Matilda*, wo Aika schon sehnsüchtig auf ihn wartete, weil sie sich auf den Spaziergang mit ihrem Herrchen freute.

Wochenend und Sonnenschein

Ein paar Tage später stand das verlängerte Wochenende vor der Tür. Nicolas hatte natürlich sein Versprechen gehalten und ihnen eine Tour vorgeschlagen, auf der sie recht viel von den landschaftlichen Reizen der Bretagne sehen würden. Zusätzlich hatte er Nanni noch einen Reiseführer mitgegeben, sodass sie auf eigene Faust auf Entdeckungstour gehen konnten.

Auf ihrer ersten Etappe hatte Nicolas ihnen einen Abstecher zum Cairn de Barnenez empfohlen. Die über 6500 Jahre alten Grabhügel aus der Megalithkultur gehören zu den größten ihrer Art in Europa. Robert und Nanni waren aber nicht nur von dieser historischen Anlage beeindruckt. Auch der fantastische Blick auf die Bucht von Morlaix begeisterte sie. Das Meer glitzerte silbern im Sonnenlicht, und im klaren Wasser der Bucht waren die Austernbänke deutlich zu erkennen. »Also, heute Abend werde ich zur Vorspeise Austern essen. Hier in der Gegend ein Muss!«, stellte Nanni mit Bestimmtheit fest.

»Wir finden sicherlich ein Restaurant, in dem eine *Plateau de Fruits de Mer* angeboten wird«, war Robert überzeugt.

»Bevor wir uns den leiblichen Genüssen widmen, möchte ich aber gerne noch einer weiteren Empfehlung von Nicolas folgen. Lass uns zum ›Jardin Exotique et Botanique de Roscoff‹ fahren. Dort soll uns ein ganz besonderer Garten erwarten.«

»Das können wir einplanen. Wir müssen zwar nach Roscoff und um die gesamte Bucht von Morlaix fast bis in die Stadt herumfahren, weil es vorher keine Brücke oder Fähre gibt. Unser Navi meint jedoch, dass die Fahrt von hier aus nur eine knappe Stunde dauert«, informierte Robert, der in der Zwischenzeit schon das Navi programmiert hatte. Unterwegs hielten sie immer mal wieder an, um die Landschaft auf kurzen Spazierwegen auf dem GR 34 zu erkunden. Kleine Sandbuchten, die von gewaltigen Felsformationen umschlossen waren, luden zum Rasten ein. Es wurde allerdings auf Hinweistafeln ausdrücklich davor gewarnt, den markierten Weg zu verlassen, weil ansonsten Lebensgefahr bestünde. Schließlich näherten sie sich Roscoff.

Robert hatte Bedenken, ob sie mit *Matilda* beim »Jardin Exotique et Botanique de Roscoff« einen Parkplatz finden würden. Da man in der Bretagne jedoch auf Wohnmobilisten eingestellt ist, war dies kein Problem.

Erfreulicherweise durfte auch Aika mit in den Park. Nanni ermahnte sie, sich dort zu benehmen, und fragte Robert vorsichtshalber, ob er eine Tüte zum Einsammeln ihrer Hinterlassenschaft dabeihätte.

»Die habe ich doch immer in der Hosentasche, weil ich es rücksichtslos finde, wenn Hundebesitzer die Haufen ihrer Lieblinge einfach liegen lassen.«

Die Besichtigung des exotischen Gartens war der Hit! Es gab ungefähr 3000 verschiedene Arten von subtropischen Pflanzen, die hier im milden Klima der Bretagne prächtig gediehen. Von einem Aussichtspunkt, oben auf einem rund 20 Meter hohen Felsen gelegen, hatte man einen tollen Blick auf die Bucht von Morlaix, die sie auf dem Herweg umfahren hatten. Auf einer der zahlreichen Bänke des Parks machten sie an einem Wasserbecken eine Pause und genossen den Blick auf die gepflegte Anlage. Dann drängte Robert zum Aufbruch: »So, wir müssen los. In Roscoff gibt es in Stadtnähe keine Stellplätze. Deswegen müssen wir ein kurzes Stück nach Saint-Pol-de-Léon zurückfahren. Ich habe in unserem Navi einen Stellplatz direkt am Wasser entdeckt, und die Innenstadt mit etlichen Restaurants ist zu Fuß gut erreichbar. Dort werden wir bestimmt ein gutes Restaurant finden. Schließlich sind wir in Frankreich, dem Land der Feinschmecker und Genießer«, war Robert optimistisch.

Die Adresse war schnell gefunden, aber leider war kein Stellplatz direkt am Wasser in der ersten Reihe frei. Robert bedauerte das, Nanni meinte jedoch: »Man kann nicht alles haben. Es sind eben gerade hier in der Bretagne sehr viele Wohnmobilisten unterwegs. Und wir haben heute schon so viel wunderschöne Küstenabschnitte sehen dürfen, da müssen wir nicht ganz vorne am Wasser stehen. Im Übrigen kann man das Meer trotzdem sehen und riechen.«

»Okay, und wenn noch mehr Wind aufkommt, kann man sogar noch das Rauschen der Brandung hören.«

Nachdem sie *Matilda* geparkt hatten, machten sie sich auf den Weg in die Stadt. Sie kamen aber nicht weit. In nur 50 Meter Entfernung entdeckten sie ein Restaurant in einem alten Feldsteinhaus, das auf einem Werbeaufsteller für seine bretonische Küche warb. Ein Blick auf die Speisekarte ergab zwar, dass keine *Plateau de Fruits de Mer* mehr angeboten wurde, aber dafür andere vielversprechende Gerichte. Nach einem Tag mit vielen Eindrücken und Spaziergängen hatten sie keine Lust, noch weiter in die Stadt zu gehen und lange zu suchen, und betraten voller Erwartung das Restaurant.

Die sehr freundliche Bedienung gab ihnen den Tipp, statt Einzelkomponenten ein Menu zu wählen. Gleiche Größe, aber viel günstiger.

Das Menü war ein Gedicht!

Als Aperitif nahmen Sie einen Crémant, und als Vorspeise gab es eine *Velouté de Poisson* mit Brot, Käse und Rouille. Weniger Fischsuppe als Bisque. Eine wirklich gelungene Kreation für Feinschmecker. Außerdem sechs frische Austern.

Als Hauptgang wurde gegrillter Hummer in einer fantastischen Soße serviert und mit einem originellen Gemüseteller (Artischocken, Rettich etc.) als Beilage. Dazu gab es einen Pouilly-Fumé.

Als Dessert wählten sie eine Crème brûlée und eine Mousse au Chocolat. Danach waren Kaffee und Calvados fällig.

Das Essen war erstklassig und in einem angemessenen Preis-Leistungs-Verhältnis. Ein kulinarischer Höhepunkt gleich zu Beginn ihrer Bretagne-Reise!

Zufrieden machten sie sich auf den Rückweg zu *Matilda*. Der Wind hatte tatsächlich aufgefrischt, und so bekam Robert auch noch sein Küstenkonzert.

Am nächsten Morgen machte sich Robert mit Aika auf, um eine Boulangerie zu suchen. Dabei orientierte er sich wieder an den Männern, die ihm mit einem Baguette in der Hand entgegenkamen und sich schon mal unterwegs das knusprige Ende schmecken ließen. Als Robert die Boulangerie fand, war er erstaunt, dass dort im Verkaufsraum ein Hund mit seinem Frauchen stand. Da er keine Möglichkeit fand, Aika draußen anzubinden, nahm er sie kurz entschlossen ebenfalls mit in den Laden. Die Dame hinter dem Tresen schien das nicht zu stören, denn als er an der Reihe war, fragte sie freundlich nach seinen Wünschen. Robert hatte die kurze Wartezeit genutzt und sich das verlockende Angebot lecker aussehender Küchlein angesehen. Er beschloss, sich und seiner Frau heute mal etwas Besonderes zu gönnen. Außer dem Baguette und den üblichen zwei Croissants wählte er für Nanni ein Törtchen, das mit einem zitronengelben Marzipanmantel überzogen war und auf dem eine Erdbeere wie ein Krönchen thronte. Für sich kaufte er ein Exemplar, das aus einer Schokoladenmousse und einem Marzipandach bestand. Der Rand war mit gehakten Nüssen verziert. Die Dame hinter dem Tresen verpackte die Köstlichkeiten in eine stabile Pappschachtel mit einem hübschen Blumenmotiv. Zu guter Letzt klebte sie noch einen Sticker mit dem Firmenlogo auf den Deckel und sagte zu Robert: »Damit sie uns wiederfinden.«

Freudestrahlend kam er mit seinem Morgeneinkauf zurück und überreichte Nanni die Schachtel. »Schau mal, was ich uns mitgebracht habe.« Nanni öffnete die Verpackung und staunte nicht schlecht. »Mmh, die sehen ja lecker aus. Und so etwas Tolles schon zum Frühstück?! Ich glaube, die essen wir lieber heute Nachmittag zu einem guten Kaffee. Vielleicht finden wir unterwegs einen schönen Platz, wo wir eine kleine Pause einlegen können. Du hast ja gesagt, dass unsere heutige Etappe bis Landéda nicht sehr lang ist.«

Robert hätte sich die Minitörtchen am liebsten schon nach dem Frühstück schmecken lassen und brummte: »Ja gut. Geht auch.«

»Nun sei nicht so brummig. Dir entgeht doch nichts. Mir wäre ein Törtchen jetzt zum Frühstück einfach zu viel.«

»Wir wollen ja einen Abstecher nach Brignogan-Plages machen. Ich kann mir vorstellen, dass wir da was finden.«

Nur eine Stunde nachdem sie sich auf den Weg gemacht hatten, waren sie schon in Brignogan-Plages. Robert hatte eine Route unmittelbar an der Küste ausgesucht. Immer wieder boten sich ihnen beeindruckende Ausblicke auf die Felsenküste, an der sich hohe Wellen unter dramatischem Getöse brachen.

Sie folgten den Ansagen ihres Navis, in das Robert als Ziel den Phare de Pontusval eingegeben hatte, einen über 150 Jahre alten Leuchtturm. Eine gute Idee! Der Leuchtturm bezauberte durch seine traumhafte Lage. Riesige Felsen am Strand und im Meer, ein schöner Sandstrand und ein wundervoller Blick. Doch für die Törtchen war es immer noch zu früh.

Nach einem kleinen Spaziergang fuhren sie weiter. Nanni erinnerte daran, dass sie unterwegs noch einkaufen müssten.

»Ich weiß. Wir fahren jetzt noch ein Stück die Küste entlang und dann biegen wir ins Landesinnere nach Folgoët ab. Im Internet habe ich dort einen Hypermarché E. Leclerc entdeckt. Ich denke, da finden wir einen Parkplatz und können unsere Einkäufe für das Wochenende machen.«

Obwohl der Supermarkt gut besucht war, fanden sie zwei freie hintereinanderliegende Pkw-Parkplätze für *Matilda.* Der riesige Hypermarché war beeindruckend. Anders als in Deutschland gab es neben der umfangreichen Lebensmittelabteilung auch einen Elektromarkt, einen großen Bereich mit Bekleidung und eine gutsortierte Abteilung mit Haushaltswaren. Robert hatte keine so rechte Lust, mit Nanni durch die langen Regalreihen zu gehen, und verabschiedete sich: »Ich gehe schon mal zu den Weinen.«

»Ja, gute Idee, dann machst du mich nicht nervös, und ich kann in Ruhe einkaufen«, meinte sie bloß. Im Grunde war Nanni froh, dass Robert seine eigenen Interessen verfolgte.

Es dauerte aber nicht lange, und Robert tauchte wieder bei ihr auf.

»Nanu, ich dachte, du wolltest in die Weinabteilung? Hier bist du falsch; hier gibt es nur Obst und Gemüse. Naja, auch Weintrauben; aber du willst wohl kaum eigenen Wein produzieren«, nahm sie ihn ein wenig auf die Schippe.

»Nein mein Schatz, zum Winzer tauge ich wohl nicht. Ich brauche dich.«

»Warum das denn?«

»Du bist doch wirklich fit in Französisch. Ich kam eben an der Fleischabteilung vorbei und da habe ich ganz interessante Sachen gefunden. Zum Beispiel Hirn, das ja seit dem BSE-Skandal in Deutschland nicht mehr angeboten wird – möglicherweise sogar verboten ist. Das war ja noch leicht zu identifizieren, aber daneben lag eine Verpackung mit der

Aufschrift ›Rognons blancs‹. Der Inhalt sah aus wie kleine Lammnieren, aber die sind doch nicht weiß! Weißt du, was das sein könnte?«

»Keine Ahnung. Ich komme gleich mit und sehe mir die mal an. Aber jetzt lass mich erst einmal noch das Gemüse einkaufen, das ich heute Abend als Beilage machen möchte.«

Robert, der nicht unbedingt ein Freund von Grünzeug war, beobachtete kritisch, was da so in den Einkaufswagen wanderte.

Nanni bemerkte seinen Blick und meinte: »Keine Sorge, das ist nicht giftig, und ein bisschen gesündere Ernährung wird dir bestimmt nicht schaden. Ich will auch gleich noch zur Fischtheke und zum Fleisch gehen. Aber jetzt lass uns erst einmal deine ›Rognons blancs‹ sehen.«

Gemeinsam gingen sie zu dem Kühltresen, in dem die Packung mit den weißen, rundlichen, ihnen unbekannten Stücken lag.

»Also, was das ist, weiß ich auch nicht. Rognons sind Nieren; aber weiß?«

»Schau mal, da kommt gerade ein Metzger aus dem Kühlraum. Den kannst du doch fragen.«

Nanni folgte der Aufforderung, weil auch sie neugierig geworden war. »Bonjour Monsieur, können Sie mir helfen?«

»Bien sûr, Madame. Um was geht es?«

»Sie haben hier in dem Kühltresen eine Verpackung mit so rundlichen weißen Teilen liegen. Darauf steht ›Rognons blancs‹. Was ist das?«

Der Metzger druckste ein wenig herum, als er antwortete: »Äh ja, Madame, wie soll ich sagen ..., das ist das, was aus einem Stier einen Bullen macht.« Dabei machte er eine Handbewegung, als ob er ein Messer in der Hand hielt und damit etwas abschneiden würde.

»Wollen Sie eine Packung?«

»Nein, danke. Ich glaube eher nicht. Das ist uns doch zu ungewöhnlich. Aber vielen Dank für ihre freundliche Hilfe. Au revoir.«

Nach dieser Lebensmittelkunde der besonderen Art verabschiedete sich Robert erneut in die Weinabteilung, und Nanni beschloss, herkömmliche Fleischartikel einzukaufen.

Robert kam jedoch noch einmal zurück. »Was gibt es denn die nächsten zwei Tage?«

»Sei nicht so neugierig. Lass dich überraschen.«

»Wenn ich Wein aussuchen soll, muss ich doch wissen, ob es Fleisch oder Fisch gibt.«

»Such am besten für beides ein paar gute Tropfen aus. Und Wein wird bei uns sowieso nicht schlecht«, antwortete Nanni fröhlich.

»Na gut. Du wirst schon sehen, was du davon hast.« Damit ging Robert nun wirklich in Richtung Weinabteilung.

Das Angebot war riesig. Robert kannte zwar die meisten Rebsorten und die wesentlichen französischen Anbaugebiete, aber was sollte er auswählen? Da die französischen Weinbauern mit wenigen Ausnahmen keine Rebsorten-reinen Weine, sondern Cuvées produzieren, waren die Beschreibungen auf den Etiketten eine Hilfe, aber auf den wirklichen Geschmack konnte man daraus nicht schließen.

Er stand immer noch ratlos vor dem umfangreichen Angebot, als Nanni zu ihm stieß.

»Na, hast du einen leckeren Tropfen entdeckt?«

»Nee, ich weiß wirklich nicht, welchen Wein wir kaufen sollen. Man könnte natürlich einige Einzelflaschen mitnehmen und probieren, welcher Wein uns gefällt. Dann haben wir nur das Problem, dass wir wieder hierherfahren müssten, denn ich möchte schon ein paar Flaschen mehr auf Vorrat kaufen.«

»Mein lieber Mann! Du bist doch sonst recht clever. Das Problem lässt sich ganz einfach lösen. Wir nehmen jetzt einige Flaschen mit und veranstalten auf *Matilda* eine kleine Weinprobe.«

»Ich muss aber noch fahren!«, wandte Robert ein.

»Du musst dich ja nicht gleich betrinken. Du sollst den Wein nur probieren – oder wie der Fachmann sagt ›verkosten‹. So, nun such ein paar Weine aus und dann rasch zu unserem Wohnmobil. Ich habe nämlich einige tiefgefrorene Sachen eingekauft, die in das Gefrierfach müssen.«

Für die kleine Weinprobe wählte Robert einen Côtes du Rhône aus Laudun, einen Bordeaux aus Lussac-Saint-Émilion, einen Burgunder aus Rully, einen Rosé aus Korsika, einen Viognier aus dem Département Ardèche und einen Chardonnay aus Meursault, einen weißen Burgunder.

In ihrem Wohnmobil mussten sie feststellen, dass Nannis Augen größer gewesen waren als die Kapazität des Gefrierfachs.

»Also, da müssen wir uns noch was einfallen lassen. Angelika hatte neulich erzählt, dass sie im Heckstauraum eine Kompressor Kühlbox stehen haben, weil ihnen das Gefrierfach des Kühlschranks auch nicht ausreichte. Robert, denk mal mit daran, dass wir sie danach fragen.«

Nachdem sie die Lebensmittel so gut es ging verstaut hatten, öffnete Robert die Weinflaschen für die kleine Weinprobe. Nanni stellte ein Baguette auf den Tisch, um zwischendurch den Geschmack neutralisieren zu können.

Ihre Wahl fiel auf den korsischen Rosé, den Côtes du Rhône und den Viognier.

Robert machte sich noch einmal mit dem Einkaufswagen auf den Weg und kaufte jeweils einen Karton mit sechs Flaschen. Nachdem auch die eingeladen waren, machten sie sich auf den Weg zu ihrem heutigen Ziel, dem Campingplatz »Des Abers« in Landéda.

In der Rezeption wurden sie von Hubert, dem Besitzer des Platzes, empfangen. Die Formalitäten waren schnell erledigt.

Hubert, der fließend deutsch sprach, sagte, dass er ihnen einen besonders schönen Platz zugwiesen hätte, der zufällig gerade frei geworden sei, weil die bisherigen Nutzer überraschend abreisen mussten. Bevor Robert und Nanni sich zu dem Stellplatz aufmachten, wies Hubert sie noch auf den Auftritt einer Sängerin in dem kleinen Veranstaltungssaal am Sonntagabend hin. Der Besuch würde sich lohnen, versprach er.

Der Platz, den Hubert ihnen zugewiesen hatte, lag auf einem kleinen Plateau im oberen Teil der Anlage. Von hier aus hatte man einen fantastischen Blick auf die Mündung des *Aber Wrac'h.*

Robert rangierte *Matilda* auf den Stellplatz, fuhr die Markise aus und stellte die Campingmöbel darunter auf. Nanni hatte begonnen, das Abendessen zuzubereiten, und bat Robert: »Könnte ich jetzt ein Glas Wein bekommen?«

»Natürlich, aber nur von dem Roten. Die anderen sind noch nicht kühl genug.«

»Das passt schon. Es gibt heute Lamm. Drehst du eben noch eine kurze Runde mit Aika? Nach dem Essen möchte ich nur noch faul vor *Matilda* sitzen und ein wenig lesen.«

»Gute Idee. Wir sind dann mal weg«, meinte Robert und leinte Aika an.

Nach dem Essen bot ihnen die Natur einen atemberaubenden Sonnenuntergang, und das Lesen wurde auf später verschoben.

Den nächsten Tag ließen sie erst einmal ruhig angehen und faulenzten ausgiebig. Am Nachmittag machten sie mit Aika einen schönen Spaziergang auf dem GR 34, der auch hier entlang der Küste verlief. Der Pfad war so abwechslungsreich, mit immer neuen Impressionen der Küste, dass sie weiter wanderten, als sie eigentlich vorhatten. An einer

Landzunge mit Parkplatz und einer Übersichtskarte der Region angekommen, beschlossen sie spontan, durch einen kleinen Weiler landeinwärts zum Campingplatz zurückzukehren. Nachdem sie schon ernsthafte Zweifel an ihrer Orientierung hatten, fanden sie schließlich mit der Hilfe von freundlichen Franzosen den richtigen Weg. Nicht nur Aika war froh, endlich wieder zurück bei *Matilda* zu sein.

Am Abend beobachteten sie, wie etliche Paare zu dem kleinen Veranstaltungssaal gingen. Daraufhin schlug Nanni vor: »Komm, lass uns auch dahingehen.«

»Och wirklich?«, fragte Robert. »Eigentlich würde ich lieber hierbleiben, in Ruhe noch ein Glas Wein trinken und lesen.«

»Ach, das kannst du auch ein andermal. Falls uns die Musik nicht gefällt, können wir ja auch vorzeitig gehen«, überredete Nanni ihren Robert.

Die Sängerin war wirklich gut, und ihr Repertoire entsprach Robert und Nannis Geschmack, sodass sie auch nach der Pause noch dortblieben. Als die Künstlerin ihr Publikum temperamentvoll darauf hinwies, dass man zu ihrer Musik auch tanzen könne, wurden rasch Stühle zur Seite geräumt und eine kleine Tanzfläche geschaffen. Anschließend machte die Sängerin temperamentvoll weiter mit dem Song »Rock around the clock«, und Robert hielt es nicht länger auf seinem Stuhl.

»Komm Nanni, lass uns tanzen! Das war damals in unserer Sturm und Drang Zeit einer unserer Lieblingssongs.«

Nanni war völlig baff. Robert, der Tanzmuffel, wollte wirklich mit ihr tanzen!

Glücklich über den schönen Abschluss des kurzen Wochenendtrips machten sie sich auf den Heimweg. Sie waren sich einig, dass sie hier noch einmal herkommen würden.

»Weißt du, was mich auf dieser Tour wieder begeistert hat?«, fragte Nanni, als sie auf dem Weg zu *Matilda* an dem Leuchtturm der Freundschaft vorbeikamen. Diesen Leuchtturm hatten Gäste des Platzes mit selbst hergestellten Kacheln, auf denen persönliche Botschaften gestaltet waren, aus Anlass des 50-jährigen Jubiläums des Campingplatzes gebaut, um ihre Freude über diese herrliche Anlage zum Ausdruck zu bringen.

»Was meinst du? Den Turm hier?«

»Nein, nicht direkt. Er hat nur die Erinnerung wachgerufen an die vielen sehr schön gestalteten Kreisel, die wir auf unserer Fahrt umrunden mussten.«

»Ja, die sind wirklich sehenswert. Es gibt ja nicht nur interessant bepflanzte Kreisel, sondern wir haben ja auch etliche mit Skulpturen und regionalen Bezügen gesehen, wie zum Beispiel den hier ganz in der Nähe mit dem Strandhäuschen, einem kleinen Fischerboot und Muschelstrand. Richtig liebevoll gemacht. Darauf freue ich mich schon wieder, wenn wir morgen zurückfahren.«

Zurück nach Locquirec

Das Wochenende war gefühlt viel zu früh zu Ende, als sich Robert und Nanni auf den Weg zurück nach Locquirec machten. Sie hatten noch in aller Ruhe gefrühstückt, denn der Rückweg zu ihrem gemieteten Stellplatz würde auf der kürzesten Route nur eine gute Stunde dauern; so lauteten zumindest die Angaben des Navi. Auf jeden Fall würden sie rechtzeitig eintreffen, um pünktlich Nicolas' Einladung folgen zu können.

Nanni schwärmte noch einmal: »Ach Robert, so ein schönes Wochenende haben wir lange nicht erlebt. Und ich hatte das Gefühl, dass meine Arbeit ganz weit weg war. Und du scheinst auch nicht an die kriminellen Vorgänge in Locquirec gedacht zu haben, oder?«

»Nö, nach dem Besuch bei Capitaine Sutter bin ich mir sicher, dass die Angelegenheit in guten Händen ist, und außerdem hast du mir ja Zurückhaltung auferlegt. Aber jetzt bin ich schon gespannt, was es Neues in dem Fall gibt.«

»Na, vergiss nicht, dass dein Kollege auch Wochenende hatte.«

»Natürlich. Er wollte dennoch Kontakt mit einem befreundeten Kriminalbeamten in Paris aufnehmen, der Erfahrung mit Geldwäsche hat.«

»Geldwäsche?«, hakte Nanni nach. Jetzt war ihre Neugier geweckt.

»Ja, ein Großteil illegal erworbener Gelder wird über Immobilienkäufe legalisiert. Die Organisationen, die dahinterstecken, scheuen dabei auch nicht vor Mord zurück. In der

Nähe von Locquirec wurde zumindest ein älteres Ehepaar umgebracht, das sein Haus verkaufen wollte, es sich aber dann doch anders überlegt hatte. Dabei kam modernste Technik zum Einsatz, wie sie nur von Profis verwendet wird. Es besteht der Verdacht, dass man die Immobilie ankaufen wollte, um illegal erworbenes Geld zu waschen.«

»Lohnt sich das denn?«, wollte Nanni wissen.

»Du würdest dich über das Ausmaß wundern. Von den verschiedenen kriminellen Vereinigungen werden so jährlich große Summen über den Immobilienhandel in den normalen Geschäftsverkehr geschleust. In Deutschland wurden sie nach offiziellen Schätzungen für 2016 auf 237,5 Milliarden Euro beziffert; Tendenz steigend. Leider stehen für die Verfolgung dieser Straftaten viel zu wenig Beamte zur Verfügung, sodass die Gangster sich sehr sicher fühlen.«

»Und wie funktioniert das? Ich habe zwar hin und wieder den Begriff gehört, aber mich bisher nicht dafür interessiert.«

»Das ist nicht so einfach zu erklären. Ich musste mich auch erst mal schlaumachen. Im Internet habe ich eine ganz gute Erläuterung des Verfahrens gefunden. Wenn wir zurück sind, kannst du die auf meinem Laptop lesen.«

»Da bin ich mal gespannt.«

Bei ihrer Rückkehr wurden sie von den Seiferts begrüßt, die sich mit ihnen freuten, dass sie ein so schönes Wochenende gehabt hatten. Während Robert mit Aika einen kurzen Spaziergang machte, las Nanni die Ausführungen zum Thema Geldwäsche, die ihr Mann auf dem Laptop gespeichert hatte.

Ziele der Geldwäsche

Die zur Geldwäsche vorgenommenen Handlungen haben den Zweck, die illegale Herkunft von Geldbeträgen zu verschleiern. Die Geldbeträge sollen dem Zugriff der **Strafverfolgungsbehörden** oder der Steuerbehörden entzogen werden, indem Erlöse aus krimineller Tätigkeit durch möglichst unauffällige **Geschäftstransaktionen** in den **legalen** Wirtschaftskreislauf überführt werden. Versucht wird dies beispielsweise durch den Kauf von Immobilien, Unternehmensbeteiligungen, Kunstwerken bzw. Wertpapieren oder auch durch normale Verbrauchergeschäfte.

In der Praxis verschleiern die Beteiligten ihre **Transaktionen** häufig durch die Einschaltung von Briefkastengesellschaften, Schattenbanken, Gesellschaften in Steueroasen oder verdeckten Treuhandschaften. Dadurch wird auch die Akkumulation ökonomischer Ressourcen aus Kriminalität nach dem Vorbild der Mafia ermöglicht. Umgekehrt stoßen Fahnder gerade durch das Aufdecken der Geldwäsche auf die diesen Verschleierungshandlungen zugrunde liegenden strafbaren Delikte und Handlungen und können somit weiter tätig werden.

Der Erwerb von Immobilien ist eine Möglichkeit, die Herkunft des Geldes zu verschleiern bzw. zu »waschen«.

Methoden der Geldwäsche

Die Vereinten Nationen (UN) unterscheiden bei der Geldwäsche die folgenden 3 Schritte:

1. Placement (Platzierung): Rechtswidrig angeeignete Geldbeträge müssen wieder in den legalen Finanz- oder Wirtschaftskreislauf eingespeist werden, damit Strafverfolgungs- oder Steuerbehörden keinen Verdacht schöpfen. Dies erfolgt durch das sogenannte Smurfing: Der ursprünglich hohe Geldbetrag aus illegalen Geschäften wird in mehrere kleinere Beträge aufgeteilt.
2. Layering (Verteilung): Nun sollen durch verschiedene Transaktionen, wie Auslandszahlung, Scheingeschäfte oder Nutzung von Offshore-Banken, die Spuren verwischt werden.
3. Integration: Das »gewaschene Geld« fließt nun in den legalen Wirtschaftskreislauf zurück, als sei es im

Zuge einer rechtmäßigen geschäftlichen Tätigkeit eingenommen worden.

Grundsätzlich ist eine Realisation aller Phasen der Geldwäsche im Immobiliensektor denkbar. So besteht in der ersten Phase die Möglichkeit, über Erwerb, Erstellung oder Vermietung von Immobilien »belastete« Vermögenswerte in den Finanzkreislauf einzubringen. So können etwa in diesem Rahmen Dienstleistungen, Nutzungsentgelte oder Immobilien selbst bar oder auf Basis fingierter Grundgeschäfte bezahlt werden.

In der zweiten Phase ist die Verschleierung der Herkunft der Gelder aus den Vortaten insbesondere über die Ausnutzung von intransparenten Unternehmens- und Finanzierungskonstruktionen bzw. intransparenten Märkten sowie über Eigentumsübertragungen im Zusammenhang mit Manipulation des Objektwertes denkbar.

Dies geschieht entweder durch das »Waschen der Kaution« nach einer kurzen Anmietung und Rücküberweisung und damit »Waschen« der Kaution oder dadurch, dass der Käufer einen niedrigeren Kaufpreis in den notariellen Kaufvertrag eintragen will als vereinbart. Den Differenzbetrag soll der Verkäufer in bar erhalten. So werden Notargebühren oder die Grunderwerbsteuer gesenkt. Der Verkäufer kann sich solchen Fällen allerdings der Steuerhinterziehung, eventuell auch der Beihilfe zur Geldwäsche strafbar machen.

Die »gewaschenen« Gelder können in einem dritten Schritt für die erneute (schein legale) Investition in Immobilien angelegt werden.[5]

»Na, weißt du nun, was Geldwäsche ist und wie man das macht?«, fragte Robert nach seiner Rückkehr.

5 Nach: https://de.wikipedia.org/wiki/Geldw%C3 %A4sche

»Ich habe das zwar gelesen, aber wenn ich ehrlich bin, muss ich gestehen, dass ich nicht alles auf Anhieb verstanden habe.«

»Naja, da ist eine Menge Fachchinesisch dabei. Ich versuche es mal mit meinen Worten zu erklären.«

»Ach, für die doofe Frau?«, fiel ihm Nanni ins Wort.

»Nein, das bist du nicht. Also, um Schwarzgeld wieder in den normalen Geldumlauf einzubringen, müssen vordergründig legale Geschäfte abgeschlossen werden. Die Mafia, oder wer auch immer dahintersteckt, erwirbt eine Immobilie von einem Verkäufer nur, wenn dieser damit einverstanden ist, einen Teil des Kaufpreises in bar zu bekommen. Damit sparen beide Seiten auch noch Steuern.«

Ja, das habe ich jetzt verstanden. Aber es müssen doch Verträge notariell erstellt und beglaubigt werden.«

»Ach, das ist für die Mafiosi kein Problem. Es gibt auch unter den Notaren schwarze Schafe, die dann ebenfalls mit Schwarzgeld bezahlt werden.«

»Und was machen die Verkäufer dann mit dem Bargeld? Auf ein Bankkonto können sie es doch nicht so ohne Weiteres einzahlen. Soweit ich weiß, müssen die Banken nach dem Geldwäschegesetz Einzahlungen von über 10.000 Euro melden.«

»Richtig, aber der Käufer muss ja nicht den kompletten Betrag, den er bar erhalten hat, auf ein Konto einzahlen. Da gibt es eine Reihe anderer Möglichkeiten. Diese Immobiliengeschäfte bewegen sich im Übrigen ja nicht nur im Millionenbereich. Schon beim Verkauf von Einfamilienhäusern oder Eigentumswohnungen wird auf diese Weise Geld gewaschen.

»Puh, das hört sich richtig spannend an.«

»Ist es auch, und leider auch ziemlich schwer aufzuklären.«

Als Robert versuchte, Capitaine Sutter telefonisch zu erreichen, meldete sich die junge Polizistin aus seinem Team. *»Je suis désolée. Capitaine Sutter est à Rennes; il a un rendez-vous avec le Général de Brigade Poulain.«* (»Tut mir leid. Capitaine Sutter ist nach Rennes gefahren, er hat eine Besprechung mit dem Général de Brigade Poulain.«)

Capitaine Sutter hatte seinen Vorgesetzten um diese Unterredung gebeten, weil er zum einen Zweifel an der Integrität der Beamten in Locquirec hatte und zum anderen der Fall nach seiner Einschätzung mittlerweile weitaus größere Dimensionen erreichte, als man bisher angenommen hatte.

Nach der freundlichen Begrüßung forderte Général de Brigade Poulain ihn auf, zu berichten und seine Verdachtsmomente zu begründen.

»Nun, wir sind im Zusammenhang mit mysteriösen Immobiliengeschäften auf merkwürdige Dinge gestoßen. Es gab einige Todesfälle, die sehr oberflächlich behandelt wurden. In einem Fall hat sich herausgestellt, dass ein älteres Ehepaar tödlich verunglückte, weil sein Auto manipuliert wurde. In zwei weiteren Todesfällen haben wir den Verdacht, dass die Verstorbenen ebenfalls keines natürlichen Todes gestorben sind. Die örtliche Polizei hat diese Fälle jedoch sehr schnell als erledigt betrachtet und keine weiteren Untersuchungen vorgenommen. – Ebenfalls im Zusammenhang mit diesen Immobiliengeschäften wurden ein junger Deutscher und seine französische Freundin entführt. Die Entführer haben sie betäubt und in einer Segeljolle auf dem offenen Meer ausgesetzt. Ich bewerte dies eindeutig als Mordversuch. Es gelang den beiden jedoch, sich an Land zu retten. Auch hier hat der Leiter der örtlichen Dienststelle, Brigadier-Chef Moreau, versucht, den Vorfall herunterzuspielen und ist der Anzeige der Eltern nicht nachgegangen. Er scheint irgendjemanden zu decken und wohl auch mit internen Informationen zu versorgen.«

»Das sind ja schwerwiegende Vorwürfe. Haben Sie konkrete Beweise?«

»Nein, leider nicht. Aber sein Verhalten in diesen Fällen ist sehr merkwürdig.«

»Und was schlagen Sie vor?«

»Wenn Sie die innere Revision auf die Wache in Locquirec ansetzen, könnten diese Kollegen Moreau überprüfen. Kontoeinsicht, Kontakte usw. Mir sind ja da die Hände gebunden.

»Gut, ich werde darüber nachdenken. Wie wollen Sie jetzt weiter vorgehen? Sie haben ja auch diese verdächtigen Todesfälle erwähnt.«

»Ich glaube, dass die Immobilienankäufe und -verkäufe, die von zwei Maklern in unserer Gegend getätigt werden, möglicherweise dazu dienen, Schwarzgeld zu waschen. Um sich passende Immobilien zu verschaffen, wurden die Besitzer vergrault oder sogar aus dem Wege geräumt. Wenn man den Transfer des Geldes verfolgen will, benötigt man ein umfangreiches Fachwissen. Ich habe einen Kollegen angerufen, Richard Grand, mit dem ich seit der Polizeischule befreundet bin und der im Sonderdezernat ›blanchiment de l'argent‹ arbeitet. Er hat mir bestätigt, dass Immobilen beliebte Objekte sind, um Geld aus kriminellen Geschäften zu legalisieren. Er kann jedoch ohne offiziellen Antrag nicht tätig werden, weil sein Dezernat eh schon überlastet ist.«

»Den offiziellen Antrag werde ich noch heute an Paris richten. Die Kollegen müssten ja nicht einmal in die Bretagne kommen, denn die Aufklärung dieser Geschäfte erfolgt ja größtenteils unter Nutzung moderner Software. Ich denke, aufgrund ihrer bisherigen Ermittlungen werden wir die erforderliche Unterstützung bekommen. Noch eine abschließende Frage: Wie sieht es mit der personellen Ausstattung Ihrer Dienststelle aus?«

»Es reicht gerade so. Ich verzichte derzeit natürlich darauf, die Beamten in Locquirec einzubeziehen, und insofern wäre es gut, personelle Unterstützung zu bekommen, natürlich befristet, bis zur Lösung des Falls. Morgen wollen wir versuchen, die Hütte zu finden, in der das entführte Pärchen festgehalten wurde. Für diese Aktion könnte ich schon ein paar zusätzliche Kollegen gebrauchen.«

»In Anbetracht dessen, was da läuft, sind Sie sehr bescheiden. Ich werde mal sehen, was ich tun kann. Ich werde Sie über das Ergebnis so bald wie möglich informieren.« Mit dieser positiven Ankündigung beendete Général de Brigade Poulain das Gespräch, nicht ohne vorher noch darum zu bitten, ihn auf dem Laufenden zu halten.

Véronique

Nicolas hatte Odile und Daniel zu sich gebeten, um sie auf den Besuch von Véronique einzustimmen. »Meine Freundin Véronique hat ihre letzte Prüfung an der Sorbonne hinter sich gebracht und möchte nun bei mir einziehen und sich vom Prüfungsstress erholen. Ich bin mir sicher, dass ihr sie mögen werdet. Sie ist ein freundlicher und unkomplizierter Mensch, der allem Neuen sehr offen begegnet. Ich denke, dass ihr euch schnell anfreundet.«

»Ich bin schon sehr gespannt darauf, sie kennenzulernen. Wird sie länger hierbleiben?«, wollte Odile wissen.

»Wenn es nach mir geht, ja! Aber sie soll sich erst einmal hier einleben. Allerdings habe ich ihr bei meinem letzten Besuch in Paris schon gesagt, dass ich mich freuen würde, wenn sie auf Dauer zu mir zieht. Ihre Studentenbude hat sie auch gekündigt. Entscheidend für ihren zukünftigen Wohnsitz ist natürlich, was sie beruflich machen möchte.«

»Sie haben mal erzählt, dass sie Germanistik studiert hat. Hat sie denn auch Erfahrung im Haushalt?«, wollte Odile wissen.

Nicolas musste schmunzeln. »Keine Sorge Odile. Sie wird Ihnen die Küche nicht streitig machen. Véroniques Kochkünste sind sehr überschaubar. Während des Studiums war sie entweder in der Mensa essen oder hat sich Fertiggerichte geholt und warm gemacht. Sie weiß jedoch gutes Essen zu schätzen und hat sich in Paris gefreut, wenn ich sie in ein nobles Restaurant ausgeführt habe.«

Daniel hatte bisher geschwiegen und fragte nun: »Weiß sie denn, dass es an Ihrer Seite gefährlich werden könnte, wenn wieder irgendwelche Typen hier auftauchen?«

»Nein, von dem ungebetenen Besuch dieser Garm-Rocker habe ich noch nichts erzählt. Das wollte ich nicht am Telefon machen. Ich werde es aber bald nachholen. Seid also so nett und sprecht vorher nicht darüber.«

»Sie können sich auf uns verlassen.«, versprach Daniel. »Ach, fast hätte ich es vergessen. Soll ich die Hunde einsperren, wenn sie ankommt?«

»Nein, das ist nicht nötig. Véronique ist mit Hunden aufgewachsen. Wir müssen Castor und Pollux nur klarmachen, dass sie zur Familie gehört. Das kriegen Sie schon hin, Daniel.«

Am Sonntagnachmittag war es endlich so weit. Véronique hatte von unterwegs angerufen und ihre Ankunft angekündigt.

Daniel war, natürlich in der Absicht, Véronique gebührend zu empfangen, im Garten. Als ein etwas betagter roter Renault Twingo mit einem Kennzeichen des Department Paris um die Ecke bog, war klar, dass es sich um den erwarteten Besuch handelte.

Er öffnete das Tor und ging auf die Fahrerseite des Wagens. »Ich nehme an, Sie sind Véronique?«

Die junge Frau am Steuer lächelte ihn an. »Ja, und Sie müssen Daniel sein. Nicolas hat mir schon von Ihnen und Ihrer Frau Odile erzählt.«

»Herzlich willkommen! Madame ...äh?«

»Sagen Sie einfach Véronique.«

Daniel erklärte ihr, wo sie den Twingo parken könne, und ging dann hinter ihr her, um ihr beim Ausladen behilflich zu sein.

Vor dem Haus wartete das »Begrüßungskomitee«, Nicolas und Odile. Nicolas öffnete, ganz old school, die Tür ihres Wagens und zog sie gleich in seine Arme, um ihr einen liebevollen Begrüßungskuss zu geben.

Die schlanke junge Frau war leger gekleidet, trug eine Jeans und ein einfaches helles T-Shirt, das ihren gebräunten Teint vorteilhaft zur Geltung brachte. Ein Hauch von Make-up betonte ihre großen dunklen Augen. Der sportliche Eindruck, den sie vermittelte, wurde durch eine Kurzhaarfrisur unterstrichen. Alles in allem eine sehr hübsche junge Frau, die eine natürliche Frische ausstrahlte.

»Na, ma Chérie, wie war die Fahrt?«

»Grauenvoll! Ich dachte, am Sonntag sei nicht so viel los auf den Straßen, aber bei dem Wetter war das ein Irrtum. Für die 550 Kilometer habe ich über acht Stunden benötigt. Jetzt brauche ich erst mal was zu trinken und eine kleine Pause, bevor ich meine Klamotten auspacke.«

»Komm, wir gehen auf die Terrasse, da kannst du dich etwas erholen. Was möchtest du trinken? Vielleicht einen Crémant zur Begrüßung?«

»Das ist eine gute Idee. Aber vorher hätte ich gern ein Wasser. Wenn ich auf nüchternen Magen Crémant gegen den Durst trinke, hast du heute nicht mehr viel von mir«, grinste Véronique spitzbübisch.

Odile hatte aufmerksam zugehört. »Also, ich hab mir schon gedacht, dass Sie nach der Fahrt ein wenig Hunger haben würden, und gleich mal etwas vorbereitet. Das ist doch recht?«

»Odile, Sie wollen meine Freundin wohl gleich verwöhnen, und wie ich Sie kenne, ist es sicher keine Kleinigkeit, die sie vorbereitet haben.«

»Doch, doch. Es soll ja nachher noch ein Diner geben. Deswegen serviere ich jetzt nur ein paar Cracker und zwei/drei Dips.«

»Wenn ich hier so gut versorgt werde, muss ich ja um meine Figur fürchten«, sagte Véronique lächelnd an Odiles Adresse gewandt.

»Guck mich an. Bin ich unter Odiles Fürsorge aus dem Leim gegangen?«, fragte Nicolas lachend.

Als sie auf der Terrasse saßen, bewunderte Véronique den herrlichen Blick auf die vor ihnen liegende Bucht. »Das ist ja ein Paradies hier!«

Während sie darauf warteten, dass Odile zum Essen bat, erzählte Véronique von ihren letzten Tagen in Paris. Auch wenn ihr der Abschied von den Kommilitonen und der gewohnten Umgebung schwergefallen war, überwog doch die Freude, nun mit Nicolas zusammen zu sein.

Nicolas berichte von den Ereignissen der letzten Zeit, wobei er nicht alle Details erwähnte, um Véronique nicht zu beunruhigen. »Morgen wirst du auch das deutsche Ehepaar kennenlernen, mit dem ich ein sehr freundschaftliches Verhältnis habe. Nanni ist eine hervorragende Übersetzerin und ihr Mann, ein ehemaliger Kriminalbeamter, ein sehr sympathischer und hilfsbereiter Mensch. Die beiden werden dir bestimmt gefallen. Ich habe sie für morgen Abend zu einer kleinen Begrüßungsfeier eingeladen.«

Nicolas und Véronique saßen nach dem Diner noch eine Weile auf der Terrasse, gingen aber früh zu Bett, weil Véronique nach der anstrengenden Autofahrt müde war. Allerdings schliefen sie nicht sofort, wie man aus den eindeutigen Lauten, die aus dem halbgeöffneten Fenster des Schlafzimmers zu hören waren, schließen konnte. Daniel, der mit den Hunden noch einen Abendspaziergang gemacht hatte und unter dem Fenster vorbeiging, konnte sich ein Grinsen nicht verkneifen. *Honi soit qui mal y pense!*

Der Tag danach

Nicolas saß schon am Frühstückstisch und las die Zeitung, als Véronique, noch etwas verschlafen, auf ihn zuging, ihm einen flüchtigen Kuss gab und sich zu ihm setzte. Zum Reden war sie offensichtlich noch nicht aufgelegt. Erst nachdem sie eines der herrlich duftenden Croissants und einen großen Café au Lait genossen hatte, wandte sich Nicolas an sie: »Bist du jetzt ansprechbar? Ich möchte mit dir über eine Frage sprechen, die mich in den letzten Tagen ziemlich beschäftigt hat.« Falls Véronique nun einen Heiratsantrag erwartet hatte, wurde sie enttäuscht.

»Ich habe gestern ja schon angedeutet, dass ich unliebsamen Besuch hatte. Ich habe mich natürlich an die Polizei gewandt, aber man hat mir wenig Hoffnung gemacht, dass man die Rocker, die hier herumspioniert haben, aufstöbern kann. Außerdem haben sie sich ja nicht strafbar gemacht. Auch wenn sie das Weite gesucht haben, bleibt aber trotzdem ein Gefühl der latenten Bedrohung. Sowohl Commissaire Sutter von der Police nationale in Morlaix als auch Nannis Mann raten mir zu einem Gespräch mit meinem Bruder. Er hat Kontakt zu den Leuten, die mir seit der Veröffentlichung meines Buches nach dem Leben trachten. Ich soll ihn bitten, dass er den mächtigen Männern, die im Hintergrund die Fäden ziehen, klarmacht, dass mein Buch nun einmal veröffentlicht ist und weitere Versuche, mich zum Schweigen zu bringen, eher kontraproduktiv sind. Außerdem hat sich die öffentliche Aufregung über die Dinge, die ich aufgedeckt habe, schon fast gelegt. Erneute Versuche, mich zum Schweigen zu bringen, würden mit Sicherheit wieder für ziemliches Aufsehen sorgen. Und das ist ja genau das, was diese Mafiosi vermeiden wollen.«

»Naja, du hast zu deinem Bruder kein gutes Verhältnis, wie ich ja schon mitbekommen habe. Ich kann nicht einschätzen, ob er bereit wäre, dir zu helfen. Andererseits ist es wohl die einzige Möglichkeit, Einfluss auf diese Typen zu nehmen. Ich möchte gern mit dir zusammenleben und nicht ständig Angst um dich haben müssen. Als wir uns kennengelernt haben, habe ich dich zwar darin bestärkt, die elitären Netzwerke und ihre kriminellen Machenschaften aufzudecken, aber ich habe nicht gedacht, dass das so gefährlich werden könnte. Vielleicht ist es eine Möglichkeit, zur Ruhe zu kommen, wenn dein Bruder diese Männer überzeugen könnte, dass jetzt nichts mehr an der Offenlegung ihrer Machenschaften zurückgedreht werden kann.«

»Ich benötige deinen Rat auch noch in anderer Hinsicht. Ich habe dir ja erzählt, dass ich im Rahmen meiner Suche nach einem Haus hier in der Region auf merkwürdige Umstände bei Immobiliengeschäften gestoßen bin. In einem konkreten Fall hat es den Anschein, als ob ein älteres Ehepaar ermordet wurde. Ein junger Deutscher und seine französische Freundin wurden gekidnappt und auf offener See ausgesetzt. Ein klarer Mordversuch! Es besteht darüber hinaus der Verdacht, dass Korruption bei einem Großprojekt im Spiel ist. Inwieweit auch Geldwäsche bei diesen Immobiliengeschäften eine Rolle spielt, ist noch nicht geklärt, aber wahrscheinlich geht es genau darum. Das wäre auch ein Thema für ein neues Buch.

Kommissar Sutter, der erst vor Kurzem in die Bretagne versetzt wurde, ermittelt in diesen Fällen. Nach meiner Einschätzung ist er über jeden Zweifel erhaben, bestochen worden zu sein. Das kann man von anderen Beamten der Polizei nicht so zweifelsfrei sagen.«

Véronique starrte Nicolas ungläubig an. »Auf was für einen Sumpf bist du denn da gestoßen? Das ist ja ungeheuerlich! Spontan würde ich sagen, es ist am besten, dass du es der Polizei überlässt, diesen Fall aufzuklären, oder besser diese Fälle. Mir scheint, dass es sonst für dich wieder sehr gefährlich werden könnte, und ich möchte dich nicht verlieren!«

Véronique dachte einen Augenblick nach und fuhr fort: »Ich hätte da eine Idee. Statt einen investigativen Enthüllungsroman zu schreiben, könntest du deine Erfahrungen doch in einem Krimi verarbeiten. Natürlich so, dass man keine konkreten Hinweise auf tatsächlich lebende und handelnde Personen erhält.«

»Ja, das wäre eine Möglichkeit. Ich werde darüber nachdenken. Und ich werde meinen Bruder anrufen, um mich mit ihm in Paris zu verabreden.«

»Robert, aufwachen.« Nanni strich ihrem Mann sanft über die Wange, um ihn zu wecken. Er war beim Lesen des Romans eingeschlafen. »Komm, wir müssen uns fertigmachen, wenn wir zu Nicolas nicht zu spät kommen wollen. Ich geh schon mal duschen, dann hast du noch etwas Zeit, ganz wach zu werden.«

Nachdem auch Robert geduscht hatte, zog er dem Anlass angemessene Kleidung an. Eine dunkelblaue Stoffhose, ein weißes kurzärmeliges Hemd mit modischer blau-roter Paspel an der Knopfleiste, dazu sportliche Sneakers. Sein beigefarbenes Sommersakko lag griffbereit zum Mitnehmen auf dem Bett.

Schick angezogen präsentierte sich Robert und fragte herausfordernd: »Na, bin ich nun hübsch genug?«

Nanni musterte ihn kurz und erwiderte schmunzelnd: »Geht so, für einen Mann deines Alters.«

Er schaute Nanni an, die ihren schicken beigen Hosenanzug trug und dazu das schwarze schulterfreie Top mit kleinen Strass Applikationen, das sie vor ihrer Reise extra für besondere Anlässe gekauft hatten. Ihre Füße steckten in schwarzen Sandaletten.

»Na?«, fragte sie ihren Mann, der sie von oben bis unten musterte.

»Du siehst umwerfend aus. Ich glaube, ich muss gut auf dich aufpassen, damit fremde Männer dich mir nicht abspenstig machen.«

»Danke für das Kompliment. So, jetzt müssen wir aber los. Gibst du Aika noch ein Leckerchen?« Dann machten sie sich auf den Weg zu Nicolas und Véronique.

»Ich bin gespannt, Nicolas' Freundin kennenzulernen. Er scheint sehr verliebt zu sein, so wie er über sie berichtet hat.«

»Ich freue mich, dass sie der willkommene Anlass dafür ist, dass wir Odiles fantastische Kochkünste genießen dürfen.«

Kurze Zeit später klingelten sie am Tor der Villa, und Daniel kam aus dem Haus, um sie auf die Terrasse zu begleiten, wo Véronique und Nicolas bereits Platz genommen hatten.

»Hallo Nanni, hallo Robert! Ich freue mich, dass Sie da sind. Das ist Véronique, die nun bei mir eingezogen ist und hoffentlich lange bei mir bleibt«, übernahm Nicolas die Vorstellung.

Schon während des Aperitifs kam das Gespräch auf Véroniques Studienabschluss und ihre Berufspläne.

»Ach, das weiß ich noch nicht so recht. Vielleicht gehe ich in den Schuldienst. Deutsch ist ein gefragtes Fach, nachdem unsere Nationen so freundschaftlich verbunden sind. Ich interessiere mich aber auch für eine Tätigkeit als Übersetzerin und Dolmetscherin, so wie Sie Nanni. Vielleicht können Sie mir da ein paar Tipps geben. Aber keine Sorge, ich will Ihnen den Job bei Nicolas nicht streitig machen. Erstens fehlt mir praktische Erfahrung und zweitens könnten wir uns dann vielleicht nicht auf die Arbeit konzentrieren.« Dabei grinste sie Nicolas spitzbübisch an, der bei diesen Worten ein klein wenig rot wurde.

Odile kündigte das Menü an, und Nicolas forderte die kleine Runde auf:« Lasst uns zu Tisch gehen. Über Beruf und andere ernsthafte Dinge können wir nachher noch reden.«

Odile hatte nicht nur ein tolles Menü zusammengestellt, sondern auch den Tisch sehr geschmackvoll mit weiß-grünen Accessoires dekoriert. Auf die weiße Tischdecke hatte sie grüne Platzteller gestellt, auf denen wiederum kleine weiße Teller für die Vorspeise standen. In die Zwischenräume zwischen den Gedecken hatte sie Zweige verschiedener Kräuter, wie Rosmarin, Lorbeer, Salbei und Rucola, gelegt. Funkelnde Kristallgläser warteten darauf, mit den entsprechenden Getränken gefüllt zu werden.

»Das sieht ja toll aus! Wie für den Empfang eines Staatsgastes«, rief Véronique spontan aus. Man sah ihr an, wie überwältigt und beeindruckt sie war.

»Bei Rosamunde Pilcher müsste ich jetzt wohl antworten: Das ist der angemessene Empfang für die Königin meines Herzens«, konnte sich Nicolas eine leicht ironische Bemerkung nicht verkneifen.

»Na, ganz so gefühlsbetont muss es ja nicht sein. Aber ich freue mich riesig. Danke Odile«, wandte sich Véronique an die Köchin, die in der Tür stand.

»Ich hoffe, dass das, was ich mir für diesen Abend habe einfallen lassen, Ihnen gefallen und vor allem schmecken wird. Vorweg als Amuse-Gueule wird es Minigalettes gefüllt mit Frischkäse und Forellenkaviar, mit Ziegenfrischkäse gefüllte Datteln und Oliven-Sardellen-Spießchen geben; dazu, habe ich mir gedacht, passt am besten ein Crémant d'Alsace.

Der erste Gang ist dann ein Gruß aus dem Meer: Zwei überbackene Austern, Carpaccio von Jakobsmuscheln mit

Olivenöl und roten Pfefferkörnern und dazu ein Muschelcappuccino. Der Wein muss natürlich ein ›Entre deux mers‹ sein.

Das Hauptgericht bringt Sie wieder an Land mit Suprème vom Perlhuhn an Champagnerreduktion, Sellerieschaum und Kartoffelgratin, dazu ein Rosé de Provence.

Und schließlich serviere ich zum Abschluss einen Café Gourmand und einen Calvados.

Also ein Menü, passend zu unserer geliebten Bretagne«, beschrieb Odile ihre kulinarische Idee.

»Das hört sich fantastisch an. Mir läuft schon das Wasser im Munde zusammen, Odile!«, freute sich Nanni.

Das Menü schmeckte vortrefflich, und alle waren voll des Lobes. Odile war so viel Anerkennung fast schon peinlich.

Die kleine Gesellschaft zog sich nach dem Essen in das Kaminzimmer zurück, von wo aus man einen kleinen Teil der Bucht sehen konnte. Natürlich kam man wieder auf die Ereignisse der jüngsten Vergangenheit zu sprechen. Robert wollte wissen, ob Nicolas schon etwas Neues von Capitaine Sutter erfahren hatte.

»Nein, aber ich will ihn in den nächsten Tagen anrufen. Ich bin ziemlich sicher, dass die Mitarbeiter von der KTU an dem Autowrack Hinweise finden, die vielleicht zu den Tätern führen. Und er sagte ja auch, dass er sich mit den Maklern unterhalten wolle.«

»Ja, mein Kollege hat ein volles Programm, denn da sind ja auch noch dieses Projekt für ein Wellnessresort und die anderen mysteriösen Todesfälle von älteren Hausbesitzern.«

»Ich bin zwar die Jüngste in der Runde, aber ich fände es gut, wenn wir uns nicht länger mit diesen Themen beschäftigen. Lasst uns diesen wunderschönen Abend noch ein wenig genießen. Der Alltag holt uns morgen schon schnell genug ein«, merkte Véronique an.

»Du hast recht. – Wie war denn Ihre kleine Fahrt durch die Bretagne?«, wandte sich Nicolas an Robert und Nanni.

Die beiden berichteten von ihrer Fahrt entlang der Küste und den Eindrücken, die sie überzeugt hatten, auf jeden Fall noch einmal hierher zurückzukommen.

»Na, da ergibt sich bestimmt in absehbarer Zeit eine Gelegenheit«, kommentierte Nicolas ihre Absicht mit einem Lächeln und Blick auf Véronique.

Es dauerte nicht lange, und das Gespräch wandte sich doch wieder den Ereignissen der letzten Zeit zu.

»Haben Sie eine Entscheidung getroffen, ob Sie dem Vorschlag von Capitaine Sutter folgen und Kontakt zu Ihrem Bruder aufnehmen?«, wollte Robert gern wissen.

»Ja. Ich habe auch mit Véronique darüber gesprochen und ich werde ihn morgen anrufen, so schwer mir das auch fällt. Véronique hatte auch noch eine interessante Idee. Als ich ihr von meinen Recherchen im Zusammenhang mit Immobilien erzählte, befürchtete sie, dass dies wohl wieder ein gefährliches Abenteuer sei, auf das ich mich da einlassen würde. Sie schlug mir vor, meine Erkenntnisse lieber in einem Krimi zu verarbeiten als in einem Enthüllungsroman. Ich denke, dass ich das ihr zuliebe auch machen werde. Sie werden also nicht arbeitslos Nanni.«

»Das freut mich, aber Sie haben doch nun eine studierte Germanistin im Haus«, wunderte sich Nanni ein wenig.

»Ich habe aber keinerlei Erfahrung in praktischer Übersetzungsarbeit und würde mich freuen, wenn Sie diese Aufgabe übernähmen. Ich hoffe, dass ich Ihnen sozusagen ein wenig über die Schulter schauen darf und dabei ein wenig lernen kann.«

Die beiden Paare unterhielten sich noch lange über die Besonderheiten und Vorlieben in ihren Heimatländern, und Nicolas kredenzte zum Ausklang des Abends noch einen hervorragenden Rotwein.

Von Bruder zu Bruder

Nachdem Véronique und Nicolas gut gefrühstückt hatten, meinte Nicolas: »So, ich werde jetzt meinen Bruder anrufen und versuchen, ein Treffen mit ihm zu vereinbaren.«

»Lass dich aber bitte nicht provozieren. Denk dran, Capitaine Sutter und Robert sind sich beide sicher, dass er der vielleicht Einzige ist, der dafür sorgen kann, dass man dich endlich in Ruhe lässt.«

In seinem Arbeitszimmer wählte er eine Telefonnummer, die nur sehr wenigen Personen bekannt war. So konnte er seinen Bruder direkt erreichen, ohne seinem Vorzimmer Erklärungen geben zu müssen. Alain meldete sich mit einem knappen: »Ja, bitte.«

»Nicolas hier. Alain, hast du einen Moment Zeit?«

»Du weißt, ich habe nie Zeit. Aber es muss ja wohl einen besonderen Grund geben, dass du Kontakt zu mir aufnimmst«, mutmaßte Alain.

»Richtig. Ich will nach Paris kommen und dich um einen Gefallen bitten. Am Telefon möchte ich aber nicht im Einzelnen darüber sprechen. Nur so viel: Ich glaube, dass man jetzt auch hier versucht, mich auszuspionieren.«

»Mmh, das hört sich nicht gut an«, meinte Alain nach kurzem Zögern. »Du weißt, wie mein Terminkalender aussieht. Aber ich will mir deine Geschichte anhören. Es ginge schon heute Abend. Kannst du um sieben Uhr hier sein?«

»Ja, wenn ich gleich losfahre, müsste ich es schaffen, bis 19:00 Uhr bei dir zu sein. Kannst du mir ein Hotelzimmer besorgen, denn zurückfahren möchte ich dann nicht mehr?«

»Warum Hotelzimmer? Du kannst selbstverständlich bei uns übernachten«, schlug Alain vor und deutete mit diesen Worten an, dass er das Verhältnis zu seinem Bruder entspannen wollte. »Also bis nachher.«

Auf der Fahrt nach Paris überlegte sich Nicolas, wie er auf seinen älteren Bruder zugehen sollte. So, wie er Alain kannte, wäre es gut möglich, dass er die Gelegenheit zu nutzen versuchte, um einen Vorteil für sich herauszuholen. Immerhin war Nicolas noch Teilhaber an der Firma seiner Familie.

Sein Bruder empfing ihn in legerer Freizeitkleidung. Sollte das darauf hindeuten, dass er wirklich die Spannungen, die zwischen ihnen bestanden, abbauen wollte? Alain umarmte ihn und gab ihm die in Frankreich üblichen Wangenküsschen.

»Hallo Nicolas. Wie war die Fahrt? Viel los?«

»Ach, ging so. Um Paris herum war es wie üblich chaotisch.«

»Komm, setzen wir uns in den Livingroom. Was möchtest du trinken? Ich habe auch ein kleines Abendessen für uns vorgesehen. Ist dir das recht?«

»Ja, das klingt gut; ich habe heute Mittag auf einer Raststätte lediglich einen scheußlich schmeckenden Croque Monsieur gegessen. Wenn ich vor dem Essen noch ein Wasser bekommen könnte.«

In der bequemen Sitzecke kam Nicolas direkt zur Sache: »Bei meinem Haus in der Bretagne sind vor ein paar Tagen zwei Rocker aufgetaucht, die zweifelsfrei zu der Garm-Gang gehören. Mein Hausmeister und ein guter Bekannter, ein deutscher Kriminalkommissar, konnten die beiden in die Flucht schlagen, sodass an diesem Tag nichts passiert ist. Aber nachdem man bereits hier Paris versucht hat, mich umzubringen, bin ich natürlich äußerst besorgt, dass die wiederkommen und dass es dann nicht so glimpflich verläuft.«

»Naja, der Anschlag hier in Paris hat ja wohl nicht dir gegolten, wie die Polizei meint«, wiegelte Alain ab.

»Ich sehe das immer noch anders, und der Besuch dieser Rocker bestätigt meine Überzeugung.«

»Nun gut, und was soll ich nun machen?«

»Aufgrund deiner Geschäftsbeziehungen hast du doch gute Kontakte zu den Kreisen, die ich mit meinem Buch bloßgestellt habe. Vielleicht kannst du sie ja überzeugen, dass sie mich in Ruhe lassen. Das Buch ist veröffentlicht und wird, nachdem sich die Anfangsneugier gelegt hat, in der breiten Öffentlichkeit kein Thema mehr sein. Ich denke allerdings, dass das Thema erneut in die Schlagzeilen gerät, wenn Sie mich nicht in Ruhe lassen und mir etwas passieren sollte.«

»Welche Reaktionen du mit deinem Buch provozierst, hättest du dir mal vorher überlegen sollen«, reagierte Alain sehr zurückhaltend. »Was sagt denn die Polizei zu dem Vorfall? Ich gehe davon aus, dass du sie eingeschaltet hast, oder?«

»Natürlich. Da mich diese beiden Garms jedoch nur beobachtet haben, gibt es keine Handhabe gegen sie. Allerdings hat mir der Capitaine, der die Sache bearbeitet, den Rat gegeben, mich mit dir in Verbindung zu setzen. Er kennt meine Vorgeschichte.«

Alain überlegte eine Weile, bevor er antwortete. »Meine Geschäftspartner waren ziemlich erbost über dein Buch, und sie befürchten, dass du noch mehr Schaden anrichten könntest. Du bist immer noch Teilhaber unserer Firma und könntest deine Position und deine Möglichkeiten zu ihrem Nachteil nutzen. Deine ethisch-moralischen Überzeugungen teilen sie ganz und gar nicht. Du bist für sie so etwas wie eine tickende Zeitbombe.«

»Hast du eine Idee, wie ich diese Menschen überzeugen könnte, dass ich keine Gefahr mehr für sie darstelle?«

»Ich sehe da eine Möglichkeit. Noch bist du mein gleichberechtigter Compagnon mit 50 Prozent Anteilen an der Firma. Wenn du mir davon, sagen wir 10 Prozent abtrittst, wären deine Möglichkeiten deutlich eingeschränkt. Ich denke, das könnte meine Geschäftspartner überzeugen.«

»Dein Vorschlag kommt gar nicht so überraschend. Ich habe mir natürlich auch Gedanken gemacht, wie es mit der Firma weitergehen soll. Ich will mit dem Waffenhandel nichts mehr zu tun haben. Ich halte es für hochgradig unmoralisch, Waffen in Krisenregionen zu liefern. Vor diesem Hintergrund könnte ich mir vorstellen, dir meine gesamten Anteile gegen eine entsprechende Abfindung zu überlassen.«

»Das ist jetzt aber eine ganz überraschende Offerte. Damit habe ich nicht gerechnet. Was stellst du dir unter einer entsprechenden Abfindung vor?«

»Nun, es sollte schon ein Betrag deutlich im zweistelligen Millionenbereich sein. Ich kenne die finanzielle Lage der Firma und halte diese Forderung für angemessen. Vielleicht beteiligen sich ja sogar deine arabischen Freunde an dem Deal, damit sie Ruhe haben.«

»Deinen letzten Vorschlag lasse ich mal außen vor. Dein Ausstieg aus der Firma müsste vertraglich so abgesichert werden, dass es kein Zurück mehr gibt. Aber dafür haben wir ja clevere Anwälte«, meinte Alain, und es klang fast schon so, als sei er bereit, auf Nicolas' Vorschlag einzugehen. »Du verstehst, dass ich jetzt nicht direkt eine Entscheidung treffen kann. Ich werde mich noch beraten lassen und dir in den nächsten Tagen Bescheid geben. Ich denke, dass ich mit diesem Angebot auch meine Geschäftspartner überzeugen kann, dich in Zukunft in Ruhe zu lassen. Ich werde morgen ein paar Telefonate in der Angelegenheit führen und dich dann informieren. Willst du noch ein paar Tage in Paris bleiben?«

»Nein, ich werde morgen früh zurückfahren. Das Ergebnis deiner Gespräche und deine Entscheidung zu meinem Abfindungsangebot kannst du mir ja telefonisch mitteilen.«

»Gut, dann lass uns jetzt zum Essen gehen. Trinkst du immer noch gern Rosé? Es gibt ein kleines Menü, zu dem er gut passen würde«, schlug Alain vor und spielte ganz den aufmerksamen Bruder.

»Gerne.«

Beim Essen herrschte eine entspannte Atmosphäre, wie es sie zwischen den Brüdern schon lange nicht mehr gegeben hatte.

Als Nicolas schließlich in seinem alten Zimmer allein war, rief er Véronique an, um ihr kurz von dem Gespräch mit seinem Bruder zu berichten und ihr mitzuteilen, dass er am nächsten Morgen zu ihr zurückfahren würde.

Pecunia non olet

Nicolas dachte auf der Heimfahrt noch einmal intensiv über das Gespräch mit seinem Bruder nach. Dadurch abgelenkt, fuhr er etwas schneller, als erlaubt war, und löste prompt gleich zweimal eine Radarfalle aus. Waren es die Gedanken an den gestrigen Tag, oder wollte er nur so schnell wie möglich wieder zu Véronique zurück? Egal, die saftige Strafe, die er würde zahlen müssen, träfe ja keinen Armen, dachte er lächelnd, obwohl er sich seiner Dummheit durchaus bewusst war.

Véronique hatte ihn schon sehnsüchtig erwartet und flog ihm von den Stufen der Treppe vor der Eingangstür entgegen. Man hätte meinen können, dass sie sich wochen- oder gar monatelang nicht gesehen hatten. »Komm, erzähl mir von deinem Gespräch mit Alain«, forderte sie Nicolas ungeduldig auf. »Was ist dabei herausgekommen?«

»Langsam, lass uns doch erst einmal ins Haus gehen. Und außerdem bin ich hungrig und durstig, und auf die Toilette muss ich auch mal.«

»Okay, ich sage Odile eben Bescheid, dass sie uns was zu essen macht, und bringe Wasser und eine Flasche Wein mit.«

»Crémant wäre angemessener. Schließlich gibt es gute Nachrichten.«

Nachdem sie in der Sitzecke Platz genommen hatten, berichtete Nicolas von dem Treffen mit seinem Bruder. Véronique hörte natürlich aufmerksam zu, aber während Nicolas die geplante finanzielle Vereinbarung erläuterte, wurde sie zunehmend nachdenklicher. Er bemerkte, wie sie auf Distanz ging. »Freust du dich gar nicht? Das ist doch ein guter Deal.«

»Nicolas, ich weiß nicht. Schön, du hast dich wahrscheinlich von der Bedrohung durch diese obskuren Waffenhändler freigekauft, aber auch wenn es heißt *Pecunia non olet*, finde ich es nicht gut, dass wir unsere Zukunft mit Geld beginnen, an dem Blut klebt.«

»Nun ja, aber ich habe in Zukunft mit den Geschäften meines Bruders nichts mehr zu tun, und ohne diese Vereinbarung müssten wir immer mit der Angst vor neuerlichen Anschlägen leben.«

Odile kam herein und spürte sofort, dass die Stimmung zwischen den beiden getrübt war. »Na, was ist los, ma petite? Freuen Sie sich denn gar nicht, dass Nicolas wieder zurück ist? Jetzt gibt es erst einmal was zu essen. Das bringt Sie beide auf andere Gedanken.«

Trotz des guten Essens blieb die Stimmung getrübt, und Véronique zog sich bald zurück, um noch ein wenig zu lesen.

Am nächsten Morgen beim Frühstück griff Nicolas das Thema des gestrigen Abends noch einmal auf: »Ich habe heute Nacht eine ganze Weile wach gelegen und über deine Bedenken nachgedacht. Du hast natürlich recht, dass das Geld teilweise mit unmoralischen Geschäften verdient wurde. Das war wohl nicht strafbar, aber zumindest in der Grauzone der Legalität. Eine Möglichkeit wäre, auf das Geld zu verzichten. Wenn ich das machen würde, hätte mein Bruder in der Angelegenheit noch einen großen finanziellen Vorteil. Und Alain hätte mit Sicherheit keine Skrupel, diesen Profit einzustecken und mit der Firma noch weiter zu expandieren. Eine andere Möglichkeit wäre es, einen Teil des Geldes für einen sozialen oder karitativen Zweck zu nutzen und eine entsprechende Stiftung einzurichten. Ich kann natürlich nicht sagen, welcher Anteil mit dubiosen Waffengeschäften verdient wurde und welcher Anteil moralisch unbedenklich ist.«

Véronique hatte Nicolas mit wachsendem Interesse zugehört. »Das hört sich gut an. Damit könntest du mich überzeugen. Wir hätten in Zukunft Ruhe vor diesen Ganoven, die dir nach dem Leben trachten, und du könntest mit dem Geld ein wenig von dem Leid wiedergutmachen, das durch deine Eltern, deinen Bruder und deren Geschäftspartner verursacht wurde. Aber das setzt natürlich voraus, dass es deinem Bruder tatsächlich gelingt, diese Leute zu überzeugen, dich in Ruhe zu lassen. Da habe ich noch Zweifel, ob er das tatsächlich schafft, und ein Restrisiko bleibt bestehen. Insbesondere, wenn du einen Enthüllungsroman über Immobilienbetrügereien und Geldwäsche schreibst. Ich denke, dass es teilweise die gleichen Verbrecher wie im Waffenhandel sind, die da ihr schmutziges Geschäft betreiben.«

»Ja, auch darüber habe ich natürlich nachgedacht. Ich werde meine Erkenntnisse darüber nicht, wie geplant, in einem Sachbuch verwerten, sondern deine Idee aufgreifen und stattdessen wirklich einen Krimi schreiben. Vielleicht unter einem Pseudonym, um zu verhindern, dass die Leser einen Bezug zu meinem ersten Buch herstellen und wieder eine Enthüllungsstory erwarten. Ich denke, dass wir dann beruhigter in die Zukunft schauen können. Jetzt müssen wir aber abwarten, was Alain erreicht hat. Er wollte sich ja direkt darum kümmern und mich dann sofort anrufen.«

»Hoffentlich müssen wir nicht zu lange warten. Solange keine Klarheit besteht, möchte ich mich auch noch nicht mit deiner Idee, eine Stiftung zu gründen, beschäftigen. Die Enttäuschung, wenn das nicht klappt, wäre sonst riesig. Aber ich freue mich sehr, dass du meine Bedenken so ernst genommen hast und dir diese Lösung eingefallen ist.«

Nicolas und Véronique wurden nicht lange auf die Folter gespannt. Am späten Nachmittag rief Alain an.

»Bonjour Nicolas. Wie versprochen, habe ich mit meinen Geschäftspartnern gesprochen. Sie waren zunächst skeptisch. Deine Argumentation, dass sie erneut die Aufmerksamkeit der Presse und der Öffentlichkeit auf sich ziehen könnten, wenn sie dich nicht in Ruhe lassen, hat sie jedoch überzeugt. Sie haben sich allerdings überhaupt nicht zu dem Auftritt der Garm-Rocker geäußert. Als ich ihnen jedoch von unserer Vereinbarung, dass du dich mit einer finanziellen Abfindung komplett aus unserer Firma zurückziehen willst, berichtet habe, waren sie überrascht. Sie bewerteten es als gute Möglichkeit, unter die Sache einen Schlussstrich zu ziehen.«

»Mit anderen Worten, sie können nun wieder in Ruhe ihren zweifelhaften Geschäften nachgehen«, fiel Nicolas seinem Bruder ins Wort.

»Nun komm mir nicht wieder mit deinen moralischen Bedenken. Du willst deine Ruhe haben, und auf diese Weise bekommst du sie. Abgesehen davon, dass mich das Ganze ein Vermögen kostet.«

»Okay, okay, wir haben halt unterschiedliche Wertvorstellungen, und ich will nicht weiter diskutieren. Es bleibt bei der Vereinbarung.«

»Gut. Ich werde dann alles in die Wege leiten. Es wird natürlich eine gewisse Zeit dauern, bis die Anwälte die erforderlichen Papiere erstellt haben. Ich denke, dass du im Vorfeld auch noch hin und wieder nach Paris kommen musst. Ich werde mich zur Terminabsprache bei dir melden.«

»In Ordnung; bis dann«, beendete Nicolas das Telefonat.

»Na, was ist?«, fragte Véronique. Sie saß zwar im selben Raum wie ihr Freund, hatte jedoch nicht alles hatte hören können, was sein Bruder gesagt hatte.

»Alain hat die vermutlichen Drahtzieher der Anschläge auf mich überzeugen können, mich nicht länger zu verfolgen. Dabei hat mein Ausstieg aus der Firma wohl den entscheidenden Grund für ihren Entschluss geliefert. Wie du gehört hast, konnte ich es mir jedoch nicht verkneifen, noch einmal Kritik an den zweifelhaften Geschäften dieser Leute zu üben. Dennoch bleibt es natürlich bei der Vereinbarung mit Alain, und er wird alles Notwendige veranlassen.«

»Das heißt, man wird dich in Ruhe lassen, und ich muss mir keine Sorgen mehr um unsere gemeinsame Zukunft machen. Gott sei Dank! Und deine Idee, eine Stiftung zu gründen, ist wirklich fabelhaft. Hast du schon eine Vorstellung, welchen Zweck sie haben soll, Chérie?«

»Noch nicht ganz konkret. Ich dachte spontan, dass damit Kriegswaisen betreut werden könnten.«

»Vielleicht könnte man auch etwas für Ausbildung und Bildung in den ärmsten Ländern der Welt tun«, begeisterte sich Véronique für Nicolas' Vorhaben.

»Wir werden in der nächsten Zeit sicher noch einiges lernen und uns umfassend informieren müssen, bevor es konkret wird, aber das schaffen wir schon.« Mit diesen Worten nahm er Véronique in den Arm und gab ihr einen langen Kuss.

Odile, die in den Raum kam, um nach den Wünschen für den Abend zu fragen, erfasste rasch die Situation: »Na, was sehe ich denn da? Haben sich die Wolken am Himmel Ihrer Liebe verzogen? Das freut mich.«

Erstes Licht im Dunkel

Robert saß vor dem Wohnmobil und war ziemlich verwundert, als plötzlich Capitaine Sutter auf ihn zukam. »Bonjour Monsieur Müller. Na, überrascht, mich zu sehen?«

»Ja, allerdings. Gibt es etwas Neues?«

»Nein, leider noch nicht. Ich bin hier, weil ich mich persönlich mit Herrn Seifert Junior und seiner Freundin unterhalten möchte. So oberflächlich, wie die hiesige Polizei den Fall bisher bearbeitet hat, glaube ich, dass wir mit mehr Sorgfalt und Professionalität aufgrund der Beobachtungen des jungen Paares Hinweise finden können, die uns zu den Tätern führen. Haben Sie Lust und Zeit, an dem Gespräch teilzunehmen?«

»Ja, sicher. Wo soll es denn stattfinden?«

»Nebenan bei den Seiferts. Auf der Wache in Locquirec haben die Wände Ohren, und hier sind wir ungestört.«

Die beiden Kriminalisten gingen zu den Seiferts hinüber, wo sie schon erwartet wurden.

»Hallo Capitaine, hallo Robert! Haben Sie Robert als Verstärkung mitgebracht, Monsieur Sutter?«, fragte Klaus Seifert lächelnd.

»Ja, ich kann wirklich jede Verstärkung gebrauchen. Aber ich denke, dass mein deutscher Kollege auch daran interessiert ist, was Markus und seine Freundin zu berichten haben. Ich hatte Ihnen ja schon am Telefon erklärt, warum ich mich hier bei Ihnen mit den beiden unterhalten möchte, und da Monsieur Müller mit seinem Wohnmobil direkt neben Ihnen steht, habe ich ihn einfach dazu gebeten. Ich möchte auch gerne seine langjährige Berufserfahrung nutzen, die uns schon im Fall der mysteriösen Immobiliengeschäfte geholfen hat. Ich hoffe, Sie beziehungsweise Ihr Sohn und seine Freundin haben nichts gegen seine Anwesenheit einzuwenden.«

»Meine Frau und ich auf keinen Fall. Und die beiden jungen Leute fragen Sie am besten selbst. Da kommen sie gerade.«

Nach der Begrüßung erklärten sich Markus und Jacqui gerne damit einverstanden, dass Robert an dem Gespräch teilnimmt.

»Dann schlage ich vor, ihr verzieht euch in unser Wohnmobil. Meine Frau und ich bleiben hier draußen und halten Wache«, scherzte Klaus Seifert. Als er bemerkte, wie Capitaine Sutter stutzte, erklärte er: »Das war nicht so ganz ernst gemeint. Unser Wohnmobil ist zwar recht geräumig, aber für sechs Personen ist darin doch nicht genug Platz.«

Die kleine Gruppe ging in das Fahrzeug, und Jacqui fragte aufmerksam, ob sie den Gästen etwas zu trinken anbieten könne. Doch Capitaine Sutter und Robert lehnten dankend ab.

»Ich erhoffe mir von unserem Gespräch Hinweise, die uns auf die Spur der beiden Ganoven bringen, die Sie entführt haben und die offensichtlich auch planten, sie zu ermorden. Die Vorgeschichte möchte ich zunächst nicht mit einbeziehen. In dieser Angelegenheit erwarte ich noch Unterstützung von Kollegen, die sich mit Geldwäsche im Immobilienhandel befassen. Ich würde mich deshalb gerne zu einem späteren Zeitpunkt noch einmal mit Ihnen über Ihre Beobachtungen in diesem Bereich unterhalten. So, nun berichten Sie doch bitte genau, wann und wie Sie entführt wurden.«

Markus übernahm es zu schildern, wie die zwei Typen in seinen Wohncontainer eingedrungen waren und ihn verprügelt hatten. Schließlich hätten sie ihn und Jacqueline gefesselt und sie gezwungen, eine Flüssigkeit zu trinken, die sie betäubt hatte.

Markus wollte schon fortfahren, als Capitaine Sutter fragte: »Können Sie die beiden Männer beschreiben?«

»Ja, bevor wir betäubt wurden, hatten wir ja Gelegenheit, sie uns genau anzusehen.«

Während Markus sich um eine möglichst exakte Beschreibung bemühte, ergänzte ihn Jacqui mit zusätzlichen Angaben. Sie verwies auf die Tattoos bei dem Größeren und den schmalen Schnurrbart bei dem Kleineren.

Capitaine Sutter nickte zu den Beschreibungen zufrieden. »Damit können wir schon was anfangen. Haben Sie noch weitere Beobachtungen gemacht?«

»Ja. Einmal hat sich der Große verplappert und seinen Kumpel mit Mathéo angeredet. Der hat sehr ärgerlich reagiert und gesagt, dass er Charles heißt.«

»Super. Ihre Beschreibung war schon sehr gut, und jetzt haben wir sogar einen Namen. Auch wenn es nur ein Vorname ist. Ich denke, damit können wir zumindest den einen identifizieren. Können Sie vielleicht noch etwas zu der Hütte sagen, in der Sie gefangen gehalten wurden?«

»Ich weiß nicht, ob das weiterhilft, aber als uns der Große wieder einen Knebel in den Mund stopfen wollte, sagte dieser Mathéo, dass wir dort draußen ruhig schreien könnten. Uns würde sowieso niemand hören. Da wir während der Fahrt dorthin betäubt waren, können wir leider nicht sagen, wie lange es bis zu dieser Hütte gedauert hat. Ich denke aber, dass man sie tatsächlich außerhalb des Ortes suchen muss, denn es gab dort lediglich ein Plumpsklo.«

»Mit diesen Angaben werden wir bestimmt bald fündig. Es wäre natürlich gut, wenn wir die Ortskenntnis unserer Kollegen vor Ort nutzen könnten, aber denen traue ich nicht über den Weg.«

»Wie wäre es, wenn wir Odile, die Haushälterin von Nicolas Gaillard, und ihren Mann Daniel ins Vertrauen ziehen?

Sie sind zwar auch keine Einheimischen, leben jedoch schon eine ganze Weile in Locquirec«, schlug Robert vor, der bisher geschwiegen hatte.

Capitaine Sutter reagierte zurückhaltend: »Meinen Sie wirklich, man kann ihnen vertrauen? Es wäre fatal, wenn vorzeitig etwas über unsere Ermittlungen bekannt würde.«

»Ich bin fest überzeugt, dass wir uns auf die beiden verlassen können. Und wenn sie uns nicht helfen können, werden sie mit Sicherheit nicht andere Leute fragen, sondern es uns ehrlich sagen.«

Capitaine Sutter war immer noch nicht begeistert, stimmte aber schließlich dem Vorschlag zu. *»D'accord,* wir können ja gleich bei Nicolas Gaillard vorbeischauen, wenn wir hier fertig sind. Ich hoffe, wir treffen seine Angestellten dort an.«

»Kein Problem; ich werde mal eben Nanni anrufen. Sie kann uns sicher sagen, ob Odile und Daniel anwesend sind«, klärte Robert die Situation.

Da Markus und Jacqueline im Augenblick nichts mehr zu berichten hatten, verabschiedeten sich Capitaine Sutter und Robert und machten sich auf den Weg.

Daniel arbeite im Garten. Nachdem er die Hunde weggesperrt hatte, öffnete er die Gartenpforte und begrüßte die beiden Männer. »Bonjour messieurs. Sie wollen sicher zu Nicolas. Da muss ich Sie enttäuschen. Der ist mit Véronique zum Shoppen nach Brest gefahren.«

»Bonjour Daniel. Nein, wir möchten zu Odile und Ihnen.«

Daniel schaute Capitaine Sutter überrascht an. »Zu uns? Haben wir was verbrochen?«

»Nicht, dass ich wüsste«, meinte der Kriminalbeamte lächelnd. »Wir brauchen Ihre Hilfe, das heißt vor allem die Ortskenntnis Ihrer Frau. Können wir uns irgendwo ungestört unterhalten?«

»Na sicher. Am besten gehen wir in Nicolas' Haus. Bei uns habe ich ja gerade die Hunde eingesperrt. Kommen Sie; ich sage noch eben Odile Bescheid.«

Odile war genauso überrascht wie ihr Mann, aber natürlich auch ein wenig neugierig. Als sie das Kaminzimmer betrat, sprach sie Robert und Capitaine Sutter sofort an: »Bonjour messieurs. Daniel hat mir gesagt, Sie wollten uns sprechen?«

»Ja, wir hoffen, dass Sie uns vielleicht weiterhelfen können. Wie Sie ja wissen, wurden der junge Deutsche, der auf dem Campingplatz arbeitet, und seine Freundin entführt und beinahe ermordet. Ich habe mich eben mit den jungen Leuten unterhalten und einige Informationen bekommen, die uns vielleicht weiterbringen. Sie wurden in einer Hütte gefangen gehalten, bevor man sie auf dem Meer ausgesetzt hat. Diese Hütte suchen wir. Sie leben ja schon eine ganze Weile in Locquirec und können uns vielleicht einen Tipp geben, wo eine solche Hütte zu finden ist. Sie hat nur ein Plumpsklo und ist ziemlich heruntergekommen. Können Sie damit etwas anfangen?«, beschrieb Capitaine Sutter ihr Anliegen.

»Mmh, wir wohnen wirklich schon lange in Locquirec, aber so spontan fällt mir nicht ein, um welche Hütte es sich handeln könnte«, meinte Daniel nach kurzem Nachdenken.

»Eventuell könnte die Hütte an dem kleinen Flüsschen Le Lapic stehen. Da gab es früher mal eine Kleingartensiedlung, aber die ist dann irgendwann nicht länger betrieben worden«, erinnerte sich Odile.

»Das hört sich vielversprechend an. Da werden wir uns mal umschauen. Vielen Dank.«

Nachdem sich die Kriminalisten verabschiedet hatten, rief Capitaine Sutter seine Assistentin an und gab ihr den Auftrag, eine Suche in dem entsprechenden Gebiet zu organisieren. Er wies ausdrücklich darauf hin, dass die Polizisten der örtlichen Wache nicht daran teilnehmen sollten, und auch die anderen Kollegen sollten erst unmittelbar vor dem Einsatz darüber informiert werden, wo genau die Aktion stattfinden würde. Da es für diesen Tag schon zu spät war, setzte er den Beginn der Suche für den nächsten Morgen 09:00 Uhr fest.

Zur gleichen Zeit war der Makler Jean-Paul Dumoulin gerade dabei, sein Büro zu verlassen, als aus seiner Hosentasche ein leichtes Brummen zu hören war. Der Vibrationsalarm seines Smartphones meldete einen Anruf. Mühsam fummelte er das Gerät heraus und blickte auf das Display. Obwohl er den Kopf schüttelte, drückte er die grüne Taste, um das Gespräch anzunehmen, hielt sich das Handy an sein Ohr und meldete sich mit einem knappen: *»Oui.«*

Einen Augenblick hörte er dem Anrufer zu. Die Nachricht, die er erhielt, schien ihn mächtig zu verärgern. »Ich kann es nicht fassen! Ihr seid solche Trottel. Wie kann man nur so blöd sein! Das ist das zweite Mal, dass ihr versagt habt! Ich hatte ausdrücklich befohlen, dass ihr das Problem endgültig lösen sollt. Jetzt haben die Bullen zwei Zeugen, die euch gesehen haben und beschreiben können. Es wird nicht mehr lange dauern, dann stöbern sie euch auf. Wir können von Glück sagen, dass man uns rechtzeitig informiert hat, dass dieser Deutsche und seine Freundin ihre Seefahrt überlebt haben.«

Während er nach diesem Wutausbruch erst einmal Luft holen musste, nahm der Anrufer die Chance wahr, um selber etwas zu sagen. Das brachte Dumoulin gleich wieder in Rage. »Was ihr jetzt machen sollt? Am besten in Luft auflösen oder verschwinden ... ans andere Ende der Welt!« Er machte eine Pause, um zu überlegen. »Wo seid ihr jetzt? Gut, dort bleibt ihr. Ich komme mit ein paar Lebensmitteln vorbei und überlege mir bis dahin, was wir machen können.« Ohne noch eine Antwort abzuwarten, beendete er das Gespräch.

Während dieses Telefonats war er zurück in sein Büro gegangen und rief seinen Partner Morel an, um sich so schnell wie möglich mit ihm zu verabreden.

Eine halbe Stunde später stürmte Morel in Dumoulins Büro und fragte: »Sag mal, was gibt es denn so Dringendes?«

Nachdem ihn Dumoulin ins Bild gesetzt hatte, fluchte er lauthals: »Sind die denn zu nichts zu gebrauchen? Schaffen es nicht, die beiden zu beseitigen, und vermutlich haben sie auch noch Spuren hinterlassen. »Wir müssen sofort den Boss in Paris informieren. Er muss darüber Bescheid wissen. Er hat bestimmt auch eine Lösung parat, wie ich ihn kenne.«

Dumoulin wählte von seinem Festnetztelefon eine nur wenigen Leuten bekannte Nummer. »Dumoulin hier. Bonjour Boss.« Bevor er weiterreden konnte, um den Boss darauf hinzuweisen, dass er den Lautsprecher eingeschaltet hatte, damit Morel das Gespräch direkt mithören konnte, wurde er sofort unterbrochen. »Was gibt's? Ich habe doch gesagt, dass Sie mich nur im äußersten Notfall unter dieser Nummer anrufen sollen!«, wurde er energisch zurechtgewiesen.

»Wir haben einen Notfall!«, hielt Dumoulin ebenfalls recht energisch dagegen. »Wir sollten uns ganz schnell treffen, denn ich glaube zwar nicht, dass mein Telefon abgehört wird, aber wir müssen vorsichtig sein.«

»Dann scheint ja ernsthaft was passiert zu sein«, reagierte der ›Boss‹ nun weniger temperamentvoll. »Ich bin zurzeit im Hotel ›Château de la Bourdaisière‹, an der Loire. Ich schätze, Sie brauchen vier Stunden bis hierher. Fahren Sie sofort los. Ich erwarte Sie hier. Und bringen Sie Ihren Partner Morel mit«, befahl der Boss und beendete das Gespräch.

Der Boss hatte die Empfangsdame an der Rezeption des Hotels wohl schon informiert, dass er Besuch erwartete, denn als Dumoulin und Morel die Empfangshalle betraten, ging die elegant gekleidete Dame sofort auf die beiden zu; musterte sie mit leicht indignierten Blick und begrüßte sie mit einem kühlen: »Bonjour messieurs! Sie werden schon erwartet. Ihr Pariser Freund sitzt in der Bibliothek. Ich führe Sie zu ihm. Kommen Sie bitte mit.«

Zu dieser späten Stunde befand sich außer dem Boss niemand mehr in dem Raum. Er saß in einem wuchtigen Ledersessel in der hinteren Ecke des Raums und winkte die beiden Makler zu sich. »Nehmen Sie Platz. Etwas zu trinken?«

»Nein danke, wir müssen ja noch fahren.«

»Das wird nicht nötig sein. Ich habe zwei Zimmer für Sie im Ort reserviert, und bis dahin kann man zu Fuß gehen. Eine halbe Stunde an der frischen Luft wird Ihnen guttun«, grinste er jovial. »Also, was möchten Sie trinken? Ich kann Ihnen den Whiskey empfehlen, den ich mir bestellt habe. Eine hervorragende Qualität aus einer winzigen, aber weltberühmten Destillerie. Oder möchten Sie vielleicht einen Tomatensaft? Der Schlossherr ist ein weltberühmter, fanatischer Tomatenzüchter und hat im Schlossgarten über 600 verschiedene Sorten angebaut. Naja, das wäre wohl eher was zum Frühstück. Also den Whiskey?«

»Ja, gerne, wenn wir nicht mehr Autofahren müssen«, antworteten die beiden Männer unisono.

Nachdem der köstliche Tropfen in geschliffenen Kristallgläsern serviert worden war, blieb das Trio in dem großen Raum wieder allein zurück. Sie tranken einen Schluck, ehe der Boss die beiden Makler aufforderte: »Nun berichten Sie. Was ist in Locquirec los?«

Dumoulin übernahm diese Aufgabe und schilderte die Vorgänge der letzten Tage. Er suchte dabei nicht nach Ausflüchten, sondern gestand vorbehaltlos das Versagen seiner beiden Mitarbeiter Mathéo und Louis ein.

Die Miene ihres Gegenübers verdüsterte sich im Laufe des Berichts immer mehr, und als Dumoulin fertig war, entstand eine Pause. Die beiden Makler wagten es nicht, den Boss noch einmal anzusprechen. Ganz offensichtlich dachte er darüber nach, wie dieses Problem zu lösen sei. Nach einer Weile blickte er die beiden Makler mit düsterem Blick an. »Ich denke, hier bleibt uns nichts anderes üblich, als einen endgültigen Schlussstrich zu ziehen. Diese beiden Trottel müssen aus dem Verkehr gezogen werden. Wenn die Polizei sie aufspürt, wäre das äußerst negativ für uns, und wir könnten unsere Projekte in der Gegend vergessen. Ein herber finanzieller Verlust, und ich bin nicht bereit, den so ohne Weiteres hinzunehmen. Ein spezieller Mitarbeiter unseres Unternehmens ist zufällig in der Gegend. Er wird unser Problem lösen. Beschreiben Sie mir genau, wo sich diese Burschen jetzt aufhalten.«

Nachdem die beiden Makler den genauen Aufenthaltsort von Mathéo und Louis und die Anfahrt dorthin beschrieben hatten, ergänzte Morel noch: »Wir haben den beiden gesagt, dass wir im Laufe des Abends noch ein paar Lebensmittel vorbeibringen würden. Wenn Ihr Mitarbeiter sie aufsucht, kann er ja sagen, dass er in meinem Auftrag kommt. Sonst könnte es eventuell Probleme oder Missverständnisse geben.«

»Ja, das wird hilfreich sein. Wenn Sie keine weiteren Fragen haben, würde ich jetzt telefonieren«, erklärte der Boss die Unterredung für beendet.

Dumoulin rutschte ein wenig unruhig auf seinem Sessel hin und her. »Ich habe da noch eine Frage. Wie geht es jetzt mit unseren Immobiliengeschäften weiter?«

Der Boss überlegte kurz. » Alors, das Ressortprojekt läuft ohne Einschränkungen weiter. Daran sind sehr viele Leute beteiligt, und wenn wir plötzlich die Planung oder sogar schon begonnene Arbeiten einstellen, würde es unnötige Gerüchte und Unruhe geben. Mal ganz abgesehen von den finanziellen Verlusten. Ihre Hausan- und -verkäufe beschränken Sie auf ganz normale Geschäfte. Keine Sondertouren! Sie dürfen keine Aufmerksamkeit erregen! Ist das klar?«

Dumoulin und Morel nickten demütig.

»So, ich muss jetzt wirklich telefonieren. Ich wünsche Ihnen eine gute Nacht.« Mit diesen Worten entließ der Boss die beiden Makler.

Oma Chantals Hütte

Capitaine Sutter war noch auf der Heimfahrt, als sich sein Smartphone über die Freisprecheinrichtung meldete. Er wollte den Anrufer schon wegdrücken, weil er sich gedanklich mit den Vorgängen in Locquirec beschäftigte. Als er jedoch im Display an der Vorwahl erkannte, dass der Anruf aus Rennes kam, nahm er das Gespräch an. Es meldete sich eine weibliche Stimme: »Hallo, spreche ich mit Capitaine Sutter? Ich bin Medine, die Assistentin von Géneral de Brigade Poulain. Er hat mich gebeten, Ihnen mitzuteilen, dass er Ihnen kurzfristig fünf zusätzliche Beamte aus Saint-Pol-de-Léon für die Suchaktion morgen zur Verfügung stellen wird. Sie möchten mir bitte mitteilen, wann und wo die sich melden sollen.«

»Oh, das ging ja schnell. Am besten kommen Sie um 09:00 Uhr zu meiner Dienststelle in Morlaix, und wir fahren dann gemeinsam nach Locquirec.«

»Gut. Ich werde es weitergeben. Und viel Erfolg morgen«, verabschiedete sich die Frau.

Sutter hatte seine kleine Truppe ebenfalls für 09:00 Uhr in den Besprechungsraum gebeten. An der großen Pinnwand hatte er eine Flurkarte von Locquirec und der näheren Umgebung aufgehängt.

Nachdem er die Gruppe aus Saint-Pol-de-Léon begrüßt und man sich gegenseitig vorgestellt hatte, begann er mit der Einweisung: »Wir suchen die Hütte, in der ein junger Mann und seine Freundin festgehalten wurden. Aufgrund der Beschreibung der beiden könnte sie in einer aufgelassenen Kleingartenanlage an einem kleinen Fluss etwas außerhalb von Locquirec stehen. Da wir nicht genau wissen, auf welcher Seite des Flusses wir suchen müssen, werden wir zwei Gruppen bilden. Leider kann ich Ihnen keine genaue Beschreibung der Hütte geben. Nur den Hinweis, dass sie noch bewohnbar sein müsste. Seien Sie auf der Hut. Ich weiß nicht, ob sich jemand dort aufhält, aber wir müssen damit rechnen, dass sich dort jemand versteckt und dass er oder sie bewaffnet sind. Also halten Sie ihre Schusswaffen bereit. Ach so, ein Plumpsklo gehört auch noch dazu«, schob Sutter schmunzelnd noch hinterher und zeigte den Beamten auf der Karte einen Bauernhof in der Nähe des Flusses. »Hier können wir unsere Fahrzeuge stehen lassen. Wir teilen uns dann an der Brücke, die daneben über den Fluss führt. Von dieser Brücke aus gehen wir in nördlicher Richtung flussabwärts. Haben Sie noch Fragen?«

Da sich niemand meldete, beendete Sutter die Einsatzbesprechung, und die Beamten machten sich auf den Weg. Sutter fuhr mit Céline vorneweg, und die beiden Kleinbusse mit den Suchtrupps kamen hinterher.

Der Bauer des Hofes, an dem sie sich trafen, staunte nicht schlecht über das Polizeiaufgebot, das vor seinem Anwesen vorfuhr. Der Capitaine de Police ging auf ihn zu und erläuterte ihm kurz den Zweck des Einsatzes; außerdem fragte er ihn, ob er in letzter Zeit etwas Ungewöhnliches beobachtet hätte.

»Non, pas du tout«, brummelte der Bauer etwas mürrisch.

»Wenn Ihnen aber doch noch etwas einfällt, rufen Sie mich bitte an«, forderte der Kripobeamte ihn auf und gab ihm seine Karte.

Ohne weitere Reaktion verschwand der Bauer in seiner Scheune. Sutter schaute ihm hinterher und meinte zu seinen Mitarbeitern: »Komischer Kauz.« Dann machten sie sich auf den Weg. Die ersten beiden Gartenlauben, die sie erreichten, waren im Lauf der Zeit zusammengebrochen und konnten daher nicht das gesuchte Objekt sein. Die junge Polizistin aus seinem Team machte ihn allerdings auf Fahrspuren aufmerksam, die deutlich auf dem weichen Lehmboden des Weges, an dem diese Ruinen standen, zu erkennen waren. Sie führten an zwei weiteren Hütten vorbei, die zwar noch nicht zusammengebrochen waren, denen aber Fenster und Türen fehlten. Nach der Beschreibung von Markus und Jacqui kamen sie deswegen ebenfalls nicht als ihr Gefängnis infrage. Sutter fragte über Funk bei dem Trupp auf der anderen Seite des Flusses an: »Habt ihr schon was Brauchbares entdeckt?«

»Nein, außer einer illegalen, fürchterlich stinkenden Müllkippe nur verwahrloste und größtenteils zusammengebrochene Gartenlauben.«

In diesem Augenblick brüllte einer der Beamten: »Schnell, kommt her, ich habe was gefunden!« Er stand in der Tür einer Hütte, die im Vergleich zu den anderen noch halbwegs intakt war.

»Chef, wir haben die Hütte gefunden, aber es gibt da drinnen eine böse Überraschung«, sagte er und trat dabei zur Seite, damit der Capitaine in die Hütte schauen konnte.

»Putain de Merde!«, entfuhr es ihm. »Da ist uns heute Nacht jemand zuvorgekommen. Ich hatte auf Spuren gehofft, die uns zu den Kidnappern führen, und jetzt finden wir sie hier wie auf einem Präsentierteller für uns zurechtgelegt.«

In der Hütte saßen die Männer, auf die die Beschreibung von Markus und Jacqui passte, gefesselt auf zwei Stühlen.

Sutter ging vorsichtig um die beiden herum und entdeckte sofort die Einschüsse in ihren Nacken. Die unterhalb des Kinns ausgetretenen Projektile hatten zwar böse Wunden hinterlassen, aber die Gesichter waren noch zu erkennen. Mit größter Wahrscheinlichkeit handelte es sich um Mathéo und Louis.

Capitaine Sutter wandte sich um und gab sofort die erforderlichen Anweisungen: »Los, wir müssen das volle Programm abrufen. Spurensicherung, Kriminaltechniker, Gerichtsmediziner. Kümmerst du dich darum, Céline?«, bat er seine Mitarbeiterin. Dann rief er über Funk den zweiten Suchtrupp zurück und gab den Polizisten den Auftrag, den Bauern eingehend zu befragen, ob er in der vergangenen Nacht irgendetwas gesehen oder gehört habe. Wenn möglich sollte ein Beamter, der hier aus der Gegend stammte, das Gespräch führen; vielleicht war der mürrische Kerl dann zugänglicher.

»Das könnte Brigadier Roudat übernehmen«, schlug Céline vor.

Nachdem er die Ermittlungsmaschinerie in Gang gesetzt hatte, setzte sich Sutter von der Gruppe ein wenig ab und rief seinen Chef in Rennes an.

Général de Brigade Poulain reagierte besonnen und meinte: »Einerseits ist es ärgerlich, dass wir die beiden nun nicht mehr verhören können, andererseits haben wir die Organisation jetzt aufgescheucht. Das wird dazu führen, dass sie Fehler machen. Ich werde Paris bitten, die Nachforschungen in Sachen Geldwäsche mit Hochdruck voranzutreiben. Sutter, Sie müssen versuchen, die Schwachstellen in der Organisation vor Ort ausfindig zu machen. Darüber kommen wir wahrscheinlich an die Bosse. Brauchen Sie noch Unterstützung?«

»Ich denke, im Augenblick nicht, aber könnten Sie vielleicht veranlassen, dass Brigadier Flamant von der Wache in Locquirec in meine Dienststelle versetzt wird. Die junge Frau hat einen sehr guten Eindruck auf mich gemacht und misstraut ihrem dortigen Dienststellenleiter, dem Brigadier-Chef Moreau. Ich bin sicher, sie macht keine krummen Dinger.«

»Ja, das müsste möglich sein. Ich kümmere mich darum«, antwortete er und nach einer kurzen Pause fragte er noch: »Ist sie hübsch?«

»Ja, das schon, aber was denken Sie, mon Général?«

»Ist schon gut Sutter. In unserem stressigen Beruf muss man hin und wieder auch menschliche Aspekte zulassen«, schloss der Général, und Sutter ahnte, wie er dabei leicht lächelte.

Der Capitaine kehrte wieder zu seinen Leuten zurück und fragte, ob sie noch etwas entdeckt hätten.

»Ja, auf dem Weg sind die Spuren von zwei Fahrzeugen zu sehen. Vielleicht ist das auch eine Spur, die uns weiterbringt«, meinte einer der Beamten.

In diesem Moment hörten sie, wie sich ein Fahrzeug näherte. »Das kann doch noch nicht die Spurensicherung sein?«, argwöhnte Sutter. Er hatte recht. Ein Polizeifahrzeug fuhr auf die Gruppe zu und hielt direkt vor ihnen. Die Tür wurde geöffnet, und Brigadier-Chef Moreau schob seinen wohlbeleibten Körper hinter dem Lenkrad hervor, was ihn offensichtlich anstrengte. Nach Luft schnappend, ging er auf Sutter zu und fragte. »Was ist denn hier los, Capitaine?«

Der Kripobeamte ging auf diese Frage nicht ein, sondern fragte seinerseits unwirsch: »Was wollen Sie denn hier? Und woher wissen Sie, dass wir hier sind?«

»Aber Monsieur le Commissaire, ich habe in meiner Wache vorschriftsmäßig den Polizeifunk gehört und will natürlich wissen, was in meinem Zuständigkeitsbereich läuft«, erwiderte Moreau mit Unschuldsmine und versuchte dabei, einen Blick in die Hütte mit den Opfern zu werfen.

»Wir haben hier zwei Leichen gefunden, und Kapitalverbrechen fallen in meine Zuständigkeit, nicht in Ihre«, antwortete Sutter mit einer gewissen Schärfe. »Und nun verlassen Sie bitte den Tatort. Dadurch, dass Sie mit Ihrem Wagen bis hierher gefahren sind, haben Sie wahrscheinlich einige Spuren auf dem Feldweg zerstört.«

»Ich dachte, ich könnte Ihnen behilflich sein. Aber wenn Sie meine Hilfe nicht benötigen ...«, konnte sich Moreau eine zynische Schlussbemerkung nicht verkneifen und ging beleidigt zu seinem Fahrzeug. Nachdem er sich in den Streifenwagen gezwängt hatte, fuhr er so heftig los, dass Kies und Sand durch die Gegend flogen und der Kommissar in einer Staubwolke verschwand. Moreau genoss hämisch grinsend diesen kleinen Racheakt. Als er den Bauernhof, wo die Fahrzeuge von Sutters Team standen, passiert hatte, fuhr er auf den Seitenstreifen und fummelte sein Handy aus der Hosentasche. Er musste dringend mit Dumoulin sprechen. Der Makler meldete sich nach wenigen Sekunden.

»Moreau hier. Bist du allein?«

»Wieso?«

»Ich habe eine wichtige Info für dich. Kostet aber eine Kleinigkeit.«

»Du kriegst wohl deinen Hals niemals voll? Aber gut, lass erst mal hören, was du zu bieten hast.«

»Dieser Schlauberger Sutter hat in der alten Kleingartenanlage zwei Männer gefunden, die dort ermordet wurden. Er hat mich zwar gleich ausgebootet, weil die Bearbeitung des Falles in seine Zuständigkeit fallen würde, aber ich konnte einen kurzen Blick in die Hütte werfen. Ich glaube, dass die Opfer Mathéo und Louis sind. Die beiden haben doch bisweilen für dich und deinen Kumpel Morel gearbeitet. Ich will dich nicht beunruhigen, aber du solltest auf der Hut sein. So, was ist dir die Warnung nun wert?«

»Kriegst 'nen Hunderter.«

»Na, sagen wir zweihundert. Hole ich mir die Tage bei dir ab.«

»Du spinnst wohl. Hundert und nicht mehr. Morgen steht das doch sowieso in der Zeitung.« Damit beendete der Makler verärgert das unerfreuliche Gespräch.

Obwohl es Sutter in den Fingern juckte, die beiden Leichen zu durchsuchen, wartete er geduldig vor der Gartenlaube auf die Spurensicherung. Es dauerte eine ganze Weile, bis das Team eintraf. Routiniert gingen die Beamten sofort an die Arbeit. Sutter schaute ihnen interessiert zu. Der Leiter des Teams, ein auffallend großen Mittvierziger mit gepflegten langen Haaren und modischer Brille auf der markanten Nase, kam auf ihn zu und wies ihn brüsk an, die Arbeit seiner Mitarbeiter nicht zu stören, weil er in dem kleinen Raum wiederholt im Wege stand. Um den Leiter der Spurensicherung nicht zu verärgern beschloss er, wieder vor der Hütte zu warten. Während er sich mit seinen Kollegen unterhielt, kam einer der Spusileute zu ihm und gab ihm eine Kassenquittung gab. »Die haben wir in der Hosentasche von dem größeren Kerl gefunden. Offenbar die Quittung einer PMU-Bar.« Bevor er den weißen Zettel in einer Plastiktüte verstaute, hielt er ihn so, dass Sutter die Adresse lesen konnte. Nachdem er sie sich notiert hatte, ging er zu seinem Suchtrupp und bedankte sich für die Mitarbeit. Da es nach dem Fund der beiden Leichen für die Polizisten hier nichts mehr zu tun gab, schickte er sie zu ihrer Dienststelle zurück. Mit seinem Team verabredete er sich zu einer Lagebesprechung in zwei Stunden im Besprechungsraum. Bis dahin müsste auch Brigadier Roudat mit dem mürrischen Bauern gesprochen haben. Er selbst wollte in der Zwischenzeit zusammen mit Céline zu der PMU-Bar fahren.

Unterwegs fragte er Céline: »Sagen Sie, was halten Sie davon, wenn wir vorher noch einen kleinen Abstecher machen? Ich habe mir die Stelle, an der das Ehepaar Rossier verunglückt ist, bisher nicht selbst angeschaut und würde das gerne nachholen.«

»Versprechen Sie sich da wirklich etwas davon? Spuren werden wir da bestimmt nicht mehr finden.«

»Ich möchte mir mal ein Bild von dem Ort machen. Das Protokoll der Gendarmerie habe ich gelesen und halte es für sehr dürftig und oberflächlich. Und die PMU-Bar läuft uns ja nicht weg.«

»Das wär' zumindest sehr überraschend, wenn die laufen könnte, und ich hab noch nicht erlebt, dass so 'ne Bar wegen einer Pleite geschlossen wurde«, scherzte Céline.

Bretagne Locquirec

D64 A, Route de la Corniche

»Hier müsste es sein. Da am Straßenrand liegen noch ein paar kleine Trümmerteile und eine Radkappe«, stellte Capitaine Sutter fest, nachdem sie langsam auf der D64 A nach Westen gefahren waren und aufmerksam die Straße betrachtet hatten.

»Dort unten am Strand sind auch wieder Surfer. Wenn wir Glück haben, ist es dieselbe Gruppe von jungen Leuten, die als Erste bei dem Unfallfahrzeug war. Was meinen Sie, sollten wir die noch einmal befragen?«, schlug Céline vor.

»Ja, das kann nicht schaden. Der dicke Moreau hat da ja nicht besonders engagiert gearbeitet, um es mal vorsichtig auszudrücken.«

»Na, ich würde eher sagen ›sehr schlampig‹. Als ob er etwas vertuschen wollte«, entrüstete sich Céline.

Jean Sutter fuhr rechts an den Straßenrand. Nachdem er und Céline ausgestiegen waren, suchten sie zusammen die Umgebung der Unfallstelle ab. Sie fanden jedoch nichts Besonderes und beschlossen, zu den Surfern zu gehen. Bevor sie den Sandstrand erreichten, zog sich Jean Sutter seine Sneakers aus und krempelte die Hosenbeine hoch.

Céline sah dem Beinstriptease belustigt zu. »Was soll denn das? Wollen Sie jetzt ein bisschen am Spülsaum des Meeres im Wasser waten?«

»Ach Quatsch. Ich will nur keinen Sand in meine Schuhe bekommen, der mich dann tagelang nervt.«

»Na, mir macht das nichts.«

»Sie sind aber auch nicht gerade strandtauglich angezogen, wenn ich mir Ihr Outfit so anschaue.«

Céline trug einen schicken, modischen dunkelblauen Hosenanzug mit einem bunten Fantasiewappen auf der rechten Seite des Oberteils. Lediglich ihre weißen Turnschuhe schienen halbwegs strandtauglich zu sein.

»Damit wären Sie sicher auf einer mondänen Motorjacht richtig.«

Während ihres lockeren Wortwechsels hatten sie sich der Surfergruppe bis auf wenige Meter genähert. Die jungen Leute hatten sie jedoch noch nicht wahrgenommen, weil sie mit dem Rücken zum Strand in dem weichen Sand saßen und intensiv diskutierten.

Als sich schließlich ein junger Mann umdrehte und Céline und Jean in ihrem Outfit sah, musste er laut lachen und wies seine Freunde auf den ungewöhnlichen Anblick hin.

»Hallo, ich bin Capitaine Sutter von der Police nationale, und das ist meine Kollegin Pocard«, stellte Jean Sutter sich und Céline vor und zeigte seinen Ausweis.

»Es freut mich, dass Sie so guter Laune sind. Dennoch haben wir ein paar ernsthafte Fragen an Sie.«

Die Gruppe schaute die beiden Polizisten gespannt und neugierig an. Einer von ihnen vermutete: »Es geht bestimmt um den Unfall, der sich neulich da oben auf der Straße ereignet hat.«

»Ja, deswegen sind wir hier. Waren Sie am Tag des Unfalls auch hier am Strand?«

Die Surfer schauten erwartungsvoll auf einen dunkelhaarigen Mann mit gepflegtem Dreitagebart in einem grauschwarzen Neoprenanzug mit roten Symbolen.

»Ich bin Patrice. Ich organisiere unsere Treffen. Ja, wir waren an dem Tag auch hier. Den Unfall selbst haben wir aber nicht beobachtet. Wir sind erst durch den Lärm aufmerksam geworden, als der Wagen von der Straße abgekommen war. Aber das haben wir Ihren uniformierten Kollegen schon erzählt.«

»Ja, das weiß ich. Die Untersuchung dieses Unfalls ist jedoch noch nicht abgeschlossen. Und das Protokoll, das die Kollegen aufgenommen haben, ist leider nicht sehr aussagekräftig. Deswegen wollen wir uns selbst ein Bild von der Unfallstelle machen. Es wäre nett, wenn Sie uns unterstützen würden. Wir möchten gerne wissen, ob Ihnen vielleicht irgendetwas aufgefallen ist, das nicht in dem Protokoll auftaucht, das Sie unterschrieben haben«, sprang ihm Céline zur Seite.

Eine junge Frau schaute die beiden Polizisten skeptisch an. Jean und Céline merkten, dass sie zögerte, sich zu äußern.

»Keine Sorge, wir werden auch kritische Anmerkungen über unsere Kollegen nicht weitergeben«, versuchte Jean Sutter das Eis zu brechen.

Die junge Frau blickte ihn noch einmal prüfend an, dann gab sie sich einen Ruck. »Ich bin Désirée. Mir ist sofort aufgefallen, dass auf der Straße überhaupt keine Bremsspuren zu sehen waren. Ich habe das auch dem Polizisten gesagt, der wohl die Unfallaufnahme leitete. Er hat mich aber abgewimmelt und ist auf meine Beobachtung nicht weiter eingegangen.«

»Interessant. War der Kollege, na sagen wir mal, etwas rundlich?«, fragte Capitaine Sutter nach kurzem Zögern.

»Ja, dick und unfreundlich.« Bei dieser Antwort musste Sutter schmunzeln, obwohl das Verhalten von Brigadier-Chef de Police Moreau alles andere als lustig war.

»Jetzt weiß ich auch, was mir oben auf der Straße komisch vorkam. Ich hatte das Gefühl, das da irgendetwas fehlt, wusste aber nicht sofort was. Na klar! Wieso gab es keine Bremsspuren?« Bevor Céline weiterreden konnte, fiel ihr der Chef ins Wort.

»Ja, das ist interessant und hilft uns vielleicht weiter. Hat noch jemand eine Beobachtung gemacht?«

Ein junger Mann, der in der zweiten Reihe stand, meldete sich zu Wort: »Naja, ich habe auf der anderen Straßenseite in den Büschen kurz was aufblitzen sehen. Ich habe mir aber nichts weiter dabei gedacht und das auch nicht direkt mit dem Unfall in Verbindung gebracht. Da sind häufig Jäger unterwegs, um unschuldige Tiere zu ermorden. Vielleicht war da wieder einer und hat wegen des Lärms, den der Unfall verursacht hat, mit dem Fernglas herübergeschaut.«

»Konnten Sie sehen, ob es nur einer oder vielleicht zwei waren?«, hakte Céline nach, ohne auf die Bemerkung über die Ermordung unschuldiger Tiere einzugehen.

»Nein, ich war wegen des Unfalls viel zu aufgeregt, und mir ist diese Beobachtung auch erst jetzt wieder eingefallen.«

»Ich denke, dass uns Ihre Beobachtungen weiterhelfen können. Wenn Ihnen noch irgendetwas einfällt, scheuen Sie sich nicht, mich anzurufen. Jede Kleinigkeit kann wichtig für uns sein, und es ist für Informationen nie zu spät. Vielen Dank für Ihre Gesprächsbereitschaft«, beschloss Capitaine Sutter das Gespräch und übergab Patrice ein paar Visitenkarten mit der Bitte, sie in der Gruppe zu verteilen.

Auf dem Rückweg zu ihrem Auto fragte Céline: »Sagen Sie mal, Jean, warum sind Sie mir da eben ins Wort gefallen?«

»Nehmen Sie mir das nicht übel. Ich hatte die Befürchtung, dass Ihr Temperament mit Ihnen durchgehen würde und Sie den Surfern erzählen, dass wir bereits wissen, dass der Wagen der Rossiers manipuliert wurde.«

»Mmh«, brummelte Céline. »Ich bin doch keine Anfängerin.«

»Kommen Sie, schmollen Sie nicht weiter. Ich lade Sie in der PMU-Bar auf einen Pastis ein.«

Als sie ihr Auto erreichten, öffnete Sutter die Beifahrertür und versuchte, den Sand von seinen Beinen und Füßen abzuklopfen.

Céline schaute sich seine Bemühungen mit einem spöttischen Lächeln auf den Lippen an und meinte: »Glauben Sie wirklich, dass Sie jetzt Ihre kräftigen Waden und diese hübschen Füße sandfrei bekommen?«

»Vielleicht nicht ganz, aber Sie müssen mir ja auch nicht die Füße küssen.«

»Ich wüsste auch nicht, was ich lieber täte. Meinem Chef die Füße küssen! Nein danke.«

»Wirklich nicht?«

»Nö!«

»Dann lassen Sie es! Wir werden auch so weiter gut miteinander arbeiten. Versprochen.«

Sutter setzte sich hinter das Steuer, und sie machten sich auf den Weg zu der PMU-Bar.

Heiße Spuren

Was haben Polizisten nur an sich, dass man sie meist auf Anhieb erkennt, fragte sich Capitaine Sutter, als er mit seiner Kollegin Céline die PMU-Bar betrat. Die Gespräche der anwesenden Gäste, vor allem Männer, waren sofort verstummt, und sie wurden misstrauisch betrachtet. Hinter dem Tresen stand der Wirt und polierte Gläser, wobei der Lappen eher dazu diente, verbliebene Verschmutzungen gleichmäßig zu verteilen. Als die beiden Kripobeamten auf ihn zugingen, wandte er sich demonstrativ zu der Spiegelwand hinter sich, um das Glas wegzuräumen, und nahm sie nicht zur Kenntnis.

»Bonjour, sind Sie der Chef dieses Lokals?«, fragte Capitaine Sutter.

Der Wirt drehte sich langsam um und musterte die Neuankömmlinge von oben bis unten. »Ja. Was gibt's?«

»Dass wir Polizisten sind, haben Sie ja wohl schon gerochen«, konnte sich Sutter einen Kommentar zu seinem Verhalten nicht verkneifen. »Wir ermitteln in einem Mordfall und haben bei einem der Opfer eine Quittung Ihrer Bar gefunden. Vielleicht können Sie die beiden Männer identifizieren. Der eine war groß und stämmig und hatte einige Tattoos. Der andere war deutlich kleiner und hatte einen auffälligen Schnurrbart.«

Der Wirt überlegte einen Augenblick und meinte dann: »Nee, kenn ich nich. Kann mir ja nich jeden Gast merken. Außerdem ist Ihre Beschreibung ziemlich oberflächlich, und ich will keinen meiner Gäste unnötig durch Sie belästigen lassen.«

»Sie sollten sich noch mal genau überlegen, ob Sie die beiden, oder zumindest einen davon, nicht doch kennen. Wenn es Ihr Denkvermögen fördert, kann ich Sie auch zu einer Vernehmung auf meine Dienststelle vorladen. Ich glaube nicht, dass Sie das wollen. Oder ist es Ihnen lieber, wenn ich die anwesenden Gäste hier befrage? Das würde bestimmt störend sein und ihren Umsatz für heute nicht gerade fördern. Also denken Sie noch mal in Ruhe nach«, versuchte Sutter, den Mann unter Druck zu setzen. »In der Zwischenzeit bringen Sie uns bitte zwei Pastis.«

»Haben Sie kein Foto? Da wäre es leichter zu sagen, ob ich die beiden kenne.«

In dem Moment erhob sich einer der Gäste von einem Tisch, der in unmittelbarer Nähe des Tresens stand. »Mensch René, das sind bestimmt Klotz und Ratte. Was soll die Geheimnistuerei. Das sind doch Stammgäste. Wenn sie tot sind, musst du sie nich mehr schützen.« Und an Suter gewandt, sagte er: »Also, die zwei heißen Mathéo Ricard und Louis Martell. Sie kommen ziemlich oft hierher. Manchmal haben sie auch gewettet; vor allem Klotz, aber groß gewonnen hat er nichts.«

»Wissen Sie, wo die beiden gearbeitet haben? Wenn sie gewettet haben, müssen sie ja irgendwo das Geld dafür verdient haben«, fragte Céline.

»Nee, weiß ich nicht. Vielleicht bei dem Immobilienmakler, mit dem sie sich hier immer mal wieder getroffen haben.«

Bei dem Stichwort »Immobilienmakler« wurde Sutter sofort hellhörig. »Was für ein Immobilienmakler? Kennen Sie ihn? Wissen Sie, wie er heißt?«

»Nee, kennen tu ich den nich. Sehe ich so aus, als ob ich mir so was leisten könnte? Ich weiß aber, dass er hier ein Büro hat und in seinem Schaufenster Häuser zum Kauf oder zur Miete anbietet. Er arbeitet wohl noch mit einem anderen Makler zusammen, der auch hin und wieder hier aufgetaucht ist, um sich mit Mathéo und Louis zu treffen.«

»*Très bien,* das hilft uns schon weiter. Sind Sie so nett und geben Sie meiner Mitarbeiterin ihre Personalien.« Und an den Wirt gewandt: »Na, sehen Sie, geht doch. Wenn Ihnen noch was einfällt, rufen Sie mich an.« Dabei übergab er dem immer noch grimmig guckenden Wirt eine Visitenkarte. »An Sie habe ich die gleiche Bitte«, sagte er zu dem Gast und übergab auch ihm seine Karte.

Auf dem Weg zu ihrer Dienststelle stellte Céline fest: »Das war ja ein voller Erfolg! Jetzt haben wir eine verheißungsvolle Spur.«

»Ja«, antworte Sutter. »Und diese beiden Makler sind mir nicht unbekannt. Aber ich glaube nicht, dass sie Mathéo und Louis selbst ermordet haben. Da war ein Profi am Werk. Doch wir werden uns mit den Maklern so schnell wie möglich unterhalten müssen.«

Im Besprechungsraum erwarteten Capitaine Sutter nicht nur sein Team und der Kollege von der Spurensicherung, sondern auch Roland Duboc von der KTU und eine strahlende Marie Flamant. Die junge, sportliche Frau wäre noch vor ein paar Jahren mit ihrer Körpergröße von 1,57 m nicht für den Polizeidienst zugelassen worden, obwohl sie französische Meisterin in einer allerdings wenig bekannten asiatischen Kampfsportart war. Ihre Fitness holte sie sich in einem renommierten Sportstudio und beim Joggen. Manch größerer Kollege, der während der Ausbildung versucht hatte, mit ihr mitzuhalten, musste sehr schnell einsehen, dass die kleine Marie ein Energiebündel war und einen unbändigen Siegeswillen hat.

»Bonjour Capitaine. Marie Flamant; ich melde mich zum Dienst. Ich bin heute zu Ihnen versetzt worden.«

»Parbleu! Das ging aber schnell. Herzlich willkommen, Brigadier Flamant, dann auf gute Zusammenarbeit. Und damit wollen wir auch gleich beginnen.« Der Capitaine stellte kurz sein Team vor und berichtete anschließend von dem Gespräch mit den Surfern, ihrem Besuch in der PMU-Bar und den Neuigkeiten, die er und Céline dort erfahren hatten. Anschließend wandte er sich zunächst an die Gruppe und fragte: »Was haben Sie herausgefunden? Gibt es neue Erkenntnisse?«

Als Erster meldete sich Brigadier Roudat zu Wort. »Also, dieser Bauer war wirklich störrisch wie ein Esel. Erst als ich bretonisch mit ihm gesprochen habe, ist er ein wenig zugänglicher geworden. Er konnte sich erinnern, dass er in letzter Zeit hin und wieder ein Auto gehört hatte, das zu den verfallenen Hütten gefahren war. Gesehen hätte er aber nichts. Er meinte, dass gestern Nacht aber wohl noch ein anderes Fahrzeug an seinem Grundstück vorbeigefahren sei. Das Motorengeräusch hätte sich deutlich von dem unterschieden, das er die Male vorher gehört hatte. Der Wagen sei dann kurze Zeit später wieder gefahren. Er sei neugierig geworden und habe aus dem Fenster geguckt. Der Wagen fuhr ohne Licht, deshalb konnte er kaum etwas erkennen. Nur so viel, dass es eine große schwarze Limousine war. Die Automarke war ihm unbekannt. Er vermutet, dass es ein ausländisches Fabrikat war.«

Sutter dachte, dass Roudat mit seinem Bericht am Ende sei, und resümierte: »Na, viel ist das nicht.« Er wollte schon dem Nächsten das Wort erteilen, als Roudat jedoch fortfuhr: »Ja, ich war auch enttäuscht und wollte mich gerade verabschieden, als ein älterer Mann auf uns zukam.

›Salut messieurs‹, begrüßte er mich und den Bauern. ›Ich bin Pierre Vinet, wohne hier gleich um die Ecke‹, stellte er sich uns vor. ›Ist ja ganz schön was los hier. Was ist denn passiert?‹, fragte er neugierig.

Ich habe ihm gesagt, dass wir in einer der Hütten zwei Männer gefunden haben, die dort erschossen wurden. Und dann wollte ich von ihm wissen, ob er etwas gehört oder gesehen hat, das uns bei der Aufklärung des Falles nützlich sein könnte.

›Wissen Sie, ich lebe allein, und mein einziges Hobby ist das Angeln. Ich habe da unten am Fluss einen kleinen Unterstand; ganz in der Nähe der Hütte, wo Sie heute die Leichen gefunden haben. Gestern war es schon spät, und ich wollte gerade meine Sachen zusammenpacken und nach Hause gehen, als noch ein Auto zu der Hütte fuhr. Ich hatte vorher schon hin und wieder so einen alten klapprigen Citroën mit zwei komischen Vögeln dort gesehen. Die waren in letzter Zeit häufiger hier. Habe mich gefragt, was die beiden Typen dort wollten.‹

Ich unterbrach Monsieur Vinet und fragte ihn, ob er die beiden Männer beschreiben könnte.

›Viel habe ich durch die Büsche nicht sehen können‹, meinte er. ›Der eine war recht groß und auch ziemlich korpulent. Der andere war deutlich kleiner. Sie trugen beide schwarze Klamotten. Ach ja, der Kleine hatte so einen auffälligen Schnurrbart mit lang abstehenden Enden.‹

Das waren eindeutig die beiden Männer, die in der Hütte erschossen wurden. Dann fragte ich ihn, ob er noch etwas über das andere Fahrzeug sagen könnte, das gestern Abend zu der Hütte gekommen war, und ob er vielleicht erkennen konnte, um was für ein Fahrzeug es sich gehandelt hatte.

›Ja‹, antwortete er. ›Es war so ein großer deutscher Geländewagen Marke Audi. Ich denke ein Q7. Ich habe früher in einer Autowerkstatt gearbeitet, die sich auf deutsche Fabrikate spezialisiert hat. Deswegen interessier ich mich heute noch für diese Fahrzeuge. Ja, ich bin sicher; das war ein Q7. Ich kann Ihnen sogar noch das Kennzeichen nennen. Kurioserweise enthielt es nicht nur meinen Geburtstag, sondern auch noch mein Monogramm.‹

Das klang ja fabelhaft! Ich konnte mein Glück kaum fassen.

›Es lautet WT-159-PV‹, fuhr Monsieur Vinet fort, ›zugelassen im Departement Paris. Ich bin nämlich am 15. September geboren, und mein Name ist ja Pierre Vinet, wie Sie wissen. Da merkt man sich so ein Kennzeichen natürlich leicht.‹

Ich hakte gleich nach und fragte ihn, wie er das Kennzeichen in der Dunkelheit so genau habe sehen können.

›Als der Fahrer in der Hütte verschwunden war, bin ich ganz leise bis zu den letzten Büschen hinter dem Auto herangeschlichen‹, antwortete Monsieur Vinet, ›und da wir Vollmond hatten, war es so hell, dass ich dadurch das Kennzeichen lesen konnte.‹

Ich denke, damit werden wir den nächtlichen Besucher sicher ausfindig machen können!«, beendete der junge Polizist seinen Bericht, und man konnte ihm ansehen, wie stolz er war.

»Mann, da haben Sie einen Volltreffer gelandet!«, lobte Sutter spontan den jungen Kollegen. »Es dürfte ein Leichtes sein, den Besitzer des Autos festzustellen. Kümmern Sie sich bitte sofort darum, Marie«, erteilte er seiner neuen Mitarbeiterin ihren ersten Auftrag.

»Und nun zu den beiden Maklern. Ich meine, wir sollten sie zu uns ins Büro bestellen. Die ungewohnte Umgebung wird sie vielleicht verunsichern.«

»Ich glaube, wir sollten sie zeitgleich abholen, damit sie keine Möglichkeit haben, sich abzusprechen«, schlug Céline vor.

»Richtig, das ist besser. Sie übernehmen Dumoulin und Brigadier Roudat sammelt Morel ein.« Mit diesen Anweisungen von Capitaine Sutter ging die Gruppe auseinander und an die Arbeit.

Erste Erfolge

Noch bevor Céline und Roudat mit den beiden Maklern eintrafen, kam Marie aufgeregt in Sutters Büro.

»Chef, wir haben das Ergebnis. Der Wagen, den Monsieur Vinet beobachtet hat, ist tatsächlich in Paris zugelassen, und nun raten Sie mal, auf was für eine Firma?«, fragte sie kess.

»Na, wir sind hier doch nicht bei einer Quizshow«, bremste sie Sutter ein wenig.

Marie wurde rot: »Entschuldigung, da war ich wohl etwas zu vorlaut.«

»Ist schon gut. Um welche Firma handelt es sich denn nun?«

»Eine Immobilienfirma. Und zwar dieselbe, die hier das Resort bauen will. Das kann doch kein Zufall sein.«

»Ja, das sehe ich auch so. Von der Zeugenaussage und dem Ergebnis Ihrer Recherche darf auf keinen Fall etwas nach außen dringen«, ermahnte er Brigadier Flamant.

Céline und Roudat hatten sich abgesprochen, die beiden Makler zwar zur selben Zeit abzuholen, aber nicht gleichzeitig zu ihrer Dienststelle zu bringen; dadurch wollten sie verhindern, dass sie sich dort begegneten. So konnten sie die beiden unmittelbar mit der Aussage des jeweils anderen konfrontieren und damit ein weiteres Überraschungsmoment nutzen. Capitaine Sutter übernahm das Gespräch mit Jean-Paul Dumoulin, während sich Céline um Henri Morel kümmerte.

Noch bevor Sutter den Makler begrüßen konnte, polterte der los. »Was soll das hier? Warum haben Sie mich hierherschleppen lassen?«

»Bonjour, Monsieur Dumoulin«, antwortete Capitaine Sutter cool. »Ich weiß nicht, ob es sich schon bis zu Ihnen herumgesprochen hat, dass wir in einem Mordfall ermitteln.«

»Ja, ich habe davon gehört. Aber was habe ich damit zu tun?«

»Das ist ja interessant. Sie haben schon davon gehört? Von wem denn?«

»Weiß ich nicht. Habe ich irgendwo aufgeschnappt.«

»Die Aussage sollten Sie noch einmal überdenken. Bisher haben wir darüber noch keine Information an die Öffentlichkeit gegeben.« Nach einer kurzen Pause fuhr Sutter fort: »Aber lassen wir das zunächst einmal. Sie kennen Mathéo Ricard und seinen Freund Louis?«

»Ricard? Da kenne ich nur den bekannten Pastis.«

»Nun werden Sie mal nicht komisch. Es gibt Zeugen, die sie mit Mathéo Ricard und seinem Kumpel Louis Martell öfter zusammen gesehen haben.«

»Ach, Sie meinen diese beiden. Ja, die kenne ich. Erledigen hin und wieder kleine Aufträge für mich.«

»Was sind denn das für Aufträge?«

»Na, zum Beispiel den Garten eines Hauses, das zum Verkauf steht, ein bisschen aufhübschen oder ein Haus putzen.«

»Wirklich? Das sollen die beiden Ganoven gemacht haben? Wissen Sie was! Das glaube ich Ihnen nicht. Das sind Arbeiten, die die garantiert nicht übernommen haben.«

»Fragen Sie sie doch selbst.«

»Das ist leider schlecht möglich. Wir wissen jedoch, dass dieser Mathéo und dieser Louis Ihre Mitarbeiterin Jacqueline Lefebre und ihren deutschen Freund entführt haben. Anschließend haben sie sogar versucht, sie zu ermorden.«

»Davon weiß ich nichts. Und warum können Sie sie nicht befragen?«, reagierte Dumoulin trotzig.

»Nun, dieses saubere Pärchen wurde brutal ermordet. Ich fürchte, dass Ihnen Gleiches widerfahren könnte. Ich nehme Sie aber zunächst wegen Anstiftung zum Mord vorläufig fest. Da sind Sie sicherer als in Freiheit. In der Untersuchungshaft haben Sie Zeit und können sich in Ruhe überlegen, ob Sie zu Ihrem eigenen Schutz nicht lieber mit uns zusammenarbeiten wollen.«

»Sind Sie verrückt? Ich habe mit dem Mord, wie Sie es bezeichnen, überhaupt nichts zu tun. Mathéo und Louis haben für mich nur gelegentlich gearbeitet. Warum sollte ich sie umbringen?«

»Ich habe auch nicht behauptet, dass Sie die beiden persönlich getötet haben. Ich bin mir jedoch sicher, dass Sie zumindest eine wesentliche Rolle in dem Fall spielen. Ihre wie auch immer geartete Mittäterschaft birgt die Gefahr, dass die Hintermänner in diesem Fall Sie ebenfalls aus dem Weg räumen wollen. Also, es bleibt dabei. Sie kommen in Untersuchungshaft!«

Nach dieser ersten Anhörung ging Sutter in den Vernehmungsraum, in dem Céline den anderen Makler befragte, und gab ihr ein Zeichen, mit ihm auf den Flur zu kommen.

»Na, wie läuft's?«

»Bis jetzt windet sich Morel wie ein Aal, aber ich glaube, er ist so verunsichert, dass er bald was sagen wird. Wie war es bei Ihnen?«

»Ähnlich. Ich werde uns jetzt rasch einen richterlichen Beschluss besorgen, damit wir die Telefongespräche und den E-Mail-Verkehr der beiden auswerten können. Ich denke, das wird den Druck auf die beiden erhöhen. Das können Sie Morel schon mal eröffnen. Vielleicht reicht allein die Ankündigung aus, um ihn gesprächig zu machen.«

»Okay, dann versuche ich mal mein Glück«, meinte Céline und ging wieder in den Vernehmungsraum.

»Nun Monsieur Morel, haben Sie noch einmal darüber nachgedacht, ob Sie mir etwas zu sagen haben? Übrigens, zu ihrer Information: Mein Chef hat einen richterlichen Beschluss zur Auswertung ihrer Telefongespräche und einen Durchsuchungsbeschluss für Ihr Büro und Ihr Haus erwirkt.«

Morel schaute Céline überrascht an; es war ihm deutlich anzumerken, dass er nicht wusste, wie er sich nun verhalten sollte.

»Monsieur Morel, wir wissen, dass Mathéo Ricard und Louis Martell für Sie und Jean-Paul Dumoulin tätig waren. Es gibt da einige mysteriöse Todesfälle im Zusammenhang mit Immobilien, die Sie zum Verkauf angeboten haben«, erhöhte Céline den Druck.

»Damit habe ich nichts zu tun! Das war allein Dumoulins Idee«, reagierte Morel fast hysterisch.

»Also hat Dumoulin Mathéo und Louis den Auftrag erteilt, seine Mitarbeiterin Jacqueline und ihren Freund zum Schweigen zu bringen, und zwar endgültig?«

»Ja, sag ich doch.«

»Und Sie waren dabei, als er den Auftrag gab?«

»Woher sollte ich das denn sonst wissen?«

»Nun, Ihr Freund Jean-Paul hätte es Ihnen ja auch nur erzählen können.«

»Ja, es war schon eher so.«

»Also, Sie wussten auf jeden Fall von dem Auftrag und haben keine Einwände gehabt?«

»Naja, ich habe doch nicht gedacht, dass das Pärchen umgebracht werden sollte.«

»Sie sind ja ganz schön blauäugig. Sie haben doch eben bestätigt, dass Dumoulin den Auftrag erteilt hat, das Pärchen endgültig zum Schweigen zu bringen. Was haben Sie denn gedacht, was er damit meinte?«

»Ich habe da nicht weiter drüber nachgedacht, aber Mord kam mir nicht in den Sinn.«

»Na gut. Lassen wir es dabei. Im Augenblick habe ich keine weiteren Fragen an Sie.«

»Dann kann ich ja wohl gehen«, meinte Morel und erhob sich von seinem Stuhl.

»Nein, davon habe ich nichts gesagt. Sie bleiben in U-Haft.«

»Wie bitte? Weswegen denn?«

»Nun, wir verdächtigen Sie der Anstiftung zum Mord, solange nicht erwiesen ist, dass Dumoulin den Auftrag dazu gab!«

»Sie spinnen wohl! Ich will sofort meinen Anwalt, Maître Ducal, sprechen.«

»Das ist doch ein Notar, wenn ich richtig informiert bin?«

»Das kann Ihnen doch egal sein. Ich bin mit ihm befreundet, und er besitzt mein volles Vertrauen. Also benachrichtigen Sie ihn.«

Sutter hörte schon auf dem Flur, dass sein Telefon klingelte. Er beeilte sich, an den Apparat zu kommen, bevor der Anruf abgebrochen wurde. Es meldete sich Roland Duboc, der junge Beamte von der KTU.

»Bonjour Capitaine Sutter. Schön, dass ich Sie erreiche. Uns liegen die Ergebnisse von der Untersuchung des Unfallwagens vor. Es ist zweifelsfrei so, wie ich schon vermutet hatte. Die Lenkung des Wagens wurde durch einen kleinen Sprengsatz zerstört. Zusammen mit der manipulierten Bremsleitung musste das zwangsläufig zu einem schweren Unfall führen. Die Täter haben es in Kauf genommen, dass das Ehepaar Rossier dabei zu Tode kommt.«

»Wie und wo bringt man denn so einen Sprengsatz an und vor allem, wie zündet man ihn?«

»Nun, um die Sprengladung richtig zu platzieren, muss man sich lediglich ein wenig in der Kfz-Technik auskennen.

Gezündet wird sie über Funk. Entsprechende Reste haben wir auch gefunden.«

»Könnte auch ein Laie, nach einer Einweisung durch einen Fachmann, den Sprengsatz angebracht und gezündet haben?

»Ja, ich denke schon. Ich habe noch eine weitere interessante Information für Sie. Ich habe unsere Datenbank durchforstet und herausgefunden, dass schon mehrere Anschläge nach dem gleichen Muster verübt wurden. Vornehmlich in Südfrankreich. Den oder die Täter hat man allerdings nie zu fassen bekommen. Die Kollegen haben jedoch festgestellt, dass die Sprengsätze aus einer Bombenwerkstatt der Mafia in Italien stammten, die kürzlich aufgeflogen ist. Einen ausführlichen Bericht darüber schicke ich Ihnen per E-Mail gleich zu. Aber ich dachte, ich informiere Sie vorab über das Wesentliche; Sie haben ja sicher schon gespannt darauf gewartet.«

»*Mon Dieu*, das ist ja eine ganze Menge, was Sie da entdeckt haben. Das hilft uns bestimmt weiter. Wir hatten auch schon den Verdacht, dass hinter den Vorgängen hier mehr steckt«, stellte Sutter erfreut fest.

»Wenn ich das richtig sehe, kämen also durchaus die beiden Toten aus der Gartenlaube als Täter infrage. Vielen Dank für Ihre gründliche Arbeit«, beendete der Kommissar das Gespräch.

»Gern geschehen. Wenn wir noch etwas entdecken, melde ich mich wieder bei Ihnen.«

Nach diesem Gespräch rief Sutter seine Mitarbeiter im Besprechungsraum zusammen, um sie über die Ergebnisse der Untersuchung des Unfallwagens und der Vernehmungen zu informieren. Nachdem er mit seinen Ausführungen geendet hatte, meldete sich Marie Flamant zu Wort: »Dumoulin wusste doch schon von dem Mord an Mathéo und Louis. Das kann er eigentlich nur von Brigadier-Chef Moreau haben.

Diese Info sollten Sie noch an Général de Brigade Poulain weitergeben. Dann hat er gute Gründe für den Einsatz der Inneren Revision.«

»Gute Idee«, lobte Sutter.

»Ach, noch eins, haben die Spurensicherer schon die Projektile gefunden, mit denen die Opfer erschossen wurden?«

»Nein, bislang habe ich noch nichts gehört.«, antwortete Céline. »Ich werde mich gleich mal darum kümmern.«

»Nein, das kann Brigadier Flamant erledigen. Wir knöpfen uns jetzt noch einmal die beiden Makler vor. Zunächst diesen Dumoulin«, entschied Sutter.

Zurück in seinem Büro rief Sutter gleich in Rennes an. Er erreichte den General jedoch nicht, weil der in einer Besprechung war, wie ihm die Sekretärin mitteilte. Sie würde aber sofort zurückrufen, sobald er wieder in seinem Büro sei. Sie rechne damit, dass er in ca. zwei Stunden zurückkäme.

Im Vernehmungsraum wartete schon Dumoulin.

»Nun, haben Sie noch einmal über alles nachgedacht?«, eröffnete Capitaine Sutter das Gespräch, nachdem er das Aufnahmegerät auf dem Tisch zwischen ihnen eingeschaltet hatte.

»Ja. Vielleicht haben Sie ja recht, dass es für mich gefährlich werden könnte. Aber ich habe mit den Morden nichts zu tun! Das war Morel mit seinen beiden Kumpanen.«

»Aber Sie wussten davon?«

»Ja, indirekt schon. Ich bin ja schließlich der Kontaktmann zu unserem Boss, und der verlangte Ergebnisse.«

»Wie darf ich das verstehen? Erläutern Sie das näher.«

»Nun, Morel und ich sollten Immobilien auftreiben, die wir dann angekauft haben. Der Kaufpreis wurde von uns so niedrig wie möglich angesetzt, und der Verkäufer erhielt einen Teil des Kaufpreises in bar. Wir haben die Objekte später zu einem deutlich höheren Preis weiterverkauft.«

»Wohin floss dann das Geld?«

»Es ging an eine Investmentgesellschaft mit Sitz in Liechtenstein und einem Büro in Paris.«

»Sie sagten eben, dass Sie Objekte auftreiben und ankaufen sollten. Wie geschah das genau? Gab es dafür spezielle Kriterien?«, fragte nun Céline.

»Sie scheinen sich ein wenig auszukennen, Madame«, versuchte Dumoulin, sich locker zu geben. »Nun, in erster Linie suchten wir Objekte von älteren Leuten, die ihr Haus verkaufen wollten.«

»Woher wussten Sie von solchen Verkaufsabsichten?«

»Wir haben ganz gute Kontakte zu Mitarbeitern der Seniorenzentren in der Region, und gegen eine kleine Aufmerksamkeit erfährt man, wer dort einziehen möchte.«

»Ja, und ältere Menschen kann man leichter betrügen«, ereiferte sich Céline.

»Welche Rolle spielten bei Ihren Geschäften Mathéo und Louis?«, übernahm Sutter wieder die Befragung.

»Die beiden sollten die Verkaufswilligkeit ein wenig fördern«, äußerte sich Dumoulin nebulös.

»Monsieur Dumoulin, ich glaube, Ihnen ist nicht bewusst, dass es hier um massive kriminelle Delikte geht. Also lassen Sie solche Spielchen«, wurde Sutter energisch.

»Naja, die beiden sollten die Hausbesitzer verunsichern. Zum Beispiel durch einen Einbruchsversuch oder nächtliche Ruhestörungen. Das hat auch ganz gut geklappt.«

»Und wenn nicht? Wurden die Hausbesitzer dann mit Gewalt aus dem Weg geräumt? Wir wissen konkret von einem Fall, wo ein Ehepaar durch die Manipulation seines Autos zu Tode kam.«

»Damit habe ich nichts zu tun. Ich weiß zwar von dem Unfall, denn für das Haus hatte ich einen Vorvertrag. Aber wieso war es kein Unfall? Davon stand doch nichts in der Zeitung.«

»Wie wurde der Kauf in diesem Fall abgewickelt? Gab es Familienangehörige?«, ging Sutter bewusst nicht auf die Fragen von Dumoulin ein.

»Nur eine entfernte Verwandte. Eine Cousine, die in Spanien lebt. Wir haben die Frau angeschrieben, sie über den Verkaufswunsch der Verstorbenen informiert und ihr angeboten, den Kaufpreis, nach Erledigung der notwendigen Formalitäten, bar auszuzahlen. Das geschah dann auch kurze Zeit später.«

»Die Frau ist also hierhergekommen?«

»Ja. Sie wollte das Geld möglichst rasch haben. Sie schien recht geldgierig zu sein.«

»Na, da war sie ja bei Ihnen in den richtigen Händen«, konnte sich Céline eine bissige Bemerkung nicht verkneifen.

»Noch mal zurück zu der Rolle von Mathéo Ricard und seinem Kumpan Louis Martell. Hatten die beiden in diesem konkreten Fall den Auftrag, den Verkauf zu beschleunigen?«

Dumoulin zögerte ein wenig: »Nicht so direkt. Unser Boss hatte uns Druck gemacht, weil wir zu wenige Objekte gefunden hatten und ihm alles zu lange dauerte. Ich habe darüber natürlich mit meinem Partner Morel gesprochen, der meinte, er würde das schon hinkriegen. Als ich von dem Unfall gehört habe, bin ich aber nicht auf die Idee gekommen, dass Morel dahinterstecken könnte.«

»Und wie kam es, dass unsere örtliche Polizei den Unfall so schnell ad acta gelegt hat, ohne weitere Nachforschungen anzustellen? Es ist doch äußerst ungewöhnlich, dass ein Auto auf gerader Straße von der Fahrbahn abkommt«, hakte Céline nach.

»Weiß ich nicht. Da müssen Sie den dicken Moreau fragen.«

»Wieso ausgerechnet Moreau?«, wurde Sutter sofort hellhörig.

»Na, der ist doch hier der Dorfsheriff«, versuchte Dumoulin der Frage auszuweichen.

»Zu dem Sie wohl gute Kontakte haben«, stellte Sutter eine Vermutung an.

»Ja, wir kennen uns ganz gut. Wir spielen öfter Boule zusammen und sind gemeinsam zur Schule gegangen.«

»Monsieur Dumoulin, wir haben Sie in Verdacht, dass Sie noch bei anderen mysteriösen Immobiliengeschäften Ihre Finger im Spiel hatten. Allein die heutige Vernehmung reicht aber aus, Sie in Untersuchungshaft zu behalten. Einen entsprechenden richterlichen Beschluss werden wir umgehend beantragen. Das wäre es jetzt erst einmal«, beendete Sutter die Vernehmung.

Auf dem Weg zu ihrem Büro sprach Céline ihren Chef etwas zögerlich an: »Mon Capitaine, ich habe eine Bitte. Ich weiß, wir stecken mitten in den Ermittlungen, aber ich würde trotzdem heute gerne frühzeitig nach Hause gehen. Mein Freund und ich haben uns schon vor Wochen Karten für ein Konzert mit Zaz in Brest besorgt. Würden Sie mich gehen lassen? Schließlich ist Freitag, und ich glaube nicht, dass wir heute noch viel weiterkommen.«

Sutter sah sie erstaunt an. »Zaz? Die finde ich auch toll. Mit ihrer außergewöhnlichen Stimme und ihrem Temperament wird das bestimmt ein eindrucksvolles Konzert. Na klar, Sie können gleich Feierabend machen. Versuchen Sie aber bitte noch, diesen Notar zu erreichen, den Morel angefordert hat. Inzwischen kümmere ich mich um die Haftbefehle.«

Marie Flamant kam ihnen entgegen und berichtete aufgeregt: »Ich habe von der Spusi Ergebnisse zu den Projektilen.«

Bevor sie weiterreden konnte, unterbrach sie Sutter. »Nicht hier auf dem Flur. Lassen Sie uns in mein Büro gehen.«

Dort berichtete Flamant, dass die Projektile die gleichen Spuren aufwiesen wie Geschosse, die bei drei Morden in

Südfrankreich gefunden wurden. Die Waffe sei zwar noch nicht endgültig identifiziert worden, aber die Techniker seien ziemlich sicher, dass es sich um eine SIG Sauer P228 handelte. Die Techniker hätten sie außerdem darauf hingewiesen, dass diese deutsche Firma vor nicht allzu langer Zeit in dubiose Waffengeschäfte mit Kasachstan verwickelt gewesen sei. Die Präsidentengarde dieses Landes wurde trotz fehlender Ausfuhrgenehmigung auf Umwegen mit dieser Waffe ausgerüstet. In der Eliteeinheit wurden Soldaten zu Scharfschützen und Bodyguards ausgebildet. »Vielleicht stammt der Profikiller, der Mathéo Ricard und seinen Freund Louis umgebracht hat, aus diesem Umfeld«, schloss Marie Flamant ihren Bericht.

»Das ist wirklich interessant. Es deutet darauf hin, dass wir es mit einer hochgefährlichen internationalen Organisation zu tun haben. Dazu passt auch, was wir bisher über die Geldwäsche herausbekommen haben.«

Während Sutter auf den Anruf seines Vorgesetzten wartete, versuchte Céline, den Notar und Anwalt Maître Ducal zu erreichen. Sie konnte jedoch nur mit seiner Sekretärin sprechen, da der Anwalt schon zu einem Segeltörn aufgebrochen war und erst am Montagmittag zurückerwartet wurde. Sie informierte ihren Chef über diese Verzögerung, der sie mit den besten Wünschen für ein gelungenes Wochenende entließ.

Während der Kommissar auf den Rückruf des Général de Brigade wartete, beschäftigte er sich mit der ungeliebten, aber notwendigen Büroarbeit.

Schließlich erlöste ihn der erwartete Anruf. Sutter fasste die Ergebnisse der Vernehmungen zusammen und berichtete von den Erkenntnissen.

»In Ihren Ermittlungen sind Sie ja in der Zwischenzeit ein ganzes Stück vorangekommen, Capitaine«, stellte der Général anerkennend fest. »Ich komme gerade von einer Besprechung mit dem Staatsanwalt, der für unseren Fall zuständig ist. Er hat die Durchsuchungsbeschlüsse für die Büros und Wohnungen von Dumoulin und Morel direkt ausgestellt. Ich denke, dass wir den Mörder jedoch nur über diese Investmentgesellschaft in Paris finden können. Heute werden wir da aber nichts mehr erreichen können, schließlich haben wir Freitagnachmittag, und da werden wir in der Firma kaum noch jemanden antreffen. Ich werde gleich Montagmorgen mit den Kollegen in Paris sprechen und unser weiteres Vorgehen mit ihnen abstimmen. Möglicherweise muss ich Sie nach Paris schicken. Jetzt genießen Sie erst mal die Ruhe vor dem Sturm. Ich wünsche Ihnen ein schönes Wochenende. Bis Montag.

»À la semaine prochaine!«

Sutter verließ die Dienststelle und ging zu der kleinen Zweizimmerwohnung, die er nach seiner Versetzung nach Morlaix angemietet hatte.

Die spärlich möblierten Räume ließen aber keine rechte Vorfreude auf das bevorstehende Wochenende aufkommen. Spontan griff er zu seinem Smartphone und rief Robert Müller an.

»Hallo, Monsieur Müller, Sutter hier. Ich hatte Ihnen ja versprochen, Sie in unserem Fall auf dem Laufenden zu halten. Wenn Sie Zeit und Lust haben, lade ich Sie und Ihre Frau in die Brasserie an der Hafenpromenade in Locquirec ein.«

»Das ist sehr nett von Ihnen. Ich frage mal Nanni, ob etwas dagegenspricht. Augenblick bitte. – »Sie ist einverstanden, meinte aber, dass wir hoffentlich nicht nur über die Verbrecherjagd sprechen würden.«

»Nein, nein. Es gibt bestimmt noch andere, schönere Themen. Wenn es Ihnen recht ist, treffen wir uns so um 18:00 Uhr.«

»Einverstanden. Da können wir mit unserem Hund bequem zu Fuß in den Ort gehen. Also bis dann.«

Eine besondere Begegnung

Auf der Terrasse vor dem Lokal waren alle Tische besetzt, aber Sutter war das ganz recht; er fand im Inneren der Brasserie im hinteren Teil einen Tisch, wo sie sich ungestört unterhalten konnten.

Kurz darauf trafen auch die Müllers mit ihrem Hund ein und sahen sich suchend in dem Raum um. Jean Sutter stand auf und winkte sie zu sich. Nach der üblichen französischen Begrüßung mit dem Austausch von Wangenküsschen stupste Aika den Mann, der ihr ja nicht mehr ganz unbekannt war, an und forderte ein paar Streicheleinheiten.

»Was darf ich für Sie bestellen?«, fragte Sutter und reichte Nanni die Getränkekarte.

Bevor sie antworten konnte, ergriff Robert das Wort: »Ich glaube, ich bin der Älteste von uns dreien, und bei uns in Deutschland redet man sich gerne mit dem Vornamen und ›Du‹ an, wenn man sich sympathisch ist und gerne eine Freundschaft eingehen möchte. Ich schlage vor, dass wir uns duzen, wenn es dir recht ist. Ich heiße Robert.«

»Und ich bin Nanni.«

»Das freut mich, dass ihr mir das Du anbietet. Ich bin Jean. So, und jetzt bestelle ich einen Crémant d'Alsace als Reminiszenz an meine Heimat, damit wir gebührend darauf anstoßen können.«

Nachdem der »Champagner«, der sich nicht so nennen darf, weil er aus dem Elsass und nicht aus der namensgebenden Champagne stammte, serviert worden war, gab es noch einmal Wangenküsse, und die drei freuten sich über ihre neue Freundschaft.

»Nanni, ich hatte ja Robert versprochen, ihn in unserem Mordfall und allem, was damit zusammenhängt, auf dem Laufenden zu halten, aber ich verspreche dir, dass ich mich kurzfasse und wir Männer nicht nur fachsimpeln.«

»Das finde ich sehr rücksichtsvoll von dir, aber ich möchte doch auch wissen, was du zusammen mit deinen Kollegen ermitteln konntest.«

Sutter schenkte es sich, Nanni und Robert darauf hinzuweisen, dass sein Bericht streng vertraulich sei. Aufgrund von Roberts Beruf ging er davon aus, dass es für die beiden selbstverständlich war.

Obwohl er sich bemüht hatte, sich so kurz wie möglich zu fassen, dauerte es doch eine knappe halbe Stunde, bis er mit einem »Puh, das ist der Stand der Dinge. Montag geht es weiter, und bis dahin lasst uns das Wochenende genießen« seine Ausführungen beendete.

Da sie die Flasche Crémant getrunken hatten, fragte Jean, was er für Nanni und Robert noch bestellen dürfe.

»Nein, das geht jetzt auf mich«, wollte Robert die nächste Runde übernehmen.

»Kommt nicht infrage. Ich habe euch eingeladen. Also, was möchtet ihr?«, setzte sich Jean durch.

Nanni entschied sich für ein Glas Rotwein, während die Männer einen Rosé bevorzugten. Als der Ober mit den Getränken an ihren Tisch kam, erhob sich gerade die am Nebentisch sitzende Dame und wollte an dem Tisch der drei vorbeigehen; dabei stolperte sie und stieß den Kellner an. Der konnte das Tablett mit den Weingläsern nicht mehr festhalten, und der Inhalt der Gläser ergoss sich über Jeans helles, sommerliches Jackett.

»Quel grand malheur! Je suis très désolée, Monsieur«, stammelte die attraktive Dame erschrocken. »Selbstverständlich komme ich für den Schaden auf. Geben Sie mir bitte Ihre Ja-

cke. Ich kenne eine gute Reinigung. Dort werde ich mich gleich morgen früh erkundigen, ob man den Schaden beheben kann. Hier ist meine Visitenkarte. Außerdem kennt man mich hier in der Brasserie. Nicht wahr, Maurice?«, wandte sie sich an den Garçon.

»Mais oui, bien sûr. Das ist Madame Porignol. Sie können ihr vertrauen.«

»Naja, die Jacke ist ja nicht so wertvoll, dass man auf die Idee kommen könnte, Madame wolle sie mir mit einem Trick stehlen«, meinte Jean Sutter lächelnd, während er das Jackett auszog und der Dame überreichte. Jetzt erst schaute er sie etwas genauer an, und was er sah, konnte ihm durchaus gefallen. Die mittelgroße Frau war für seinen Geschmack sehr schick angezogen und machte in dem leichten, sommerlichen lindgrünen Hosenanzug einen sehr sportlichen Eindruck. Um ihren Hals hatte sie einen farblich passenden Schal geschlungen. Sie legte offensichtlich Wert auf ein gepflegtes Erscheinungsbild und war dezent geschminkt. Ihre langen brünetten Haare, fielen bis auf ihre Schultern hinab und schienen ihr Gesicht zu streicheln, wenn ein leichter Luftzug sie bewegte. Er schätzte, dass sie in etwa so alt war wie er selbst, oder doch vielleicht etwas jünger.

»Wie kann ich Sie erreichen, wenn ich bei der Reinigung war?«, fragte Madame Porignol.

»Ach, ganz einfach. Rufen Sie die Polizei an«, scherzte Sutter, dem die unfreiwillige Bekanntschaft immer mehr Spaß machte.

Madame Porignol stutzte. »Die Polizei?«

»Ja, ich bin Capitaine Jean Sutter von der Police nationale in Morlaix. Aber ich bin natürlich auch privat zu erreichen. Ich gebe Ihnen meine Handynummer«, meinte er und schrieb sie auf die Rückseite einer Visitenkarte, die er aus der Brusttasche seines Hemdes zog.

»Danke für Ihre gelassene Reaktion«, bedankte sich Madame Porignol, legte die Jacke über einen Stuhl an ihrem Tisch und ging in Richtung Toiletten.

Nanni und Robert unterhielten sich noch eine Weile mit Jean, vor allem über ihre Heimatländer und deren Gemeinsamkeiten und Unterschiede. Irgendwann bemerkten sie, wie spät es schon geworden war, und Nanni mahnte zum Aufbruch.

»Soll ich euch eben zu eurem Wohnmobil bringen?«, fragte Jean. »Nee, lass mal, das ist sehr aufmerksam von dir, aber ein kleiner Spaziergang ist jetzt genau das Richtige; außerdem müsste Aika sowieso noch mal Gassi gehen«, lehnte Robert das gut gemeinte Angebot ab.

»Bevor ihr jetzt geht, noch eine letzte Frage. Hättet ihr morgen früh Lust, mich auf den Wochenmarkt in Morlaix zu begleiten? Ich würde euch auch abholen.«

»Au ja, das wäre prima. Ein Markt in Frankreich ist immer wieder ein besonderes Erlebnis.«

»Gut, dann bin ich so gegen 09:00 Uhr bei euch, wenn das recht ist?«

Ja, das passt wunderbar. Bis dahin, eine gute Nacht«, verabschiedeten sich Nanni und Robert nun endgültig und machten sich auf den Heimweg.

Unterwegs dachte Robert über den netten Abend nach. Nach einer Weile fragte er Nanni: »Sag mal, hast du auch den Eindruck, dass unser neuer Freund ein wenig einsam ist?«

»Ja, darüber habe ich auch schon nachgedacht. Er ist nach seiner gescheiterten Ehe hierher versetzt worden, hat wohl noch keine Freunde gefunden, und so ein Wochenende allein in einer vermutlich kleinen Wohnung ist auch nicht schön.«

»Naja, wenigstens macht ihm sein Beruf Spaß; zumal er, wie es scheint, erfolgreich ist.«

Wie versprochen, kam Jean am nächsten Tag kurz nach 09:00 Uhr auf dem Campingplatz von Locquirec an, um Nanni und Robert abzuholen. Nach einer etwas langwierigen Parkplatzsuche bummelten die drei über den Markt. Nanni ließ sich von den vielen verlockenden Angeboten für das Essen der nächsten Tage inspirieren und kaufte großzügig ein. Sie hatte nämlich beschlossen, ohne sich vorher mit Robert abzusprechen, Jean nach ihrer Rückkehr vorzuschlagen, bei ihnen zu bleiben und vielleicht nach einem kleinen Hundespaziergang mit ihnen zu essen. Schließlich verkündete sie, dass sie nun wohl alles habe.

»Das ist auch gut so. Noch mehr Tüten kann ich kaum schleppen«, beklagte sich Robert.

»Mein armer Mann. Was tust du mir leid. Aber wer gut essen will, muss vorher auch leiden«, spottete Nanni.

»Wie wäre es, wenn wir da drüben in das Lokal gehen und uns mit einem Pernod stärken?«, schlug Jean vor. Noch während er mit Nanni sprach, drehte er sich um und wollte zielstrebig zu dem einzigen freien Tisch gehen, dabei stieß er mit einer Frau zusammen. »Hoppla, excusez-moi.«

Die Frau lachte überrascht auf: »Na, das nenn' ich aber einen Zufall. Doch wie heißt es so schön? Man trifft sich im Leben immer zweimal. Allerdings hätte ich nicht damit gerechnet, dass es so schnell geht.« Es war Madame Porignol, der am Abend vorher das Malheur mit Jeans Jacke passiert war.

Spontan lud Jean sie ein, doch mit ihnen in das Lokal zu kommen und etwas zu trinken.

»Danke für die Einladung. Ich komme gleich nach. Ich will noch schnell in die Reinigung und fragen, ob sie ihr Jackett wieder hinbekommen haben. Ich habe es dort heute Morgen abgegeben, bevor ich auf den Markt gegangen bin.«

»Gut, dann bis gleich.«

Madame Porignol kam schon nach kurzer Zeit wieder zu ihnen. Ihre betrübte Miene ließ nichts Gutes erahnen.

»Es tut mir leid«, wandte sie sich an Jean. »Ihr Jackett ist leider nicht zu retten. Ich ersetze es Ihnen selbstverständlich. Ich hoffe, es war kein Stück, an dem Sie besonders hängen. Männer haben da ja bisweilen ganz eigene Vorlieben.«

»Nein, nein«, wehrte Jean ab. »So eine Jacke kann man doch leicht ersetzen, und sie war zwar schick, aber Herzblut hing nicht daran.«

»Na, da bin ich aber froh.«, seufzte Madame Porignol erleichtert. »Wenn Sie noch Zeit haben, können wir gleich gemeinsam auf die Suche nach einem schönen Ersatz gehen.«

»Eigentlich würde ich das Angebot gerne annehmen, aber meine Freunde sind auf mich angewiesen, weil sie mit ihrem Wohnmobil auf dem Campingplatz in Locquirec stehen, und ich muss sie dort wieder hinbringen.«

Nanni spürte mit weiblicher Intuition, dass es zwischen Madame Porignol und Jean ein wenig knisterte, und schlug daher vor: »Wir können auch mit dem Bus oder einem Taxi zurückfahren.«

»Das kommt gar nicht infrage«, meinte Madame Porignol. »Sie können meinen Wagen nehmen, und ich fahre dann später mit Monsieur Sutter zu Ihnen, um mein Auto abzuholen.« Lächelnd fügte sie hinzu: »Mit meinem Wagen kommen Sie auch bestimmt zurecht. Es ist ein deutsches Fahrzeug, ein BMW.«

»Dann revanchieren wir uns aber. Ich habe reichlich Lebensmittel eingekauft, denn ich hatte sowieso vor, Jean zum Essen einzuladen.«

»Das ist sehr nett von Ihnen, und ich will mich auch gar nicht lange zieren. Ich nehme die Einladung gerne an. Und ich heiße übrigens Madeleine«, antwortete sie fröhlich.

Auch wenn die Möglichkeiten in einem Wohnmobil im Vergleich zu ihrer Küche daheim ein wenig beschränkt waren, zauberte Nanni ein leckeres Menü auf den Tisch.

Während des Essens erzählte Madeleine, wie es sie in die Bretagne verschlagen hatte. Sie war in der Nähe von Nancy geboren und nach ihrem Schulabschluss zum Studium nach Straßburg gezogen. Dort hatte sie ihren Mann kennengelernt und auch bald geheiratet. Ihr Mann hatte eine sehr erfolgreiche Spedition gegründet und war deswegen viel unterwegs. Vor zwei Jahren verunglückte er tödlich, als er sich auf der Fahrt zu einem seiner Lkws befand, der mit einer Panne in Südfrankreich liegen geblieben war. Madeleine hatte die Spedition verkauft und sich in ihr Ferienhaus in der Bretagne zurückgezogen.

»Das war ja ein herber Schicksalsschlag für dich«, bedauerte sie Jean.

»Naja, wenn ich ehrlich bin, hat mich das schon sehr getroffen, obwohl mein Mann und ich uns in den letzten Jahren ziemlich auseinandergelebt hatten. Seine Firma war ihm häufig wichtiger als andere Dinge, dadurch hatten wir in Straßburg kaum Freunde. Deswegen fiel es mir leicht, die Stadt zu verlassen und hierher zu ziehen. Aber nun genug mit der Vergangenheit«, beendete Madeleine diesen Rückblick.

Nanni ergriff die Initiative und fragte: »Hast du Lust, einen Spaziergang mit mir und unserem Hund zu machen? Die Männer wollen sicher über den Fall sprechen, mit dem Jean gerade befasst ist. Mein Robert ist ja auch in seinem Ruhestand immer noch ein engagierter Polizist.«

»Ja, ein kleiner Spaziergang auf dem GR 34 ist jetzt genau das Richtige.«

Aika hatte wohl mitbekommen, dass die Rede von einem Spaziergang war, und kam freudig schwanzwedelnd aus dem Schatten unter dem Wohnmobil hervor.

Nachdem Nanni und Madeleine die beiden Männer allein gelassen hatten, berichtete Jean, was auf der Basis ihrer bisherigen Ermittlungsergebnisse nun weiter geplant sei.

Als er fertig war, meinte Robert anerkennend: »Das war ja eine ereignisreiche Woche. Jetzt habt ihr erfolgversprechende Spuren. Ich denke, es wird aber nicht ganz einfach sein, alles lückenlos aufzuklären, weil ihr es mit ausgebufften Profis zu tun habt und Mathéo und Louis nichts mehr aussagen können. Wie wollt ihr nun weiter vorgehen?«

»Am Montag will mein General den zeitlichen Ablauf mit den Pariser Kollegen abstimmen.«

»Wieso erst am Montag?«

»Er meint, dass es wenig Sinn ergibt, die Büroräume der Investmentgesellschaft am Wochenende zu durchsuchen, da dort niemand anwesend ist. Hinzu kommt, dass wir erst noch einen entsprechenden richterlichen Beschluss erwirken müssen.«

»Dann könnt ihr euch ja am Montag die Büroräume und Wohnungen der Makler vornehmen. Vielleicht findet ihr dort belastendes Material, mit dem der Boss dieser Investmentgesellschaft unter Druck gesetzt werden kann. Habt ihr schon herausbekommen, wie der heißt?«

»Ja, es ist ein gewisser Wladimir Morosow. Durch seine Eltern und weil er in Frankreich geboren wurde und aufgewachsen ist, besitzt er sowohl die kasachische als auch die französische Staatsbürgerschaft. Ich habe eine Datenrecherche veranlasst, aber noch keine Ergebnisse. Vielleicht haben wir ja Glück, und er ist bei uns kein Unbekannter.«

»Da bin ich schon sehr gespannt, was ihr alles aufdecken werdet. Ah, da kommen die Frauen von ihrem Spaziergang zurück. Lass uns also das Thema wechseln. Aber ich fand es wirklich nett, dass du mich so umfassend informiert hast. Auch wenn ich meinen Beruf nicht mehr ausübe, interessieren mich Verbrechen immer noch.«

Interessante Funde und eine stürmische Woche

Nach diesem gelungenen Wochenende hatte Capitaine Sutter energiegeladen schon früh am Montagmorgen seine kleine Wohnung verlassen. Gerade öffnete er die Tür zu seinem Büro, als schon sein Telefon klingelte. Er stutzte; wer wollte denn schon so früh etwas von ihm?

Als er den Hörer abnahm, meldete sich Général de Brigade Poulain: »Bonjour, Capitaine Sutter. Auch schon so früh im Büro?«

»Ja, ich bin sehr gespannt, was die Durchsuchungen bringen werden, da hat es mich nicht länger zu Hause gehalten.«

»Geht mir ähnlich, und deswegen rufe ich auch an. Ich erwarte nicht, dass wir heute schon den Durchsuchungsbeschluss für die Investmentgesellschaft in Paris bekommen werden. Selbst wenn, müssten wir die Maßnahme noch mit den Pariser Kollegen abstimmen und auch die Sonderermittlungsgruppe ›Geldwäsche‹ einbinden. Ich bitte Sie, sich heute die Büros der beiden Makler vorzuknöpfen. Ich habe deswegen auch schon veranlasst, dass Sie personell unterstützt werden. In Kürze werden sich wieder Kollegen aus Saint-Pol-de-Léon bei Ihnen melden.«

»Merci beaucoup. Das hilft mir sehr. Dann kann sich Céline um Morel und seinen Notar kümmern.«

Nachdem die Kollegen aus Saint-Pol-de-Léon eingetroffen waren, führte Sutter sie in den Besprechungsraum, in dem bereits sein Team wartete. Céline war ein wenig enttäuscht, dass sie an der Durchsuchung nicht teilnehmen sollte.

»Chef, der Anwalt von Morel wird frühestens heute Nachmittag zurückerwartet. Bis dahin könnte ich doch bei der Durchsuchung helfen. Vielleich finden wir sogar Belastungsmaterial, mit dem wir Morel massiv unter Druck setzen und auch seinen Anwalt überraschen können.«

»Na gut«, stimmte Sutter mit einem Schmunzeln zu. »Sie übernehmen die Gruppe, die Morels Büro durchsucht, und ich werde mich um Dumoulins Büro kümmern. Noch Fragen?«

»Gibt es konkrete Dinge, nach denen wir suchen?«, wollte einer der Beamten aus Saint-Pol-de-Léon wissen.

»Nun, wir wissen, dass die beiden Ermordeten für diese Makler gearbeitet haben. Wir suchen zum einen nach Beweisen in dem Entführungsfall und dem Mordversuch an dem jungen Deutschen und seiner französischen Freundin und zum anderen nach Beweisen für einen Mord an einem älteren Ehepaar, dessen Haus Dumoulin verkauft hat. Darüber hinaus vermuten wir, dass die beiden Makler an der Geldwäsche einer kriminellen Organisation beteiligt waren. Gerade wegen dieser Organisation ist es besonders wichtig, dass unsere Aktion nicht bekannt wird. Leider scheint es in unseren Reihen einen Maulwurf zu geben, der mit den Maklern zusammenarbeitet.«

Die Kollegen staunten über diese überraschende Mitteilung und stellten keine weiteren Fragen.

Während sich die beiden Gruppen auf den Weg machten, fuhr zeitgleich ein Team der Inneren Revision vor der Wache in Locquirec vor und wies den völlig überraschten Brigadier-Chef Moreau an, sofort die Türen abzuschließen und keine Telefonanrufe zu tätigen. Ein anderer Beamter wurde dazu eingeteilt, nur eingehende Anrufe anzunehmen. Dann begann das Revisionsteam mit seiner Arbeit.

Währenddessen war Sutter damit beschäftigt, die ziemlich schlampig geführten Geschäftsunterlagen in Dumoulins Büro zu sichten. Offensichtlich hatte der Makler mehr Wert auf die Einrichtung seines Büros gelegt als auf die Ordnung in seinen Akten. Es gab zwar einige dubiose Vorgänge, die der Capitaine nicht so ohne Weiteres nachvollziehen konnte, aber einen direkten Beweis für eine Verwicklung in den Mordfall und die Entführung oder die Geldwäsche fanden sie zunächst nicht.

Zeitgleich war Céline im Büro von Morel mit ihrem Team auf der Suche nach Beweisen. Während die anderen Beamten sich die Aktenordner, die ordentlich sortiert in einem Aktenrollschrank standen, einen nach dem anderen anschauten, hatte sich Céline einen schönen alten Sekretär vorgenommen, der vor einer Wand auf der rechten Seite des Raumes stand. Ihre Großmutter hatte ein ähnliches Möbelstück besessen und ihr mal gezeigt, dass sich darin ein Geheimfach befand, das man durch einen kleinen verborgenen Hebel, der sich hinter einer der Schubladen befand, öffnen konnte. Nachdem sie alle Schubladen von Morels Sekretär durchsucht und nichts sonderlich Interessantes gefunden hatte, erinnerte sie sich an das Geheimfach ihrer Oma und fing an, die Schubladen aus dem Möbel herauszuziehen. Schon bei der dritten Schublade wurde sie fündig. An der Rückseite entdeckte sie einen kleinen Hebel. Er ließ sich leicht bewegen, was darauf schließen ließ, dass er wohl häufig benutzt wurde. Als sie ihn betätigte, passierte jedoch nichts. Sie taste die Seiten des Möbels ab, um zu fühlen, ob sich dort eventuell eine verborgene Klappe befand, konnte aber nichts entdecken. Nachdenklich stand sie davor und überlegte, wo sie noch suchen könnte. Dabei fiel ihr auf, dass auf dem Holzfußboden vor dem Sekretär Kratzspuren zu sehen waren, die darauf hindeuteten, dass er wohl öfter bewegt worden war. Vorsichtig schob sie das Möbelstück von der Wand weg. Dadurch öffnete sich tatsächlich eine Klappe an der Rückseite. Hinter ihr entdeckte sie eine Kladde und eine kleine Metallkassette. Sie öffnete die Kladde und überflog die systematischen Eintragungen. Das Heft enthielt offensichtlich eine Art Buchhaltung. In der Kassette fand sie einen Stapel Geldscheine. Sie sah sich die Eintragungen in der Kladde näher an und stieß immer wieder auf die Namen Mathéo und Louis. Hinter den Namen standen jeweils ein Datum und ein Geldbetrag. Der wohl wichtigste Eintrag war jedoch der Grund für diese Zahlungen, der in einer letzten Spalte aufgeführt war. Z. B. »Rossier endgültig erledigt!« Das dazugehörige Datum war der Tag des Unfalls, erinnerte sich Céline.

Weitere Eintragungen betrafen Moreau, den Polizisten. Die Daten zu diesen Einträgen kamen Céline bekannt vor. Sie meinte sich zu erinnern, dass es die Tage waren, an denen sich die mysteriösen Todesfälle ereignet hatten. Auch der Name des Maître Ducal tauchte in der peniblen Buchhaltung auf. Mit diesen Eintragungen würden sie nicht nur Morel überführen können.

Nach diesem Fund rief sie ihren Chef an: »Bonjour Capitaine! Ich habe gute Nachrichten. Wir waren bei Morel erfolgreich. In einem Versteck in einem Sekretär habe ich eine Kladde gefunden, in der er akribisch Buch über Zahlungen an Mathéo, Louis, Moreau und diesen windigen Notar geführt hat. Die Eintragungen enthalten auch eindeutige Angaben, wofür das Geld gezahlt wurde. Haben Sie bei Dumoulin auch etwas gefunden?«

»Nein, bis jetzt noch nicht. Der ist nicht besonders ordnungsliebend. In seinen Unterlagen herrscht ein ziemliches Chaos. Die Auswertung wird wohl noch einige Zeit in Anspruch nehmen, aber die Verträge, die wir zu den zweifelhaften Immobilienverkäufen gefunden haben, sind alle von Maître Ducal abgefasst worden. Ich überlasse die weitere Suche den Kollegen. Wir treffen uns gleich in meinem Büro, um die Vernehmung Morels vorzubereiten.«

»Bon, à tout à l'heure.«

Gegen Mittag stürmte ein aufgeregter Mann mittleren Alters in Sutters Büro. Er hatte sich wohl nicht einmal die Zeit genommen, sich nach seinem Segeltörn am Wochenende umzuziehen, denn er trug immer noch seine Seglerklamotten.

»Was ist hier los? Warum haben Sie Monsieur Morel festgenommen?«

»Bonjour Monsieur! Ich nehme an, Sie sind Maître Ducal, der Anwalt von Monsieur Morel?«, reagierte Capitaine Sutter cool.

»Ja, sonst wäre ich ja nicht hier. Ich verlange, dass Sie meinen Mandanten sofort auf freien Fuß setzen!«, polterte der Anwalt.

»Sie wollen nicht erst einmal wissen, was wir ihm vorwerfen?«

»Was kann das schon sein? Bestimmt nichts, was es rechtfertigt, ihn schon seit Freitag in Untersuchungshaft zu halten.«

»Bevor Sie hier weiter rumpoltern, sollten Sie sich zunächst einmal die Fakten anhören. Wir haben Monsieur Morel festgenommen, weil wir ihn der Anstiftung zu mindestens zwei Morden und zwei Mordversuchen, der Geldwäsche und möglicherweise der Mitgliedschaft in einer kriminellen Vereinigung für schuldig halten.«

Der Anwalt war von diesen massiven Anschuldigungen offensichtlich beeindruckt und reagierte nun besonnener.

»Ich nehme an, dass Sie dafür Beweise haben?«

»Ja, die haben wir. Wie Sie wahrscheinlich wissen, ist Monsieur Morel ein sehr gewissenhafter Mensch, zumindest was die Abwicklung seiner Geschäfte betrifft. Wir haben bei der – natürlich richterlich genehmigten – Durchsuchung seines Büros Unterlagen gefunden, in denen akribisch aufgeführt ist, welchen Personen er wann und wofür Geld bezahlt hat. Ihr Name taucht da übrigens auch auf.«

Ducal überlegte einen Augenblick, bevor er zögerlich antwortete: »Naja, ich habe mit Morel und Dumoulin bei diversen Immobiliengeschäften zusammengearbeitet«, räumte der nun nervös wirkende Anwalt sofort ein. Und er fuhr umgehend fort: »Sie haben mich gedrängt, ja fast erpresst, Kaufverträge so abzufassen, dass den Verkäufern ein Teil des Kaufpreises bar gezahlt werden konnte.« Mit diesem Statement hoffte er wohl, seinen Kopf aus der Schlinge ziehen zu können.

»Sind Sie nicht stutzig geworden? Das ist doch nicht der Normalfall. Und was heißt erpresst?««

»Naja, ich habe vor Jahren mal eine Dummheit begangen und eine junge Anwaltsgehilfin aus meiner Kanzlei sexuell belästigt. Davon wusste Morel. Und im Übrigen tut man alten Freunden schon mal einen Gefallen.«

»Monsieur Ducal, das sollen wir Ihnen glauben? Für wie blöd halten Sie uns? In den Aufzeichnungen Ihres Maklerfreunds Morel haben wir etliche Eintragungen gefunden, aus denen hervorgeht, dass er Ihnen nicht unerhebliche Beträge gezahlt hat. Sicher nicht nur für den Passus ›Barzahlung‹ in den Verträgen!«, ereiferte sich Céline temperamentvoll. »Sie haben an den krummen Geschäften der beiden Makler ganz gut verdient, und ich rate Ihnen dringend, endlich die Wahrheit zu sagen. Das kann sich in dem anstehenden Verfahren positiv für Sie auswirken, wie Sie als Anwalt sicherlich wissen.«

Der Anwalt überlegte kurz und entschied sich dann auszupacken.

»Gut, ich gebe zu, etliche Kaufverträge manipuliert zu haben, weil ich ziemlich pleite war und dringend Geld brauchte. Bevor Sie fragen warum: Ich hatte hohe Spielschulden und wurde massiv unter Druck gesetzt. Ich weiß, das ist keine Rechtfertigung für meine Fehler, nur eine Erklärung.«

»Wussten Sie, dass Mathéo und Louis im Auftrag der Makler Hausbesitzer aus dem Weg geräumt haben?«, schaltete sich Sutter wieder ein.

»Nein, nicht direkt. Aber aus verschiedenen Gesprächen mit den beiden habe ich herausgehört, dass die Makler entsprechende Aufträge erteilt haben. Sie standen wohl selbst unter Druck von einem mir unbekannten Auftraggeber, der von ihnen Ergebnisse einforderte. Ein paar Tage später habe ich erfahren, dass ein Ehepaar, das sein Haus zunächst verkaufen wollte und schon einen entsprechenden Vorvertrag bei mir unterschrieben hatte, tödlich verunglückt war. Sie hatten mich angerufen und mir gesagt, dass sie den Vorvertrag rückgängig machen wollten. Ich habe natürlich Dumoulin über diesen Sinneswandel informiert. Er reagierte ziemlich ungehalten und meinte, er würde sich um die Sache kümmern. Ich habe damals schon vermutet, dass Dumoulin nach einem Anruf dieses Unbekannten Mathéo aufgefordert hat, den Fall endgültig zu regeln.«

»Okay, Monsieur Ducal. Ich werde über Ihre Aussage ein entsprechendes Protokoll anfertigen.«

»Dann kann ich jetzt wohl gehen«, meinte der Anwalt.

»Da muss ich Sie enttäuschen. Auch wenn Sie geständig sind, besteht erhebliche Verdunklungs- und Fluchtgefahr. Vielleicht könnten Sie auch auf die Idee kommen, Drahtzieher im Hintergrund zu warnen. Sie behaupten zwar, dass Sie die nicht kennen, aber das glaube ich Ihnen nicht. Aus den Verträgen der Immobilienverkäufe wissen Sie sehr wohl, dass eine Investmentgesellschaft an diesen Geschäften beteiligt war. Als Anwalt können Sie sicherlich nachvollziehen, dass diese Gründe ausreichen, Sie vorläufig festzunehmen. Falls Ihnen noch etwas einfällt ... Sie wissen schon«, schloss Capitaine Sutter die Vernehmung ab.

Für die Vernehmung von Morel hatten Capitaine Sutter und Céline abgesprochen, dass Céline mit der Befragung beginnen sollte.

Als sie den Verhörraum betraten, wartete Morel bereits auf sie.

»Toll, dass Sie endlich kommen! Weshalb haben Sie mich eigentlich verhaftet?«, empörte sich Morel heftig.

»Es gibt eine ganze Reihe von Straftatbeständen, die wir Ihnen zur Last legen. Anstiftung zum Mord, Immobilienbetrug, Geldwäsche und Bestechung«, antwortete Céline cool.

»Was soll ich alles gemacht haben? Mord, Geldwäsche, Immobilienbetrug? Wie kommen Sie darauf? Das sind doch Hirngespinste!«, gab sich Morel unschuldig.

»Nun Monsieur Morel, wir haben klare Beweise, dass Sie an diesen Straftaten beteiligt waren. In Ihrer Wohnung haben wir in Ihrem Sekretär eine Kladde mit akribischen Eintragungen gefunden, aus denen eindeutig hervorgeht, dass die beiden Ermordeten, Mathéo und Louis in Ihrem Auftrag Klienten aus dem Weg geräumt haben.«

»Was für eine Kladde? Selbst wenn Sie die in dem Sekretär in meiner Wohnung gefunden haben, heißt das doch gar nichts. Im Übrigen will ich sofort meinen Anwalt sprechen. Ohne den sage ich gar nichts mehr!« Morel verschränkte die Arme vor der Brust und lehnte sich demonstrativ auf seinem Stuhl zurück.

»Das können Sie gerne machen. Er sitzt gleich in der Zelle neben Ihnen. Er war zwar kein direkter Mittäter, hat uns aber umfassend über seine Beteiligung an Ihren und Dumoulins Machenschaften informiert. Es steht Ihnen natürlich frei, einen anderen Anwalt zu benennen.«

Morel antwortete nicht sofort. Nach einer Pause sagte er schließlich: »Ich habe so schnell keinen anderen Anwalt bei der Hand, und schließlich wird diese Vernehmung ja wohl protokolliert, sodass meine Aussagen später auch noch überprüft werden können.«

»Ja, selbstverständlich. Also, was sagen Sie zu den Vorwürfen, die wir Ihnen machen?«

»Nun, zunächst einmal bestreite ich, dass die Kladde, die Sie gefunden haben, mir gehört. Ich weiß auch überhaupt nichts von einem Geheimfach.«

»Monsieur Morel, für wie blöd halten Sie uns eigentlich? Wir haben auf dem Deckel des Geheimfachs und auf der Kladde reichlich Fingerabdrücke gefunden. Ich werde sofort veranlassen, dass man von Ihnen Vergleichsabdrücke abnimmt. Im Übrigen haben wir die handschriftlichen Einträge mit Kommentaren verglichen, die sie auf Schriftstücken in Ihrem Büro gemacht haben. Man muss kein Grafologe sein, um zu erkennen, dass die Handschriften identisch sind«, erhöhte Céline den Druck.

Morel starrte sie an. »Madame, Sie sind sehr gründlich. In dem Fall ist es wohl zwecklos zu leugnen. Ja, das ist meine Kladde, und die Eintragungen stammen von mir. Aber ich bin nur der Buchhalter. Dumoulin hat Mathéo und Louis die Aufträge erteilt. Als er befürchtete, dass diese Tusse, die bei ihm im Büro arbeitet, und ihr deutscher Freund etwas von seinen krummen Geschäften mitbekommen haben, hat er Mathéo gesagt, er solle das Problem lösen, und zwar endgültig, wie er ausdrücklich betont hat. Er hat auch den Kontakt zum Boss gehalten, der ihm jeweils gesagt hat, was er machen sollte. Ich war nur einmal bei einem Treffen mit ihm dabei, nachdem etwas schiefgelaufen war. Der Boss hat das dann selbst in die Hand genommen, und kurz darauf haben Sie ja Mathéo und Louis ermordet aufgefunden.«

Céline und Sutter schauten sich mit hochgezogenen Augenbrauen an.

»Monsieur Morel, wären Sie bereit, diese Aussage unter Eid zu wiederholen?«

»Ja«, kam kurz und knapp die Antwort.

Capitaine Sutter veranlasste, dass Morel wieder in seine Zelle gebracht wurde. »Was meinen Sie, Céline, sollen wir uns jetzt noch einmal Dumoulin vorknöpfen?«

»Ja, und ich bin schon sehr gespannt, was er zu den Äußerungen von Morel sagen wird. Aber Capitaine, Sie denken daran, dass Sie heute noch nach Paris fahren müssen?«

»Danke für den Hinweis. Ich weiß, die Zeit könnte knapp werden. Im Zweifelsfall müssen Sie die Vernehmung mit Brigadier Flamant zu Ende führen.«

Dumoulin wurde in den Vernehmungsraum gebracht, und Capitaine Sutter forderte ihn auf, Platz zu nehmen.

»Nun, Monsieur Dumoulin, haben Sie inzwischen über Ihre Situation und die Tatvorwürfe, mit denen wir Sie konfrontiert haben, nachgedacht?«

»Ja, aber ich habe Ihnen nichts Neues zu erzählen«, gab sich Dumoulin verschlossen.

»Monsieur Dumoulin, wir haben mittlerweile Aussagen, die Sie erheblich belasten. Sie hatten die Kontakte zu dem Boss im Hintergrund und haben Mathéo und Louis die Aufträge erteilt, verschiedene Angelegenheiten zu regeln.«

»Aber das waren lediglich harmlose Aufträge. Ich habe Ihnen doch schon gesagt, dass ich die beiden engagiert hatte, mal ein Haus oder ein Grundstück etwas herzurichten, damit die Objekte auf potenzielle Käufer einen besseren Eindruck machten.«

» Notar Ducal hat uns aber etwas ganz anderes erzählt, Monsieur Dumoulin. Er hat mitbekommen, dass Sie Mathéo und Louis beauftragt haben, Hausbesitzer aus dem Weg zu räumen. Ferner hat ihr Kompagnon Morel uns überzeugend dargelegt, dass Sie auch Ihre Mitarbeiterin und deren deutschen Freund aus dem Weg räumen lassen wollten. Er ist bereit, diese Aussage vor Gericht unter Eid zu wiederholen. Beide haben uns übereinstimmend berichtet, dass Sie derjenige sind, der Kontakt zu dem großen Boss im Hintergrund hat.«

Dumoulin witterte eine Chance, seinen Kopf aus der Schlinge ziehen zu können. »Ja, ja, der hat die Aufträge erteilt. Ich habe sie nur weitergegeben.«

»Das hätten Sie aber nicht tun müssen! So haben Sie sich eindeutig schuldig gemacht. Wie dies zu bewerten ist, wird ein Gericht entscheiden.« Sutter legte eine kurze Pause ein, bevor er fortfuhr: »Monsieur Dumoulin, im Rahmen unserer Ermittlungen hat sich der Verdacht erhärtet, dass ihre Immobiliengeschäfte auch der Geldwäsche dienten. Was haben Sie dazu zu sagen?«

Dumoulin versuchte erneut, den Unschuldigen zu mimen: »Geldwäsche? Nein, damit habe ich nichts zu tun.«

»Maître Ducal hat eingeräumt, dass er in Ihrem und Morels Auftrag Verträge manipuliert hat und dass die finanzielle Abwicklung teilweise in bar erfolgte. Die so erworbenen Häuser wurden dann ein wenig aufgehübscht und anschließend von Ihnen mit hohem Gewinn ganz offiziell verkauft. Ich gehe davon aus, dass auch das neue Wellnessresort mit illegal erworbenen Geldern finanziert wird. In der penibel geführten Buchhaltungskladde Ihres Freundes Morel haben wir entsprechende Hinweise gefunden«, bluffte Sutter ein wenig. »Mit der Investmentgesellschaft, die hinter diesem Projekt steckt und zu deren Boss Sie ja Kontakt haben, werden wir uns auch noch beschäftigen. Sie sollten sich überlegen, ob Sie sich jetzt aus freien Stücken dazu äußern oder weiterhin den Ahnungslosen spielen wollen.«

»Könnte ich dann mit einer geringeren Strafe rechnen?«

»Das kann ich Ihnen nicht versprechen, aber aus Erfahrung kann ich Ihnen sagen, dass sich ein solches Verhalten häufig positiv auf das Strafmaß auswirkt.«

Dumoulin dachte kurz nach und entschloss sich dann auszusagen. »Gut, ich vertraue Ihrer Einschätzung. Ja, wir haben mit der Investmentgesellschaft in Paris zusammengearbeitet und von dort Anweisungen erhalten, wie wir bestimmte Geschäfte abwickeln sollten. Dass es sich dabei um Schwarzgeldgeschäfte handelte, wurde uns zwar nicht gesagt, aber es war offensichtlich, dass hier Geld aus illegalen Quellen verwendet wurde. Morel, Ducal und ich haben jeweils einen prozentualen Anteil erhalten, der auf ein anonymes Konto bei einer Bank auf den Kaimaninseln, das wir dort einrichten mussten, eingezahlt wurde. Von dort aus wurde es dann nach Europa transferiert und schließlich an uns ausbezahlt.«

»Nennen Sie mir bitte diese Bankverbindung«, forderte Sutter und hoffte, dass diese Information bei der Aktion in Paris hilfreich sein würde.

Nachdem der Makler ihm die genaue Bankverbindung genannt hatte, beendete Capitaine Sutter die Vernehmung und ließ Dumoulin wieder in seine Zelle bringen.

»Ich denke, das wird ausreichen, um Dumoulin, Morel und Ducal verurteilen zu können. Es fehlt uns aber leider immer noch der Mörder von Mathéo und Louis. So Chef, jetzt müssen Sie aber los.«

»Ja, und ich hoffe, dass wir in Paris zum einen den Mord an den beiden Handlangern aufklären können und zum anderen auch Beweise für die Geldwäsche finden werden.«

Bevor sich Sutter auf den Weg machte, rief er noch Général de Brigade Poulain an und informierte ihn über die Ermittlungsergebnisse.

»Herzlichen Glückwunsch, Capitaine Sutter«, freute sich sein Vorgesetzter mit ihm und meinte noch: »Nun muss Paris liefern.«

Während Sutter zufrieden zu den Kollegen in die Seinemetropole fuhr, machte sich bei den Beamten der Inneren Revision Frust breit. Sie hatten in der Polizeistation trotz gründlichen Suchens keine Unregelmäßigkeiten feststellen können.

»Na, Kollegen, da hat euch wohl jemand auf das falsche Pferd gesetzt. Kann ja jedem mal passieren. Ich habe gleich gesagt, dass hier alles sauber ist«, meinte Moreau triumphierend und mit leicht ironischem Unterton.

Genau diese Bemerkung machte den Leiter der Gruppe stutzig. »Da Sie ja nichts zu verbergen haben, macht es Ihnen sicher nichts aus, wenn wir uns jetzt noch Ihre Wohnung anschauen.«

»Meine Wohnung? Wieso das denn? Das ist meine Privatsphäre, und da habe ich keine dienstlichen Unterlagen. Außerdem brauchen Sie dafür eine richterliche Genehmigung.«

»Bitte schön«, lächelte sein Gegenüber und präsentierte ihm das entsprechende Dokument. »Führen Sie uns bitte zu Ihrer Wohnung«, forderte er Moreau auf, der nun gar nicht mehr so selbstsicher wirkte.

Als sie die Wohnung des Brigadier-Chefs betraten, staunten die Ermittler der Inneren Revision nicht schlecht.

Bereits im Flur hingen einige Aquarelle eines jungen, in der Bretagne sehr bekannten Malers an den Wänden. Es waren keine Kopien, sondern Originale. Darauf angesprochen, meinte Moreau: »Die habe ich von einer Tante geerbt. Ich wusste gar nicht, dass die wertvoll sind.«

Einer der Beamten öffnete eine Tür, hinter der sich die Küche befand, und pfiff anerkennend. »Haben Sie die auch von Ihrer Tante geerbt? Solch eine Designerküche mit allen Geräten, die man sich nur wünschen kann, könnte ich mir nicht leisten.«

Moreau ließ sich dadurch nicht aus der Ruhe bringen. Er strich sich über seinen üppigen Bauch und erklärte grinsend. »Kochen ist meine große Leidenschaft. Ich bin Junggeselle und muss mein Gehalt mit keiner Frau teilen.«

Auch die Möbel im Wohnzimmer machten einen luxuriösen und teuren Eindruck. Der Raum wurde von einem üppig dimensionierten Fernseher dominiert, auf dem ein Aufkleber zu sehen war, der darauf hinwies, dass dies Gerät mit der neusten OLED-Technik ausgestattet war.

Der Leiter des Teams schaute Moreau skeptisch an und meinte: »Ich denke, für die Luxusausstattung Ihrer Wohnung müssen Sie uns eine überzeugende Erklärung liefern. Und kommen Sie uns nicht mit Erbschaften oder Lottogewinnen. So etwas lässt sich sehr leicht überprüfen.«

Noch während er Moreau mit dieser Feststellung verwarnte, kam ein Mitarbeiter seines Teams aus dem Schlafzimmer. »Schauen Sie Chef, was ich im Schlafzimmer gefunden habe.« Er öffnete eine Kassette und zeigte ihm ein großes Bündel Geldscheine.

»Nun Moreau, was sagen Sie dazu? Und bitte keine neuen Märchen.«

»Auch wenn Sie es mir nicht glauben werden; ein guter Freund hat mich gebeten, das Geld für ihn aufzubewahren. Er meinte, bei einem Polizisten wäre es sicher.«

»Hat der Freund auch einen Namen?«

»Ja, das ist der Makler Morel.«

»Morel? Gegen den ermitteln doch Capitaine Sutter und sein Team. Das haben wir gleich«, meinte der Ermittler und holte sein Handy aus der Jackentasche, um Sutters Dienststelle anzurufen.

Er erreichte jedoch nur Céline, die ihn über das Ergebnis der Ermittlungen gegen Morel, Dumoulin und Ducal unterrichtete. Als sie schilderte, welche Eintragungen sie in der Buchführungskladde von Morel gefunden hatte, nickte er bedächtig und fasste zusammen: »Na, das reicht, um Moreau vom Dienst zu suspendieren. Damit können wir ihm nicht nur Bestechlichkeit nachweisen, sondern auch die Vertuschung von Straftaten.« Mit diesen Worten wandte er sich zu Moreau um und wollte ihm eröffnen, dass er vorläufig festgenommen sei. Moreau hatte jedoch das Gespräch teilweise hören können, stieß den Ermittler zur Seite und rannte zur Wohnungstür. Er riss sie auf und sprang die Treppe hinunter; dabei stieß er mit einer Frau zusammen, die mit ihren Einkaufstüten fast die ganze Breite der Treppe ausfüllte. Moreau strauchelte, konnte sich nirgendwo festhalten und fiel die letzten Stufen hinunter. Mit einem Schmerzensschrei »Mein Bein, mein Bein!« blieb er stöhnend innen vor der Haustür liegen.

Der Ermittler forderte einen Rettungswagen an und konnte Moreau nun eröffnen, dass er vorläufig festgenommen sei.

Nach Paris der Liebe wegen?…

Nein, der Diebe wegen

Während seiner Fahrt in die französische Metropole nutzte Jean Sutter die Zeit, um noch einmal über die Ereignisse der letzten Tage nachzudenken. Sein neuer Freund Robert hatte genau richtig gelegen mit seiner Vermutung, dass sie bei den Maklern vielleicht belastendes Material finden könnten. Er versuchte, ihn über die Freisprecheinrichtung seines Wagens anzurufen, erhielt jedoch nur die lakonische Mitteilung, dass der Teilnehmer zurzeit nicht zu erreichen sei. Bei Madeleine Porignol hatte er mehr Glück. Sie freute sich offensichtlich über seinen Anruf und beglückwünschte ihn zu seinem Erfolg; gleichzeitig bat sie ihn, vorsichtig zu sein. Sutter freute sich über diese Aufforderung, die ihm zeigte, dass er ihr nicht gleichgültig war. »Versprochen. Ich freu mich schon, dich wiederzusehen, wenn ich zurück bin.«

»Ich freu mich auch. Also bis dann.«

»Bis dann.«

Je näher Sutter an Paris herankam, desto dichter und hektischer wurde der Verkehr, und er musste sich voll auf seine Umgebung konzentrieren. Motorradfahrer überholten links wie rechts und nutzten rücksichtslos jede Gelegenheit, um möglichst schnell voranzukommen. Motorräder mit zwei Vorderrädern für eine bessere Stabilität schienen hier besonders stark vertreten zu sein. Kleintransporter von Handwerksbetrieben und Auslieferungsfahrzeuge drängelten sich in jede sich bietende Lücke, auch wenn sie dadurch allenfalls

Sekunden gewannen. Sutter war froh, als er endlich sein Ziel, das Präsidium der Pariser Polizei, erreicht hatte. Im Eingangsbereich überwachten zwei Beamte den Zugang in das Gebäude und ließen sich die Ausweise zeigen. Fremde Personen wurden durch einen Personenscanner geleitet. Nach den Anschlägen in der Metropole war man sehr vorsichtig und sicherheitsbewusst geworden.

Auch Sutter musste sich natürlich ausweisen. Als der junge Polizist, der ihn kontrollierte, seinen Namen auf dem Dienstausweis las und ihn anschaute, um zu überprüfen, ob das Foto auch mit dem Gesicht der Person, die vor ihm stand, übereinstimmte, lächelte er plötzlich freundlich und sprach ihn an: »Bonjour, Capitaine Sutter. Sie werden bereits erwartet. Die Einsatzgruppe ›Grund und Boden‹ hat sich schon im Besprechungsraum im 5. Stock versammelt. Ich melde Sie eben an; wenn Sie den Fahrstuhl nehmen, wird Sie dort ein Kollege erwarten.

Der Besprechungsraum, in den Sutter geführt wurde, glich eher einer modernen Einsatzzentrale. Vor jedem Sitzplatz stand ein Monitor mit einer Tastatur. Hinter dem offenen Ende der zu einem U aufgestellten Arbeitsplätze befand sich eine große Leinwand, auf der im Augenblick ein Stadtplan von Paris zu sehen war.

Als der Capitaine aus Morlaix den Raum betrat, erhob sich eine schlanke, sportliche Frau und kam auf ihn zu. »Bonjour, Monsieur Sutter. Ich bin Cathérine Deschamps«, stellte sie sich vor und fügte lächelnd hinzu: »Aber mit dem Trainer unserer Fußballnationalmannschaft weder verwandt noch verschwägert.« Danach machte sie Sutter mit den anwesenden Beamten bekannt: dem Leiter der Abteilung »blanchiment de l'argent«, Marcel Fluvi, ihren Mitarbeitern aus dem Bereich Police Judiciaire und dem Chef des Sondereinsatzkommandos (SEK). Marcel Fluvi wurde von Richard Grand, dem Freund Sutters aus der gemeinsamen Zeit an der Polizeischule begleitet, der Sutter besonders herzlich begrüßte. Madame Deschamps wies Sutter einen Arbeitsplatz direkt neben sich zu und begann mit ihrem Briefing.

»Mesdames et messieurs, dank der erfolgreichen Ermittlungen unserer Kollegen in der Bretagne konnten einige Straftaten dortiger Immobilienmakler und eines Notars aufgeklärt werden. Außerdem wurde ein Polizist der passiven Bestechung überführt. Im Rahmen der Vernehmungen haben die Beschuldigten gestanden, dass sie für eine Investmentgesellschaft aus Liechtenstein mit einem Büro in Paris Immobiliengeschäfte getätigt haben, um Schwarzgeld zu waschen. Für diese Firma arbeitet auch ein Mann, der höchstwahrscheinlich in Locquirec zwei Morde begangen hat und möglicherweise auch als Täter für andere Morde in der Vergangenheit infrage kommt. Wahrscheinlich ist es ein ehemaliger Angehöriger der kasachischen Präsidentengarde, von der wir wissen, dass dort erstklassige Agenten ausgebildet wurden. Also höchste Aufmerksamkeit!« Damit beendete sie zunächst ihre Ausführungen.

Der Chef des Sondereinsatzkommandos meldete sich zu Wort: »Wieso nehmen Sie an, dass es sich um ein ehemaliges Mitglied der kasachischen Präsidentengarde handelt?«

»Wenn Sie bitte über Ihre Ermittlungsergebnisse berichten, Monsieur Sutter«, übergab Cathérine Deschamps das Wort an den Capitaine.

»Wir haben bei der Obduktion der beiden Mordopfer zwei Projektile gefunden, die einer SIG Sauer P228 zugeordnet werden konnten, die auch bei früheren Morden benutzt worden war. Diese Waffe wurde von dem deutschen Hersteller nach Kasachstan geliefert. Da das Pariser Büro der Investmentgesellschaft von Wladimir Morosow geleitet wird, der ebenfalls aus Kasachstan stammt, liegt der Verdacht nahe, dass ein Landsmann für ihn arbeitet.«

»Konnten Sie ihn schon identifizieren?«

»Nein, leider noch nicht. Wir haben am Tatort keine Fingerabdrücke oder DNA-Spuren gefunden. Wir wissen aber von einem zuverlässigen Zeugen, dass der Täter mit einem SUV der Marke Audi, einem Q7, unterwegs war. Wir haben sogar das Kennzeichen. Das Fahrzeug ist auf das Büro der Investmentgesellschaft hier in Paris zugelassen.«

»Danke, Capitaine Sutter. Wir werden uns also auf einen gefährlichen Profikiller einstellen und zusehen müssen, den Audi rasch zu finden, denn ich gehe davon aus, dass wir in dem Fahrzeug die erforderlichen Beweise finden, um den noch Unbekannten identifizieren und die Morde aufklären zu können«, schloss der Chef des SEK ab.

»Nun zur konkreten Planung unseres Einsatzes«, übernahm wieder Cathérine Deschamps. Auf der Leinwand und auf den Bildschirmen vor den Beamten wurde der Stadtplan vergrößert und das Gebäude markiert, in dem sich die zu durchsuchenden Büros befanden. Aus der Beschreibung ging hervor, dass sich unter dem Haus eine Tiefgarage für die Mieter befand. Der Leiter des SEK fragte nach einem detaillierten Gebäudeplan, der auch sofort eingeblendet wurde. Zwei Fahrstühle und ein Treppenhaus führten von der Eingangshalle in die 10. Etage und auch in die Tiefgarage. Entsprechend würde der Leiter des SEK den Einsatz seines Personals planen und auch eine zusätzliche Reserve mit Zivilfahrzeugen in der Nähe vorsehen.

Cathérine Deschamps entschied, dass die Beamten der Police Judiciaire und der Abteilung »blanchiment de l'argent« die Büroräume erst betreten sollten, wenn das SEK alles gesichert hätte.

Der Beginn des Einsatzes wurde auf 16:00 Uhr festgelegt.

Pünktlich zur vereinbarten Zeit betraten die Beamten das Bürogebäude. Hinter dem Empfangstresen in der Halle stand ein Concierge in Livrée, der die Gruppe misstrauisch anschaute. Cathérine Deschamps zeigte ihm ihren Dienstausweis und teilte ihm mit, dass sie zu der Investmentgesellschaft von Wladimir Morosow wollten. Der Concierge griff zum Telefon und meinte: »Ich werde Sie anmelden. Monsieur Morosow schickt immer jemanden herunter, der dann die Besucher zu ihm bringt.«

»Genau das werden Sie jetzt nicht tun. Wir möchten den Herrn und seine Mitarbeiter überraschen. Marcel ...«, wies sie einen ihrer Mitarbeiter an, »... Sie bleiben hier bei der Rezeption.«

»Aber...«, stammelte der Mann hinter dem Tresen. »Wenn ich mich nicht an die Anweisungen von Monsieur Morosow halte, verliere ich meinen Job. Schließlich gehört seiner Firma der ganze Gebäudekomplex.«

»Ich denke, der hat ihm die längste Zeit gehört. Können Sie einen der beiden Lifte sperren?«

»Ja, aber warum?«

»Um Morosow und seinen Mitarbeitern möglichst wenig Fluchtmöglichkeiten zu bieten. So, und nun ist Schluss mit den Fragen«, beendete Cathérine Deschamps das Gespräch energisch.

Nachdem der eine Fahrstuhl abgeschaltet war, fuhr zunächst der Leiter des SEK mit sechs seiner Leute in den 10. Stock. Vier weitere Polizisten seines Kommandos schickte er durch das Treppenhaus nach oben.

Nachdem der Aufzug wieder nach unten gekommen war, folgte Cathérine Deschamps mit ihrem Team und den Beamten der Abteilung »blanchiment de l'argent«.

Von dem Flur in der 10. Etage gingen drei Türen ab. Protzige Messingschilder verrieten, wer sich dahinter verbarg. Wie die Beamten aus dem Gebäudeplan wussten, war jedoch einer dieser Bürotrakte mit den Räumen der Investmentgesellschaft verbunden, die sich am Ende des Flurs befanden. Zwei der Beamten, die durch das Treppenhaus hochgekommen waren, wurden von ihrem Chef vor dieser Tür direkt neben dem Treppenhaus postiert. Er schaute Cathérine Deschamps an, die kurz nickte, und gab dann das Zeichen, die Bürotür mit einer Handramme gewaltsam zu öffnen. Die Tür flog beim zweiten Schlag auf, und in dem Raum dahinter fing eine junge Frau an, hysterisch zu schreien. Die Beamten kümmerten sich nicht weiter um sie, sondern drangen mit vorgehaltenen Waffen in das Büro von Wladimir Morosow und in die beiden anderen Räume ein. Die Mitarbeiter in diesen Büros waren vollkommen überrascht und folgten dem Befehl der Polizisten, ihre Hände zu heben, ohne zu zögern.

Morosow war nicht alleine in seinem Büro. Ein großer, muskulöser Mann stand neben ihm, der die Situation blitzschnell erfasste. Er stieß Morosow in Richtung der eingedrungenen Polizisten und stürzte zur Tür, in der Cathérine Deschamps stand. Im Vorbeistürmen wollte er sie mitreißen, erwischte aber nur den Ärmel ihrer Jacke, der sofort riss. Fluchend stürmte der Mann zu der Tür, die ins Treppenhaus führte. Die beiden Beamten dort stellten sich ihm in den Weg, um ihn aufzuhalten; gleichzeitig versuchten sie, ihre Pistolen zu ziehen. Der Flüchtende hatte seine Waffe schon in der Hand und schoss die beiden aus kurzer Entfernung nieder.

Ohne sich weiter aufzuhalten, raste er das Treppenhaus zur Tiefgarage hinunter. Zwei Polizisten, die der Leiter des SEK hinter ihm hergeschickt hatte, konnten ihn nicht einholen. Der Mann erreichte unbehelligt einen schwarzen SUV. Er hatte schon aus der Entfernung das Türschloss entriegelt, stieg blitzschnell ein und startete den Wagen. Mit hoher Geschwindigkeit raste er zur Ausfahrt, wo er die Schranke durchbrach. Mit quietschenden Reifen bog er auf die Straße ein und zwang einige Fahrzeuge zu Vollbremsungen.

Der SEK-Chef hatte über Funk seine Kollegen in den Zivilfahrzeugen, die in der Umgebung des Bürogebäudes Position bezogen hatten, über die Flucht informiert und sie angewiesen, die Verfolgung aufzunehmen. Das Fahrzeug des Flüchtenden war leicht zu identifizieren, denn schon im Einsatzbriefing war ein schwarzer SUV der Marke Audi mit einem Pariser Kennzeichen angesprochen worden. Innerhalb kürzester Zeit folgten zwei zivile Einsatzfahrzeuge mit Blaulicht und Sirene dem Audi. Der Fahrer überholte rücksichtslos andere Fahrzeuge und verursachte dabei auch kleinere Kollisionen. Das hielt ihn jedoch nicht auf. Die Verfolger erkannten, dass er wohl versuchen wollte, auf die Autobahn, die von Paris in Richtung Belgien führt, zu entkommen. Sofort veranlassten sie entsprechende Straßensperren. Auf der Ausfallstraße in Richtung Autobahn waren zwei Streifenwagen gerade dabei, sich quer auf die Fahrbahn zu stellen, als der Flüchtende auftauchte. Er sah, dass ihm nur noch eine Chance blieb, nämlich über den Randstreifen und den Bürgersteig zu fahren. Schnell riss er das Steuer des schweren Wagens zur Seite und prallte gegen die Bordsteinkante. Der Wagen schleuderte zurück und krachte gegen einen der beiden Streifenwagen. Der Verbrecher gab wieder Vollgas, konnte den Wagen jedoch nicht mehr abfangen. Mit laut aufjaulendem Motor schoss das Fahrzeug zurück auf die Fahrbahn und auf einen Betonsockel zu, auf dem ein großer Mast für die Fahrbahnbeleuchtung stand. Mit ohrenbetäubendem Krach knallte der Wagen gegen den massiven Block. Durch die hohe Geschwindigkeit rutschte er noch ein Stück den Betonsockel hoch und wurde erst durch den Laternenmasten endgültig gestoppt, der dadurch wie in Zeitlupe umknickte und auf dem Dach des Audis landete.

Die herbeigeeilten Polizisten versuchten, den bewusstlosen Fahrer aus dem zertrümmerten Auto zu bergen. Die Türen ließen sich jedoch nicht mehr öffnen. Sie setzten einen Notruf für Notarzt und Feuerwehr ab und sicherten die Unfallstelle.

Nachdem der Mann aus dem Autowrack geborgen war, untersuchte ihn der Notarzt und teilte den im Hintergrund wartenden Polizisten mit, dass der bewusstlose Mann wohl nicht lebensgefährlich verletzt wurde. Die Polizisten fragten, in welches Krankenhaus das Unfallopfer gebracht würde, und organisierten die Bewachung des Krankenzimmers, auch wenn im Augenblick keine direkte Fluchtgefahr bestand.

In den Büroräumen eröffnete Cathérine Deschamps dem staunenden Morosow, welche Verbrechen man ihm zur Last legte.

»Das ist doch lächerlich! Ich habe keine Geldwäsche betrieben und einen Auftrag zum Mord habe ich schon gar nicht gegeben. Das sind Hirngespinste!«, ereiferte er sich.

»Monsieur Morosow, wir haben Zeugen für diese Anschuldigungen, und der Mann, der eben geflohen ist, ist nach unseren Erkenntnissen ein Auftragskiller, der für Sie tätig ist. Er wurde mit ihrem Firmenwagen in der Bretagne gesehen, wo er zwei Morde begangen hat.«

»Selbst wenn das so sein sollte. Ich habe damit nichts zu tun. Igor Schirajew hat zwar für unsere Firma gearbeitet, aber ich habe ihm nur vollkommen legale Aufträge erteilt. Das wird er Ihnen bestätigen«, meinte Morosow in der Hoffnung, dass Igor die Flucht geglückt sei.

In diesem Augenblick kam ein Beamter ihres Teams in das Zimmer und flüsterte Cathérine Deschamps etwas ins Ohr.

Sie wandte sich wieder an Morosow: »Nun, das wird seine Vernehmung ergeben. Die Flucht ist ihm misslungen, und meine Kollegen haben ihn festgenommen«.

»Fuck!«, fluchte Morosow.

»Monsieur Morosow, ich verhafte Sie wegen des dringenden Verdachts der Beteiligung an mindestens zwei Morden und der Geldwäsche. Des Weiteren besteht erhebliche Fluchtgefahr.« Mit der Eröffnung dieser Anschuldigungen ließ sie den protestierenden Morosow abführen.

Da die Türen zu den Büros, in denen sich seine Mitarbeiter befanden, offen standen, hatten alle mitbekommen, dass ihr Chef verhaftet worden war. Die Festnahme rief unterschiedliche Reaktionen bei ihnen hervor. Während einige eingeschüchtert und ängstlich zu Boden blickten, schauten andere trotzig zu den Beamten hinüber. Marcel Fluvi konzentrierte sich auf einen jungen Mann, der sich in eine Ecke seines Büros zurückgezogen hatte und immer wieder nervös zu einem Aktenschrank blickte, der neben einem Fenster stand.

»Wie heißen Sie, junger Mann, und welche Funktion haben Sie in der Firma?«, fragte er ihn mit hartem Unterton in der Stimme.

»Ich bin Jean-Pierre«, antwortete der junge Mann zögerlich.

»Jean-Pierre? Und weiter?«

»Peyrac.«

»Und welche Aufgabe haben Sie hier? Und lassen Sie sich nicht jedes Wort aus der Nase ziehen.«

»Ich bin seit Kurzem für die Buchführung unserer Geschäfte zuständig. Vorher habe ich den An- und Verkauf von Immobilien organisiert.«

»Dann haben Sie ja einen guten Einblick in die Geschäfte der Firma. Sie haben sicher mitbekommen, dass wir wegen Geldwäsche und Mord in mindestens zwei Fällen ermitteln. Wenn ...«

»Mit Morden habe ich nichts zu tun!«, fiel Peyrac ihm aufgeregt ins Wort.«

»Aber zu der Geldwäsche können Sie mir schon was sagen?«, folgerte Marcel Fluvi aus Peyracs Worten.

»Ja. Seit ich Einblick in die Buchführung habe, kommt mir so einiges komisch vor.« Dabei blickte er sich ängstlich um, als wollte er sich vergewissern, dass seine Kollegen das Gespräch nicht mitangehört hätten.

Marcel Fluvi beendete die Befragung und übergab den jungen Mann einem Kollegen, der ihn zu ihrer Dienststelle bringen sollte, um ein Protokoll aufzunehmen.

Dann nahm er sich den Aktenschrank vor, den Peyrac immer wieder nervös angeschaut hatte. Er blätterte einen ersten Ordner durch und stieß einen kleinen Pfiff aus. Die Akte enthielt umfangreiche Aufzeichnungen über Immobiliengeschäfte in ganz Frankreich und wie die finanziellen Angelegenheiten abgewickelt wurden. Dabei wurde immer wieder eine Firma auf den Kaimaninseln erwähnt.

Auch die anderen Beamten seines Teams hatten Hinweise auf illegale Transaktionen gefunden. Die konkrete Auswertung der umfangreichen Unterlagen würde sicher noch einige Zeit in Anspruch nehmen. Das Material sollte jedoch auf alle Fälle ausreichen, um Morosow anklagen zu können.

Cathérine Deschamps und Sutter freuten sich einerseits über den Erfolg der Kollegen, andererseits waren sie jedoch unzufrieden, weil sie die Morde noch nicht vollständig aufklären konnten.

»Ich hoffe, dass uns die Untersuchung des Audi weiterbringen wird«, meinte Sutter, dem es nur schlecht gelang, seine Enttäuschung zu überwinden.

»Und dieser Igor Schirajew ist ja auch noch da. Wie mir die Kollegen sagten, die ihn festgenommen haben, ist er wohl schwer, aber nicht lebensgefährlich verletzt. Wir werden ihn hoffentlich bald vernehmen können.«

»Egal, so lange werde ich nicht in Paris bleiben. Und der Fall ist ja bei Ihnen in den besten Händen. Ich werde morgen nach Hause fahren.« Und bei dem Gedanken an Madeleine huschte ein kleines Lächeln über sein Gesicht.

In Paris erhielt Cathérine Deschamps schon zwei Tage später die Information, dass Schirajew vernehmungsfähig sei. Sie machte sich sofort zusammen mit Marcel Fluvi auf den Weg.

Vor Ort im Krankenhaus bat sie der behandelnde Arzt um ein Gespräch. »Bevor Sie und Ihr Kollege sich mit dem Patienten unterhalten, sollten Sie wissen, dass er bei dem Unfall neben einigen anderen Verletzungen auch einen Bruch der Wirbelsäule erlitten hat. Er ist gelähmt und wird den Rest seines Lebens wohl im Rollstuhl verbringen müssen.«

»Kennt er die Diagnose?«, wollte die Kommissarin wissen. »Es könnte sein, dass das sein Verhalten uns gegenüber beeinflusst.«

»Ja. Als wir ihm die Diagnose eröffnet haben, hat er etwas gemurmelt, dass sich anhörte wie ›Das ist die Strafe Gottes‹. Er scheint sehr gläubig zu sein.«

»Das wäre überraschend, denn wir haben ihn in Verdacht, mehrere Morde begangen zu haben. Andererseits haben wir auch in anderen Fällen schon solche Zwiespältigkeit erlebt. Dann will ich mich mal mit diesem Igor Schirajew unterhalten.«

Der Arzt begleitete sie noch ins Krankenzimmer und überzeugte sich kurz, dass die auf einem Monitor gezeigten Vitalwerte eine Vernehmung zuließen. Er nickte den Polizeibeamten kurz zu und ließ sie mit dem Patienten allein.

»Monsieur Schirajew, ich bin Cathérine Deschamps von der Pariser Polizei, und das ist mein Kollege Fluvi. Wir sind hier, weil wir Sie für dringend verdächtig halten, mehrere Morde begangen zu haben. Wenn Sie wünschen, können Sie auch einen Anwalt hinzuziehen.«

»Nein, danke. Das ist nicht nötig. Ich weiß, was für ein Leben mich erwartet. Und es ist mir völlig egal, ob ich lebenslänglich oder nur viele Jahre im Knast verbringen werde. Der Rollstuhl ist die größte Strafe. Ich habe ein bewegtes Leben geführt, aber damit ist nun Schluss. Trotz aller Schuld, die ich auf mich geladen habe, bin ich immer noch ein gläubiger Christ und ich denke, dass ich meine gerechte Strafe schon erhalten habe. Ich will aber mein Gewissen erleichtern und Ihnen erzählen, wie es dazu kam, dass ich zum Killer wurde.«

Damit begann Igor Schirajew seine Lebensbeichte. Er war in einem kleinen Dorf in Kasachstan unter ärmlichen Bedingungen ohne Perspektive aufgewachsen. Schon früh interessierte er sich für das Militär und sobald er das nötige Alter erreicht hatte, meldete er sich freiwillig. Seine Leistungen überzeugten seine Vorgesetzten, und sie machten ihm den Vorschlag, sich für die elitäre Palastwache des Präsidenten zu bewerben. Dort wurde er zu einem Bodyguard und Scharfschützen ausgebildet. Nach dem Zerfall der Sowjetunion und der Unabhängigkeit Kasachstans wusste er nicht, wie es weitergehen sollte. In dieser Situation wurde er von einem Mann angesprochen, der ihm in einer international agierenden Organisation einen guten Job anbot. So landete er schließlich bei Morosow. Nachdem er zunächst nur dazu eingesetzt wurde, Druck auf säumige Zahler auszuüben, bekam er schon bald Aufträge, Konkurrenten auszuschalten und Immobilienbesitzer, die nicht verkaufen wollten, gefügig zu machen oder ganz verschwinden zu lassen.

»Das heißt, Sie haben einfach so Menschen umgebracht?«, fragte Cathérine Deschamps ungläubig.

»Ja.«

»Vor einigen Tagen auch die beiden Männer in der Bretagne?«

»Ja, Morosow hat mir den Auftrag erteilt, weil die beiden Mist gebaut hatten und als lästige Mitwisser eliminiert werden mussten. Ich kannte sie schon von einem anderen Fall, wo ein älteres Ehepaar gefügig gemacht werden sollte. Ich habe ihnen eine kleine Bombe geliefert und sie instruiert, was sie damit machen sollten.«

»Monsieur Schirajew, ich werte Ihre Aussage als Geständnis und werde über diese Vernehmung ein entsprechendes

Protokoll anfertigen. Wollen Sie nicht doch einen Anwalt hinzuziehen?«

»Nein, danke. Ich möchte einen Priester sprechen.«

»Gut, ich werde das veranlassen.«

Cathérine Deschamps informierte ihren Kollegen Sutter sofort, nachdem sie wieder in ihrem Büro war. Nachdem sie ihren Bericht beendet hatte, meinte Sutter: »Ich hätte ja nicht gedacht, dass dieser Schirajew so schnell geständig ist. Aber der Unfall und sein Glaube haben ihn wohl zum Nachdenken gebracht. Damit können wir den oder besser gesagt die Fälle als aufgeklärt betrachten. Jetzt haben die Staatsanwälte und Richter das Wort. Vielen Dank für die gute und offene Zusammenarbeit, Cathérine.«

Epilog

Nach diesen aufregenden Tagen war in Locquirec wieder beschauliche Ruhe eingekehrt. Jean Sutter berichtete seinen neuen Freunden von den Ereignissen in Paris und war optimistisch, dass es anhand der umfangreichen Daten, die die Kollegen vom Sonderdezernat »blanchiment de l'argent« sicherstellen konnten, gelingen würde, Morosow nicht nur die Mordaufträge, sondern auch die Geldwäsche in etlichen Fällen nachzuweisen. Sicher würde dabei auch die eine oder andere Bestechung aufgedeckt werden. Das in Locquirec geplante und ursprünglich von der Mehrheit der Bevölkerung abgelehnte Edelresort würde nun wohl doch nicht realisiert werden.

Robert und Nicolas gratulierten Jean zu seinem Erfolg, und Nicolas meinte, dass der gefeiert werden müsse. Da Nanni die Übersetzung von Nicolas' Buch fertiggestellt hatte und die Müllers nun wieder nach Hause fahren wollten, lud Nicolas, nach kurzer Absprache mit Odile, alle Beteiligten zu einem »kleinen« Abschiedsfest ein. Es sollte in zwei Tagen stattfinden, denn Odile hatte dies zur Bedingung gemacht, da sie ein wenig Zeit für die Einkäufe und die Vorbereitung benötigen würde. Nicolas hatte augenzwinkernd zugestimmt und darauf bestanden, dass auch sie und ihr Mann Daniel an dem Fest teilnehmen müssten. Odile meinte, dass dies nicht möglich sei, weil sie in der Küche sehr viel zu tun hätte und Daniel ihr helfen müsse. In dem Moment mischte sich Véronique ein, die das Gespräch mit angehört hatte: »Also Odile, ihr beide gehört doch zu uns wie sehr, sehr gute Freunde, und wenn es darum geht, dir zu helfen, ich bin doch auch noch da. Zusammen schaffen wir das schon!«

Zwei Tage später saßen Nicolas und Véronique, Robert und Nanni, Capitaine Sutter und Madeleine Porignol, Céline, seine Assistentin, Markus und Jacqui und natürlich Odile und Daniel auf der großen Terrasse und freuten sich auf einen schönen Abend. Markus' Eltern waren leider schon abgereist. Die allmählich untergehende Sonne ließ das Meer leuchten und tauchte die schroffen Felsen in ein mildes Licht. Durch den steten Rhythmus der Wellen erklang im Hintergrund ein sanftes Brandungsrauschen.

Nach dem Aperitif, einem gekühlten Pineau des Charentes, begleitet von gerösteten Mandeln, Oliven und Sardellenröllchen, verabschiedeten sich Odile, Daniel und Véronique in die Küche, um die Vorspeise, die Odile schon am Vortag vorbereitet hatte, fertigzustellen und zu garnieren.
Für die Vorspeise hatte sich Odile für Folgendes entschieden:

- Tagliatelle an einer Safransahnesoße mit Jakobsmuschel und Garnele

Da Odile keinem verraten hatte, was sie zum Fest servieren würde, musste Nicolas spontan entscheiden, welchen Wein er dazu anbieten wollte. Er wählte aus seinem gut bestückten Weinkeller einen trockenen Chardonnay.
Als Hauptspeise folgte:

- Butterzarte Kalbsmedaillons mit wenig Trüffelöl aromatisiert, dazu Ratatouille und Kartoffelpüree an einer schmackhaften Soße und großzügig mit frisch gehobelten Trüffelscheiben serviert

Nicolas entschied sich, hierzu einen Burgunder anzubieten.
Der Jahreszeit entsprechend verwöhnte Odile die Runde mit Café Gourmand. Es gab Miniportionen von:

- Geeistem Erdbeertiramisu,

- lauwarmem Schokovulkan, garniert mit Mandelkrokant,
- Crème brulée und
- Tarte Tatin.

Dazu durfte natürlich ein Gläschen Monbazillac nicht fehlen.

Alle waren sich einig, selten so ein tolles Menü genossen zu haben, und bedankten sich aufrichtig und herzlich bei Odile. Der war so viel Lob und Anerkennung fast schon peinlich, und so entstand in der lebhaften Runde eine kurze Gesprächspause.

Nicolas ergriff diese Gelegenheit, nahm seine Véronique in den Arm und verkündete der Runde, dass er sie alle in einem Jahr wieder einladen möchte. Während die anderen noch grübelten, was sich hinter dieser Ankündigung verbergen könnte, schmunzelte Robert. Mit seinem kriminalistischen Verstand ahnte er, was nun folgen würde. Nicolas eröffnete der Runde, dass Véronique und er im nächsten Jahr heiraten würden. Daniel hatte auf Nicolas' Wunsch hin schon ein paar Flaschen Veuve Clicquot bereitgestellt, um diese freudige Mitteilung gebührend würdigen zu können.

Markus strahlte seine Jacqui an, die ihm zunickte. »Nicolas, Véronique, wenn ihr nichts dagegen habt, könnten wir daraus eine Doppelhochzeit machen. Wir beide wollen nämlich auch heiraten.«

Spontan nahm Véronique Jacqui in den Arm und freute sich: »Das ist eine Superidee.« Und an die ganze Runde gerichtet: *»À l'année prochaine!«*